Piper Rayne

Confessions of a Bad Boy

Roman

Aus dem Amerikanischen
von Cherokee Moon Agnew

Ullstein

Besuchen Sie uns im Internet:
www.ullstein.de

Wir verpflichten uns zu Nachhaltigkeit
- Klimaneutrales Produkt
- Papiere aus nachhaltiger Waldwirtschaft
- ullstein.de/nachhaltigkeit

MIX
Papier
FSC FSC® C083411

Deutsche Erstausgabe im Ullstein Taschenbuch
1. Auflage Juni 2021

Die amerikanische Originalausgabe erschien 2019 unter dem Titel: *Demise of a Self-Centered Playboy*

Umschlaggestaltung: zero-media.net, München
Titelabbildung: © FinePic®, München
Gesetzt aus der Quadraat Pro powered by pepyrus.com
Druck- und Bindearbeiten: CPI books GmbH, Leck
ISBN 978-3-548-06458-1

Kapitel 1

DENVER

Der Tod ist echt scheiße.

Am blödesten ist es für den Verstorbenen. Ja, okay. Für den Verstorbenen ist es definitiv am beschissensten. Aber vielleicht auch nicht. Vielleicht ist da nichts nach dem Tod. Vielleicht ist es für die Hinterbliebenen viel schlimmer, denn sie müssen mit dem klaffenden Loch zurechtkommen, das derjenige hinterlassen hat.

Aber wisst ihr, was noch beschissener ist, als an einer Beerdigung teilzunehmen? Die Verlesung des Testaments. Nicht dass ich bei so etwas schon oft dabei gewesen wäre. Es ist mein erstes Mal. Und ich kann euch sagen: Es ist reine Zeitverschwendung. Vor allem, wenn die wichtigste Person überhaupt nicht anwesend ist.

Ich werfe einen Blick auf die kleine goldene Wanduhr und frage mich, ob Luther Lloyd, der Anwalt, eine Stoppuhr hat, damit er seinen Klienten möglichst viel Geld abluchsen kann. Zum Glück muss ich nichts bezahlen, aber Chip hat es eine Menge gekostet. Was scheiße ist. Der Kerl ist viel zu früh verstorben.

Als mich Luther angerufen hat, um mir zu sagen, dass ich bei der Verlesung dabei sein solle, war ich ziemlich überrascht, denn ich hätte nicht gedacht, dass Chip ein Testament hinterlassen würde. Für mich war er eher der Typ, der nur einen Notizzettel schreibt mit: »Werft meine Asche in den Lake Starlight. Ich hatte ein glückliches Leben. Wir sehen uns auf der anderen Seite.« Keiner, der seine Sachen an Leute verteilt, für die sie eh nur Müll sind. Ich will weder sein Highschool-Diplom noch seine Kaffeemaschine noch sonst was. Mir wäre es lieber, er wäre noch hier.

»Wie lange wollen wir noch warten?«, frage ich.

Luther wirft einen Blick auf die Uhr, denn er gehört zu den Menschen, deren Leben genau nach Plan verläuft. »Ich habe ihr am Telefon gesagt, wann sie da sein soll. Geben wir ihr noch fünf Minuten.«

Ich nicke und trommle mit den Fingern auf meinen Vans herum. Nicht unbedingt für den Winter in Alaska geeignet, aber solange es nicht schneit, geht es schon.

»Hast du heute eine Exkursion?«

Ich schüttle den Kopf.

»Und wie läuft das Geschäft?«

Ich zucke mit den Schultern. Ich würde ja gern sagen, dass es gut läuft. Tut es aber nicht. Und bei dem Gedanken, dass die Frau, auf die wir warten, Lifetime Adventures übernehmen wird, wird mir so schlecht, dass ich am liebsten in ihre Gucci-Tasche kotzen würde. Sie wird die Firma gegen die Wand fahren, was bedeutet, dass alles, was Chip aufgebaut hat, mit ihm sterben wird. Sein Vermächtnis wird entweder im Bankrott enden oder an den Höchstbietenden versteigert werden.

»Ich weiß, es ist schwer für dich. Du und Chip standet euch sehr nahe.«

Wieder hebe ich die Schultern. Was will Luther von mir? Erwartet er, dass ich ihn um ein Taschentuch bitte und ihm das Herz ausschütte? Auf keinen Fall. Ich bin an den Tod gewöhnt. Wenn du mit vierzehn deine Eltern verlierst, ist es, als würde man dein Herz mit einem Vorschlaghammer zertrümmern. Ich habe früh gelernt, dass es keine Happy Ends wie im Märchen gibt. Ich habe gelernt, dass das Leben zerbrechlich ist und man nie weiß, wann es vorbei ist. So einen Mist sollte man mit vierzehn, wenn man sich noch für unbesiegbar hält, nicht wissen.

Als mir Chip gesagt hat, dass sein COPD, eine chronische Verengung der Atemwege, schlimmer geworden sei, war es bereits abzusehen, dass er sterben würde. Ich bin immer an seiner Seite geblieben, habe seine Exkursionen übernommen und ihm mit dem Bürokram geholfen, denn das tut man eben, wenn man jemanden mag. Ich sollte froh sein, dass die Firma heute an Chips Tochter, Cleo Dawson, übergeben wird. Dann kann ich endlich in mein lässiges Leben als Buschpilot zurückkehren. Aber wenn ich daran denke, dass sie die Firma, für die ihr Vater so hart gearbeitet hat, in den Ruin treiben wird, bekomme ich Panik.

Wieder werfe ich einen Blick auf die Wanduhr, was Luther dazu bringt, erneut auf seine Armbanduhr zu spähen.

Er scheint zu kapieren, dass er mit mir kein Gespräch führen kann, atmet laut aus und schlägt Chips Akte auf.

»Wie viele hast du da drin?« Mit dem Kopf deute ich auf seinen Aktenschrank mit den vier Schubladen. Wahrscheinlich befindet sich darin auch Grandma Doris Akte, in der verzeichnet ist, wer von uns neun Geschwistern welchen Anteil von Bailey Timber bekommt. Bei dem Gedanken dreht sich mir der Magen um.

Er folgt meiner Blickrichtung und zieht die buschigen grauen Augenbrauen zusammen. Wahrscheinlich denkt er sich: *Was zur Hölle ist bloß los mit dir, Denver? Du tauchst hier in Jeans, Sweatshirt und ausgelatschten Vans auf. Nicht mal eine höfliche Unterhaltung willst du führen.* Bestimmt denkt er, ich hätte einen Kater. Aber dann denkt er an meine tragischen Umstände und bekommt Mitleid. Dann wird sein Blick weich werden, er wird nicken und mich ansehen, als wollte er sagen: »Ich weiß, dass deine Eltern viel zu früh gestorben sind. Das ist echt beschissen.«

Inzwischen bin ich diesen Blick gewohnt. Er prallt an mir ab.

Meistens.

»Fast ganz Lake Starlight. Hast du auch schon mal über ein Testament nachgedacht?« Luther lehnt sich zurück, und sein kleines Grinsen verrät, dass er seine Frage genauso lustig findet wie ich.

»Wir wissen beide, dass ich nichts zu vererben habe.«

»Jeder hat irgendwas«, erwidert er und hält seinen Kugelschreiber mit beiden Händen waagerecht vor sich.

»Ich habe weder ein Haus noch irgendwelche Ersparnisse.« Abgesehen von meinem Handy mit den Nummern meiner One-Night-Stands besitze ich nur mein Flugzeug, das ich immer noch abbezahle. Da mein Zwillingsbruder verlobt ist und mein bester Kumpel Liam mit meiner Schwester Savannah bald das Gleiche tun wird, kann keiner von ihnen etwas mit meinem Smartphone anfangen.

»Was ist mit persönlichen Gegenständen? Ich habe schon mehr als einmal erlebt, dass sich Familienmitglieder um einen Fernseher gestritten haben.«

»Ich wohne gerade bei Savannah. Gehört alles ihr.«

Er richtet sich gerader auf. »Du weißt, was ich meine.«

Die Tür geht auf, und Luther blickt über meine Schulter. Ich schwöre, es wird kälter, als sie den Raum betritt.

Cleo Dawson.

Chips Tochter.

Ich muss mich gar nicht umdrehen, denn das Klackern ihrer High Heels kommt auch so immer näher. Im Schlepptau hat sie ihre Stiefschwester, ihre Mutter und ihren Stiefvater, was mich nicht sonderlich überrascht. Gott bewahre, sonst müsste sie sich ja allein um ihre Angelegenheiten kümmern.

Während sich ihre Gefolgschaft setzt, verebbt Luthers Lächeln.

Natürlich nimmt sie im Ledersessel neben mir Platz und schlägt die Beine übereinander. Das bringt auch nur Cleo fertig, mitten im alaskischen Winter High Heels und ein Kleid zu tragen.

»Denver.« Ihre Stimme klingt unterkühlt mit einem Hauch gezwungener Höflichkeit.

Ich drehe mich ein wenig zu ihr. Ihre gebräunten Beine verraten, dass sie aus dem Süden kommt. Ich würde lügen, wenn ich behaupten würde, ich fände ihre Beine nicht sexy, aber das ist genau das Ding mit dem Teufel – keiner hat je behauptet, er oder sie sei nicht verlockend.

»Cleo.« Ich nicke.

»Miss Dawson, es tut mir leid, aber im Testament steht, dass es nur vor Ihnen und Mr Bailey verlesen werden soll.«

»Warum?«, will Cleo wissen.

Ihr Stiefvater steht auf und stützt sich auf ihre Rückenlehne. Als sich auch noch ihre Mutter danebenstellt, wird es langsam eng.

»Wir sind ihre Eltern«, protestiert ihre Mutter.

Ich inspiziere ihren Nerzmantel. Bestimmt hat sie ihn extra für diese Reise gekauft, denn in Texas braucht man so was nicht.

»Cleo ist über achtzehn und erwachsen. Ich werde jetzt das Testament verlesen, und wenn Cleo will, kann sie es danach mit Ihnen besprechen.«

»Das ist doch lächerlich«, schimpft ihre Mutter. »Er war mein Ehemann.«

»Ex«, korrigiere ich sie.

Alle Blicke richten sich auf mich. Offensichtlich sind sie entsetzt, dass ich die Frechheit besitze, den Mund aufzumachen.

»Warum ist er überhaupt hier? Er ist nicht einmal mit Chip verwandt.« Cleos Mom beäugt mich, als wäre ich Dreck.

»Haben Sie etwa Angst, dass Sie ihm nicht auch noch

den letzten Cent abknöpfen können?« Ich verdrehe die Augen.

Cleo dreht sich in ihrem Sessel und legt die Hand auf die ihrer Mutter. »Schon in Ordnung. Wartet draußen auf mich.«

»Ich bin ihre Mutter. Wenigstens ich sollte jetzt bei ihr sein.« Bevor die drei das Büro verlassen, schnaubt sie wütend.

»Kommst du allein klar?«, frage ich Cleo.

»Ich hoffe, du hast die Schlüssel dabei.«

Ich befühle meine Hosentaschen. »Scheiße, ich wusste, dass ich etwas vergessen habe.«

Sie verengt die Augen zu Schlitzen. Ich beobachte, wie sie die Nüstern bläht und beinahe schäumt vor Wut.

»Okay. Dann lasst uns anfangen. Wir sind schon spät dran.« Ungeduldig tippt Luther mit seinem Stift auf den Schreibtisch.

»Ich frage mich, woran das liegt«, spotte ich.

»Das Wetter ist nicht gerade trocken. Die Straßen sind eine Katastrophe.« Dann richtet sie ihre Aufmerksamkeit auf Luther.

»Deinem Outfit nach zu urteilen, ist es gerade Sommer.«

»Und deinem Outfit nach zu urteilen, bist du gerade auf dem Weg zum Skatepark.«

Lachend schüttle ich den Kopf. »Legen wir los, Luther.«

Luther schlägt den Ordner auf und räuspert sich. »Chip Dawson war mein Klient, und ich sage euch offen und ehrlich, dass er sein Testament vor zwei Monaten geändert hat. Aber da er voll zurechnungsfähig war, war es sein gutes

Recht. Das Gegenteil beweisen zu wollen, wird nichts nützen. Ich hatte Zeugen.«

»Sie will vielleicht widersprechen, aber ich nicht.« Ich erwähne nicht, dass alles, was er mir hinterlassen haben könnte, wertlos für mich ist. Ohne Chip bedeutet es mir nichts.

»Cleo, Sie bekommen Chips Haus und alles, was sich darin befindet.«

Sie richtet sich auf und beäugt meine Hosentasche, als wollte sie sagen: »Gib mir die Schlüssel für Lifetime Adventures, du Idiot.«

»Außerdem bekommt Cleo seinen Truck«, fährt Luther fort.

»Hoffentlich ist auch eine Trittleiter dabei.« Ich lache leise.

Sie schnaubt. »Wenn du nicht ständig dazwischenfunkst, sind wir schneller fertig.«

Luther wartet kurz, und ich gebe ihm mit einem Nicken zu verstehen, dass er weitermachen kann. Er geht Chips Bankkonten durch, und wie erwartet fällt alles an Cleo. Es wäre mir ganz recht, wenn wir jetzt zum Toaster – oder was auch immer er mir geben will – kommen könnten.

»Nun zu Lifetime Adventures.« Luther nimmt die Dokumente und stapelt sie ordentlich aufeinander. Jetzt ist mein Interesse geweckt, denn ich nehme in seiner Stimme so etwas wie Unbehagen wahr. »Lifetime Adventures soll zu gleichen Teilen zwischen Cleo Dawson und Denver Bailey aufgeteilt werden. Falls einer von ihnen seinen Anteil nicht will, bekommt der andere die Möglichkeit, den anderen auszubezahlen.«

Mein Magen stürzt in die Tiefe wie ein abgebrochener Eisberg ins Meer. Chip vermacht mir seine Firma? Was hat er sich nur dabei gedacht? Ich sehe Cleo an.

Trotz des vielen Make-ups wird sie bleich und legt den Kopf schief. »Lifetime Adventures soll uns beiden gehören?«

Luther lächelt. »Ja, Miss Dawson. Sie sind nun gleichberechtigte Besitzer von Lifetime Adventures und allem, was dazugehört.«

Sie sinkt zurück und schlägt die manikürte Hand vor den Mund. »Ich kann keine Firma mit ihm leiten. Wir werden uns gegenseitig umbringen.«

Ich richte mich gerader auf. Savannah ist nicht unbedingt ein Paradebeispiel dafür, wie wundervoll es ist, eine eigene Firma zu besitzen. Nach Feierabend sieht sie meistens total erschöpft aus. Für so etwas bin ich nicht gemacht. Kann ich das überhaupt? Eine Firma leiten, obwohl ich alles hasse, was mit Verantwortung zu tun hat? Lifetime Adventures bringt eine Menge Verpflichtungen mit sich. Und der größte Haken an der Sache ist Cleo Dawson.

Luther zieht zwei Umschläge und etliche Dokumente aus dem Ordner und reicht uns jeweils einen Papierstapel. »Ich weiß, das sind große Neuigkeiten. Deshalb hat er jedem von euch einen Brief geschrieben. Warum nehmt ihr euch nicht ein wenig Zeit, lest in Ruhe die Briefe und überlegt, ob ihr noch irgendwelche Fragen habt?«

Gleichzeitig greifen wir nach den Briefen. Auf einem

steht in Chips Handschrift »Cleo« geschrieben, auf dem anderen »Denver«.

»Warum hat er die Firma nicht mir allein vermacht?«, erkundigt sich Cleo bei Luther.

»Es tut mir leid, Miss Dawson. Ich frage meine Klienten nicht nach dem Warum. Aber vielleicht liefert der Brief eine Erklärung.«

Sie steht auf und sieht mich an. »Ich werde dich ausbezahlen.«

Das würde ihr so passen. Vor einer Sekunde war ich noch unsicher, doch das ändert sich in dem Moment, als ich mir vorstelle, wie sie die Firma ihres Vaters in den Ruin treibt. »Meine Hälfte steht nicht zum Verkauf.«

»Du weißt genauso gut wie ich, dass es nicht funktionieren wird.« Sie verschränkt die Arme vor der Brust.

Das Schlimmste an Cleo Dawson ist, dass sie verdammt heiß ist. Es treibt mich in den Wahnsinn. Dennoch werde ich sie niemals anrühren. Sie ist schon immer fies zu mir gewesen. Warum, weiß ich nicht, aber dann bin ich eben auch fies zu ihr.

Als ich aufstehe, überrage ich sie bei Weitem. »Nun, ich würde sagen, wir versuchen es einfach.« Dann nicke ich Luther zu. »Danke.«

Ich stopfe den Brief in meine hintere Hosentasche, zwinkere ihr zu und gehe.

»Hast du überhaupt einen Schulabschluss?«, ruft sie mir hinterher.

»Keine Sorge, Cleo. Wir werden so vieles übereinander

erfahren, sobald wir zusammenarbeiten.« Dann gehe ich zur Tür hinaus, vorbei an ihrer Gefolgschaft.

Mich mit ihr zu zanken, macht auch ein bisschen Spaß – ein Lichtblick in einer sonst ziemlich beschissenen Situation.

Kapitel 2

CLEO

Denver hinterlässt lediglich einen Hauch von Parfum, das bestimmt schon einen Tag und eine lange Partynacht hinter sich hat.

»Vielen Dank, Mr Lloyd.« Ich nicke dem Anwalt zu und nehme den Brief. Ein Rat, den ich mal von meinem Vater bekommen habe, war, immer höflich zu den Menschen in Lake Starlight zu sein. Man weiß nie, mit wem man es zu tun hat. Er meinte, meine Mom habe in der Stadt einen bleibenden Eindruck hinterlassen. Allerdings habe ich nie gefragt, wann genau. Als sie aufgetaucht oder abgehauen ist?

»Gern geschehen, Miss Dawson.«

Mir entgeht nicht sein Gesichtsausdruck. Der Ausdruck, der sagt: »Ich verstehe nicht, warum dir dein Vater alles hinterlassen hat, obwohl du ihn nicht mal besucht hast.« Soll er denken, was er will. Es ist mir egal.

Meine Mom und Bridget sind bereits aufgestanden. Phil telefoniert. Sein Cowboyhut, die gebügelten Jeans und das Hemd mit den silbernen Druckknöpfen verraten, dass wir nicht von hier sind. Es überrascht mich, dass er heute mitgekommen und nicht direkt nach der Beerdigung zurückgeflogen ist. Meine Mom ist geblieben, weil sie sehen will, was sie vor all den Jahren zurückgelassen hat. Meine Stiefschwester Bridget würde mich in so einer Situation nie im Stich lassen, weshalb ich bereits damit gerechnet habe, dass sie bleiben würde.

Bridget hakt sich bei mir unter. »Er ist ganz schön heiß.«

»Er ist der Feind«, wiederhole ich zum vierten Mal. »Und jetzt gehört ihm die halbe Firma.«

Bridget reißt mir die Unterlagen aus der Hand und liest, als würde sie den Fachjargon verstehen. Ich will nicht schlecht über sie reden. Aber Menschen wie sie bezahlen andere dafür, sich um den rechtlichen Kram zu kümmern.

Wir waren sechzehn, als Mom und Phil geheiratet haben. Zu der Zeit hatten wir schon so viele Stiefgeschwister und Stiefeltern hinter uns, dass wir beschlossen haben, einander zu akzeptieren, statt zu streiten. Dass ihr Kleiderschrank fünfmal so groß war wie meiner, hat natürlich geholfen. Die Leute in Dallas sagen immer noch, wie überrascht sie seien, dass wir so gute Freundinnen geworden sind.

Immer wenn unser Freund Miguel eine halbe Flasche Tequila getrunken und es wieder nicht geschafft hat, eine von uns ins Bett zu kriegen, meint er, wir sollen warten, bis das Testament verlesen wird. Dass wir uns dann hassen würden. Aber mir ist es egal, ob sie Phils ganzes Geld erben wird. Dann würde meine Mutter wenigstens nicht das bekommen, wofür sie ihn geheiratet hat – eine Lektion, die sie immer noch lernen muss, obwohl sie schon fünfmal verheiratet war. Ich könnte jede Ehe auseinandernehmen und analysieren, warum es nicht funktioniert hat, aber es ist immer dasselbe. Es war keine Liebe. Einer von beiden war immer auf seinen Vorteil aus.

Mein Vater war der Erste, den Mom des Geldes wegen geheiratet hat. Phil ist bisher ihr dickster Fisch, was auch der Grund ist, warum sie immer noch mit ihm verheiratet ist.

»Was soll das heißen, er bekommt die Hälfte?« Mom streckt die Hand nach den Dokumenten aus.

Bridget zuckt mit den Schultern, als würde sie kein Wort verstehen, und reicht sie ihr.

»Mir gehört die halbe Firma. Ihm gehört die halbe Firma.«

Mom liest die Papiere, und ich lasse den Brief in meiner Handtasche verschwinden, bevor sie ihn bemerkt.

»Du wirst jeden Tag mit ihm arbeiten?« Offensichtlich ist Bridget nicht meiner Meinung, dass es nicht schlimmer hätte kommen können. Sie verschlingt Denver förmlich mit ihren Augen. »Männer in Trucks haben mir schon immer gefallen.«

Ich werfe einen Blick den Flur hinab. Als ich sehe, wie er sich der Treppe nähert, schnaube ich genervt und ignoriere, wie lässig seine Hose sitzt. Macht sich über meine High Heels lustig und trägt selber dumme Vans. Idiot.

»Er hat diese Aura an sich. Als würde er das Leben einfach nehmen, wie es kommt.«

»Du meinst wohl die Aura, die danach schreit, dass er

keinerlei Verantwortung übernehmen will?«, erwidere ich trocken.

»Nein, er hat so etwas Gelassenes.«

Bisher hat mich Bridget nur einmal für eine Woche nach Lake Starlight begleitet. Es war mein letzter Sommer mit Chip, bevor ich achtzehn wurde. Aber ich habe schon viel von Denver gehört und ihn auch bereits live erlebt. Ein Mann, der sich immer noch wie ein Junge aufführt, wird mit der Firma meines Vaters nur eins machen – sie gegen die Wand fahren.

»Soll ich dir lieber die Augen verbinden?«, frage ich Bridget.

Sie lacht, während wir die Stufen hinabsteigen. Als wir den Fuß der Treppe erreichen, bleibt Denvers Truck neben uns stehen. Der Bürgersteig ist breit, wir sind mindestens drei Meter voneinander entfernt, aber ich funkle ihn böse an und hoffe, er spürt meine Feindseligkeit. Dann lässt er die getönte Scheibe herunter. Er ist wirklich attraktiv. Aber das würde ich niemals zugeben.

»Ich bin bei Lifetime Adventures, falls du über irgendwas reden willst, Süße.« Er lächelt breit. Was für ein großes Ego dieser Kerl doch hat.

Wut steigt in mir auf. Eine Wut, die nur er entfachen kann. Ich straffe die Schultern und gehe auf ihn zu, um ihm ordentlich die Meinung zu geigen. Er muss irgendwas in meinem Gesicht sehen, denn er schaltet den Truck in den Park-Modus. Bridget lässt meinen Arm los, und Mom und Phil halten sich im Hintergrund und diskutieren über die Papiere. Hauptsächlich erklärt Phil meiner Mom, was darin geschrieben steht. Anscheinend kann sie nur Scheidungspapiere lesen.

Ich würde Denver gern ausbezahlen, was aber bedeutet, dass ich Phil um Geld bitten muss. Und das löst wiederum ein ganz anderes Gefühl in mir aus. »Wir sollten einen Termin vereinbaren.«

»Pass auf.«

Er deutet zu Boden. Ich blicke nach unten und rutsche auf einer Eisfläche aus. Meine Handtasche fliegt durch die Luft, und mein Hintern landet auf dem kalten, harten, nassen Boden.

Denver öffnet die Wagentür und steigt aus, obwohl er ganz bestimmt kein Gentleman ist. »Falls du in Lake Starlight bleiben willst, brauchst du dringend andere Schuhe.«

Nachdem er mir aufgeholfen hat, reiße ich mich von ihm los und richte meine Jacke. Bridget reicht mir meine Handtasche.

»Ich bin Bridget«, stellt sie sich Denver vor. Mit diesem flirtenden Ton bekommt sie in Bars immer kostenlose Drinks.

Denver schüttelt ihr kurz die Hand und wendet sich wieder mir zu. »Alles okay?«

»Was kümmert es dich?«

Bridget sieht Denver an, als wollte sie fragen: *Was zum Teufel? Siehst du nicht, wie ich hier stehe?* Gleich knöpft sie noch ihren Mantel auf, um ihre Figur zu präsentieren. Ich liebe sie, aber manchmal ist sie ein wenig zu egozentrisch.

»Hey, ich weiß, dass wir uns nicht sonderlich gut verstehen, aber ich bin kein Arschloch«, sagt er.

»Bist du nicht?«, frage ich.

Mein Blick fällt auf seine Lippen – und ich kann nichts dagegen tun. Sie sind ganz rosa, weil er gerade Labello aufgetragen hat, und er fährt sich mit der Zunge darüber. Sein einseitiges Grinsen macht mich fertig. Es ist sexy und verführerisch – und ich sollte so etwas nicht denken.

Böse Cleo. Gedanklich schlage ich mir auf die Hand.

»Nein. Willst du meine Schwester fragen?« Er tritt neben mich und beäugt meine Rückseite.

Ich drehe den Hintern weg, damit er ihn nicht länger begaffen kann. »Was zum Teufel treibst du da?«

»Das verstehe ich nicht«, murmelt Bridget vor sich hin. Wahrscheinlich fragt sie sich, warum Denver bei ihrem Anblick nicht schon längst angefangen hat zu hecheln.

»Ich wollte nur sichergehen, dass du nicht allzu nass geworden bist. Ich habe eine Decke im ...«

Ich hebe die Hand. »Nope. Ich will nichts von dir.«

Beschwichtigend hebt er die Hände und macht einen Schritt rückwärts. »Wie du willst.«

Als er die Tür seines Trucks öffnet, fällt sein Blick auf den gemieteten SUV, dessen Fahrer gerade rückwärts ausparkt. »Ich nehme an, das ist euer Auto?«

»Ja.« Ich richte mich kerzengerade auf, damit er nicht merkt, dass mein Hintern höllisch schmerzt.

»Wie ich schon sagte. Ich werde jetzt für ein paar Stunden bei Lifetime Adventures sein. Falls du reden willst.«

»Tschüss«, verabschiedet sich Bridget.

Kurz hebt Denver die Hand, doch sein Blick bleibt auf mich gerichtet. Das macht er absichtlich. Keiner ignoriert

Bridget. Sie ist wie ein glänzendes Objekt. Da kann man einfach nicht wegsehen.

»Leg am besten Eis unter deinen Hintern.« Er zwinkert, steigt in seinen Truck und fährt davon.

Unser Auto kommt neben uns zum Stehen, und Mom und Phil klettern hinein.

Bridget legt die Hand auf meinen Arm. »Bin ich zu hübsch für Lake Starlight? Stehen die Jungs hier auf natürlichere Mädchen?«

Ich sollte ihr sagen, dass es wahrscheinlich Teil von Denvers Plan ist, sie zu ignorieren. Er scheint mir einer zu sein, der immer eine Agenda verfolgt. Ich muss nur noch herausfinden, wie sie aussieht.

Aber vielleicht hat er schon erreicht, was er wollte. Schließlich gehört ihm jetzt die Hälfte der Firma meines Dads.

• • •

Zwei Stunden später, nachdem wir lange zu Mittag gegessen haben und ich mich nicht getraut habe, Phil um Geld zu bitten, sitzen wir nun am Flughafen und warten darauf, dass sein Privatjet zum Abflug bereit ist. Mom kauft eine Zeitschrift und versucht, irgendwo frisches Obst und Gemüse aufzutreiben. Bridget steht am Schalter und flirtet mit dem Mitarbeiter. Sie sucht immer noch nach Bestätigung, dass sie auf dem Flug von Dallas nach Alaska nicht ihre Attraktivität verloren hat. Das heißt, ich bin mit Phil allein.

»Ich kann dir das Flugzeug jederzeit schicken, sobald du

hier fertig bist«, sagt er gedankenverloren, während er mit seinem Smartphone beschäftigt ist.

Ich schlage die Beine übereinander, überlege es mir anders und stelle die Füße wieder auf den Boden. »Ich muss noch sein ganzes Haus ausräumen und so.«

»Gut, dass du jetzt Zeit hast.« Er lächelt kurz, bevor er sich wieder seinen E-Mails widmet.

Ich könnte jetzt was sagen, denn der Grund, warum ich Zeit habe, ist, dass er mich vor Kurzem gefeuert hat und ich nun nicht länger auf der Ranch arbeite. Nicht dass es dafür keinen Anlass gegeben hätte. Ich habe den Rindern, die eigentlich ökologisches Futtermittel bekommen, aus Versehen das Futter mit den Wachstumshormonen gegeben. Japp, nicht unbedingt mein hellster Moment. Aber zu meiner Verteidigung muss ich sagen, dass sie die Behälter besser beschriften sollten. Phil hat Verluste gemacht, weil er das Fleisch der armen Tiere nicht mehr als Bio verkaufen konnte. Jedoch hat er sich nicht allzu sehr aufgeregt und mir freundlich mitgeteilt, dass das Farmleben vielleicht doch nichts für mich sei.

Ich habe an der University of Indiana Business studiert. Nach meinem Abschluss hatte ich etliche Vorstellungsgespräche, aber nichts hat geklappt. Irgendwann habe ich den Kopf hängen lassen und Phil gefragt, ob er jemanden kenne, der jemanden suche. Ich habe mir gesagt, dass ich eben netzwerke und meine Kontakte nutze, wie es jeder andere auch tut, aber ich habe es gehasst.

Meinen ersten Job hatte ich in der Poststelle eines großen Fernsehstudios. Zwei Wochen nach Arbeitsbeginn rollte ich den Wagen mit den Briefen durch das Studio, um sie in den dahinter liegenden Büros zu verteilen. Ich stellte den Wagen ab und unterhielt mich mit einem der Mitarbeiter über die letzte Folge von *Roswell*. Anscheinend hatte ich vergessen, die Feststellbremse zu betätigen. Als plötzlich ein Kerl vorbeirannte und gegen den Wagen stieß, rollte er los, und ich rannte hinterher. Zum Glück blieb er stehen, bevor er ins Bild rollte. Nachdem ich vom Produzenten und vom Kameramann böse Blicke geerntet hatte, wollte ich mich davonschleichen, doch ein Kabel hatte sich an einem der Räder verfangen. Als ich daran zog, riss ich aus Versehen das Mikrofon herunter, das mit der Kamera verbunden war. Der Kameramann drehte sich um, um zu sehen, was los war – und übertrug mich live im Fernsehen. Mom nennt es meine »zehn Sekunden Ruhm«. Ich schaffte es damit sogar in die Nachrichten. Eigentlich war es die Schuld des Typen, der den Wagen angerempelt hatte – aber *ich* wurde gefeuert.

Mein zweiter Versuch in der Arbeitswelt kam in Form einer Assistentenstelle. Meine Chefin aß jeden Morgen das Gleiche: einen Zitronenmuffin mit Mohn und einen großen Kaffee. Langsam wurden wir Freundinnen, unterhielten uns über unsere Arbeitswege und das Wetter, während ich die Sachen auf ihren Schreibtisch stellte. Doch an jenem Morgen vergaß ich, die Bestellung zu überprüfen, und sie blickte nicht vom Computer auf, als sie einen Bissen nahm. Es stellte sich heraus, dass es ein Bananen-Nuss-Muffin war. Ich weiß, was ihr jetzt denkt. Na und? Ist doch nicht so schlimm, wenn sie mal einen anderen Muffin bekommt. Ich habe das auch gedacht, während ich den Notruf gewählt und einen EpiPen in ihren Oberschenkel gerammt habe.

Dann war da noch der Frozen-Joghurt-Laden, bei dem ich vergessen habe, die Ware über Nacht in den Gefrierschrank zu stellen. Und der Buchladen, wo ich während der Arbeitszeit zu oft lesend in der Abteilung mit den Romanzen erwischt wurde. Bisher hat es einfach nicht geklappt. Beim nächsten Mal muss es funktionieren. Komme, was wolle.

Aber das ist unmöglich, wenn ich Denver Bailey im Nacken sitzen habe. Ich schlucke schwer. »Hey, Phil?«

Lächelnd blickt er auf. »Ich glaube, das wird dir guttun. Vielleicht kannst du dir hier über einige Dinge klar werden. Fernab von deinem Alltag.«

»Nun ja, mit Denver Bailey als Partner geht das aber nicht.« Das war Hinweis Nummer eins. Ich habe schon eine Million Mal miterlebt, wie Bridget ihn dazu gebracht hat, ihr Geld zu geben. Ich lerne schnell.

»Eine Firma zu leiten, ist nicht leicht. Man muss sich mit Menschen umgeben, die klüger sind als man selbst.«

»Heißt?«

Sein Lächeln wird breiter. »Im Moment ist dieser Junge klüger als du. Er weiß, wie die Firma läuft. Er kennt alles, was damit zusammenhängt. Du musst einen Weg finden, mit ihm zurechtzukommen. Denk mal darüber nach.« Er tippt sich an die Schläfe. »Du kannst keine Bergtour machen. Du würdest dich nur verlaufen oder von einem Bären gefressen werden.« Er lacht.

Ich lächle angespannt. »Ja, natürlich.«

»Sei jetzt nicht eingeschnappt. Es ist nun mal die Wahrheit. So ist es eben, Schätzchen. Irgendwann wirst du wissen, was du machen willst. Nimm dir die Zeit, die du brauchst. Geh in Ruhe die Sachen deines Dads durch, und nimm dir Zeit, um zu trauern.«

»Aber die Firma soll ich nicht leiten?« Ich sollte versuchen, meine Verbitterung zu verbergen, aber es geht nicht.

»Vielleicht, wenn es ein Coffee-Shop oder eine Bäckerei wäre. Aber eine Firma, die Outdoor-Exkursionen in Alaska anbietet?« Sein viel zu gebräuntes Gesicht wirkt, als würde die Haut gleich aufplatzen, so breit ist sein Lächeln. »Das bist einfach nicht du.«

Dann wird er mir also kein Geld leihen.

»Geht's dir nicht gut?« Mom setzt sich neben Phil. Außer der Zeitschrift hat sie nichts gekauft.

»Alles in Ordnung.«

»Wir unterhalten uns gerade über ihre Zukunft. Ich habe ihr gesagt, dass sie sich Zeit nehmen soll, um sich über einige Dinge klar zu werden.«

Mom lächelt Phil an, als wäre er Einstein. »Aber nicht zu lange. Ich will nicht, dass meine Tochter wird wie die Leute hier.«

Ich sinke zurück und zücke mein Handy, um mir die Zeit bis zu ihrem Abflug zu vertreiben. Manchmal ist es besser, zu schweigen.

Kapitel 3

DENVER

Zwei Stunden nach dem Treffen sitze ich immer noch vor dem Bürogebäude von Lifetime Adventures, das eher einer kleinen Hütte gleicht, und denke darüber nach, was in Luthers Büro passiert ist. Ich habe es noch nicht übers Herz gebracht, Chips Brief zu lesen.

Das Bürogebäude steht auf einem Hügel, die Aussicht ist spektakulär. Ich weiß nicht, ob sich Chip deshalb für die Location entschieden hat, aber es ist auf jeden Fall die beste Werbung für ein Unternehmen, das Outdoor-Exkursionen anbietet. Hinter dem Büro stehen drei Schuppen mit Flugzeugen, Schneemobilen und sonstiger Ausrüstung. Jetzt gehört die Hälfte davon mir.

Aber ich weiß nicht, ob ich es überhaupt will. Natürlich habe ich Cleo gesagt, dass ich es will, um sie aufzuregen, doch ich bin nicht dafür gemacht, eine Firma zu leiten. Ich arbeite nicht gern für andere Menschen, und ich mag es auch nicht, wenn andere für *mich* arbeiten. Ich bin gern mein eigener Boss. Und ich bin gern allein unterwegs. Das ist der

Hauptgrund, warum ich Buschpilot geworden bin. Ich bestimme meine Arbeitszeiten und meine Trips.

Ich beschließe, dass es wohl keinen perfekten Zeitpunkt geben wird, um Chips Abschiedsworte zu lesen, also greife ich nach dem Umschlag auf dem Beifahrersitz und reiße ihn auf.

Denver,
ich weiß, es ist total klischeehaft, wenn ich sage: Wenn du das hier liest, habe ich den Kampf verloren. Und Luther wird dich bereits darüber informiert haben, dass dir jetzt die Hälfte von Lifetime Adventures gehört und Cleo die andere Hälfte.
Wir zwei haben viele Gespräche am Lagerfeuer und auf unseren Flügen über Alaska geführt. Ich weiß, wo du stehst und wie du dir dein Leben vorstellst. Und mir ist bewusst, dass dich das hier in eine Richtung führt, in die du nicht gehen wolltest. Wahrscheinlich verfluchst du mich gerade. Aber hör mir zu, bevor du deine Hälfte an Cleo überschreibst oder ihr gemeinsam beschließt, die Firma zu verkaufen.
Du bist zu mir gekommen, weil du lernen wolltest, zu fliegen. Ich habe dir gesagt, du seist zu leichtsinnig, denn wir wissen beide, welchen Ruf du in Lake Starlight hast. Aber du bist immer wieder vorbeigekommen und hast angeboten, die Kosten für deine Flugstunden abzubezahlen, indem du für mich arbeitest. Du hattest so viel Ehrgeiz, und ich habe dir so viel beigebracht. Ich sehe etwas in dir, von dem ich nicht weiß, ob du es auch siehst. Du verdienst diese Chance, und ich finde, du solltest sie ergreifen.

Außerdem muss ich dich um einen Gefallen bitten. Und ja, ich benehme mich jetzt wie ein überfürsorglicher Vater. Cleo ist verloren. Wie du, als du zu mir gekommen bist. Sie kennt ihren Platz in der Welt noch nicht, und ich habe das Gefühl, er könnte hier in Lake Starlight sein. Die Warmherzigkeit der Menschen hier wird ihr guttun. Aber allein wird sie es nicht schaffen. Dazu fehlen ihr noch die Fähigkeiten. Würdest du ihr also bitte helfen, wie ich dir geholfen habe? Was du in den letzten Monaten für mich getan hast, könnte ich dir niemals zurückzahlen. Danke, Denver. Du bist ein toller Mensch, und ich hoffe, du findest dein Glück, denn du hast es verdient. Guten Flug, mein Freund.

In Liebe

Chip

P.S.: Ich möchte, dass du mit Cleo in den Norden fliegst und sie entscheidet, wo sie meine Asche verstreuen will. Sie soll einen Platz aussuchen, der ihr Herz berührt. Einen schönen Ort, den sie niemals vergessen wird. Keine Eile. Wann immer sie bereit ist. Ich gehe nirgendwohin ;)

Ich blinzle die aufsteigenden Tränen weg. *Wie zur Hölle soll ich jetzt Nein sagen, alter Knabe?*

Mein Handy klingelt über Bluetooth, und Savannahs Name erscheint auf dem Display der Mittelkonsole. Wahrscheinlich ist sie die Einzige, die daran gedacht hat, dass heute das Testament verlesen wurde. Ich wette, sie benutzt für jedes unserer Geschwister eine andere Farbe in ihrem Terminkalender. Wobei, inzwischen sind es zehn Farben.

Noch eine für Liam, denn mein bester Kumpel ist inzwischen ihr Freund.

»Hey, Sav«, melde ich mich.

»Zum Glück habe ich dich erwischt. Ich wusste nicht, ob du heute eine Exkursion hast oder so.«

Ich trommle auf dem Lenkrad herum. Weiß sie wirklich nicht mehr, was heute war? »Nein. Es ist Winter. Außerdem macht Chip ... Außerdem hat Chip in den Wochen vor seinem Tod keinen besonders guten Job gemacht und nur wenige Buchungen angenommen.«

Savannah schweigt kurz. »Tut mir leid.«

»Ich weiß.«

Es folgt eine weitere lange Pause.

»Ich wollte fragen, wann du mal wieder Zeit hast für einen Achtziger-Filmabend, aber das kann warten. Ich weiß, dass du gerade viel zu tun hast.«

»Du bist so nett«, bemerke ich skeptisch.

»Ich bin neuerdings immer nett.«

Das ist das Gute daran, dass mein bester Freund jetzt mit meiner Schwester zusammen ist. Er hat in ihr die alte Savannah zum Vorschein gebracht, die nicht alles so ernst nimmt. Die Savannah, die sie war, bevor unsere Eltern gestorben sind.

Schweigend warte ich darauf, dass sie mich nach der Verlesung des Testaments fragt.

»Allerdings muss ich jetzt weniger nett sein. Wann überweist du die Miete?«, fragt sie.

Ich wette, Phoenix hat ihren Anteil auch nicht gezahlt. »Ich weiß nicht. Ich konnte in letzter Zeit nicht fliegen, wegen der Exkursionen. Aber du weißt, dass heute sein Testament verlesen wurde, oder?«

Es folgt Schweigen.

»Scheiße, das habe ich ganz vergessen. Ich hätte bei dir sein sollen.«

Das wäre sie auch gewesen, bevor sie mit Liam zusammengekommen ist. Nicht dass das nötig gewesen wäre. Mit Luther Lloyd komme ich auch allein klar. »Schon okay.«

»Nein, ist es nicht. Ich hätte ...«

»Hör auf, Sav. Du hast dein eigenes Leben. Außerdem bin ich siebenundzwanzig. Aber es gibt da etwas, worüber ich gern mit dir und Austin sprechen würde.« Meine zwei ältesten Geschwister sind meine Pseudo-Eltern. Sie werden mir bestimmt sagen, was ich tun soll.

»Okay«, erwidert sie besorgt. »Wie wäre es mit Dinner? Wir können uns irgendwo treffen. Ich rufe Austin an.«

»Klar. Achtzehn Uhr im Terra & Mare? Rome muss auch dabei sein.«

»Okay.«

»Bis später.«

»Denver?« Ihre Stimme klingt wie immer, wenn Savannah Angst hat, dass irgendwas nicht in Ordnung ist.

»Alles gut. Ich brauche nur euren Rat.«

Weitere Sekunden des Schweigens. »Dann bis heute Abend.«

»Danke.«

Wir legen auf, und ich steige aus dem Truck. Der Schnee knirscht unter meinen Füßen, während ich auf den Eingang von Lifetime Adventures zugehe. Ich rutsche, kann mich jedoch fangen, bevor ich auf meinem Hintern lande. Jetzt muss ich wieder an Cleo vorhin denken.

Vielleicht ist sie nicht die Einzige, die neue Schuhe braucht.

• • •

Viertel nach sechs betrete ich das Terra & Mare durch die Hintertür. Rome steht mit Kochjacke und -mütze in der Küche und sieht verdammt professionell aus. Manchmal kann ich immer noch nicht fassen, wie erwachsen er inzwischen geworden ist.

»Wo sind meine Lieblingsnichte und mein Lieblingsneffe?«, frage ich, klaue ein Stückchen Rind und hüpfe auf die Küchentheke.

Rome beäugt meinen Hintern und verdreht die Augen. »Sie sind oben bei Harley. Hast du vergessen, dass du sechs Uhr gesagt hast?«

Colin kommt aus dem Kühlhaus, und ich begrüße ihn mit einem Fauststoß.

»Es ist doch sechs«, erwidere ich mit vollem Mund.

»Es ist Viertel nach«, widerspricht Rome.

Ich sehe mich nach einer Uhr um. Überm Eingang zum Gastraum hängt eine. Ich zucke mit den Schultern. »Geht doch noch.«

Rome atmet genervt aus, während Colin leise lachend Paprika schneidet. Ich schnappe mir ein Stück, und er schiebt mir ein Häufchen zu. Colin ist ein guter Kerl.

»Los. Sav und Austin warten schon.« Rome nimmt sich

einen Teller mit Rind und Kartoffeln. »Kommst du klar, Colin?«

»Jep«, erwidert er, und Rome sieht ihn dankbar an.

Ich springe von der Theke, klopfe Colin auf den Rücken und klaue noch ein bisschen Paprika. Ich hätte das Mittagessen nicht ausfallen lassen sollen.

Der Gastraum ist zu drei Vierteln besetzt. Meine beiden ältesten Geschwister sitzen an einem Tisch zur Straße hin und unterhalten sich.

»Was geht ab?«, frage ich und nehme neben Austin Platz.

»Sag du es uns«, erwidert er.

Savannah nippt an ihrem Wein und lehnt sich zurück. Sie sieht aus, als würde sie direkt von der Arbeit kommen. Austin trägt Jeans und Hemd, wie immer, wenn er an der Highschool Biologie unterrichtet hat. Rome stellt seinen Teller ab und geht hinüber zur Bar.

Ich sollte froh sein, dass sich meine Familie so kurzfristig Zeit nimmt. Sie sind die Einzigen, auf die ich immer zählen kann.

Rome kommt mit einem Bier für mich und einem Wasser für sich zurück. Dann verteilt er das Essen, während Savannah und Austin die Blicke auf mich richten.

»Chip hat mir die Hälfte der Firma vermacht«, platze ich heraus.

Savannah blinzelt überrascht. »Und was ist mit seiner Tochter?«

»Sie hat die andere Hälfte bekommen.« Ich nehme einen Schluck von meinem Bier.

»Oh.« Sie seufzt, nippt wieder an ihrem Wein und beäugt Austin über den Rand ihres Glases.

»Und?«, fragt Austin.

»Ich weiß nicht, was ich machen soll. Sie kommt aus einer reichen Familie, und ich weiß, dass sie mich ausbezahlen will. Und wir wissen alle, dass *ich* sie nicht ausbezahlen kann. Nicht, dass ich allein ein Unternehmen führen will. Ich weiß nicht mal, ob ich überhaupt eine Firma leiten will. Und schon gar nicht mit ihr.«

Rome, der inzwischen das Essen verteilt hat, ist ungewöhnlich schweigsam, legt die Serviette auf seinen Schoß und das Besteck neben seinen Teller.

»Dann lass dich von ihr ausbezahlen«, schlägt Austin vor und sieht Savannah an.

Sie zuckt mit den Schultern. »Wenn du die Firma nicht willst, dann verkauf sie ihr.«

Um ehrlich zu sein, hätte ich mit mehr Widerstand gerechnet. Jeder denkt sich seinen Teil über mich und will, dass ich mehr Verantwortung übernehme. Dass ich mehr aus meinem Leben mache. Ich dachte, das wäre vielleicht ihre Chance, mich unter Druck zu setzen.

»Rome?«, frage ich.

Er starrt mich an mit seinen Augen, die genau aussehen wie meine. »Ich weiß nicht, warum du überhaupt unseren Rat willst. Wir sind nicht diejenigen, die mit der Entscheidung leben müssen.«

Das ist nicht die Antwort, die ich von meinem Zwillingsbruder erwartet hätte. Ich verstehe ja, dass er sich verändert hat, seit er Vater geworden ist. Aber seit wann hat er keine Meinung mehr?

»Hey, wie geht's eigentlich Holly?«, fragt Savannah aus dem Nichts. »Sie hat neulich ein wenig blass ausgesehen.«

Austin krümmt sich. »Es geht ihr gut. Vielleicht lag es an deinen Kochkünsten.« Er lacht und nimmt einen Schluck von seinem Bier.

»Sehr lustig, Vollidiot.« Sie nimmt ihre Gabel und spießt ein Stück Fleisch auf.

»Können wir jetzt bitte wieder über mich reden?«, frage ich.

Alle sehen mich an.

»Was willst *du* machen? Hier geht es nicht um uns. Wir können dir nicht sagen, was du tun sollst.« Austin nimmt seine Gabel und fängt an zu essen.

»Doch, könnt ihr. Was denkt ihr denn, was ich tun soll? Ich meine, Savannah, eine Firma zu leiten, ist doch scheiße, oder?«

Rome vergräbt den Kopf in seinem Essen. Was ist heute nur mit ihm los?

Austin sieht Savannah an.

Sie zuckt mit den Schultern, hört auf zu kauen und legt die Gabel beiseite. »Rome, das ist fantastisch. Kann ich was für Liam mitnehmen? Er ist noch im Laden, und ich wollte danach noch bei ihm vorbeigehen.«

»Können wir jetzt bitte aufhören, über eure besseren Hälften zu sprechen?«, frage ich so laut, dass uns der Nachbartisch einen Blick zuwirft.

Wenigstens habe ich jetzt ihre Aufmerksamkeit.

Savannah schenkt mir einen mütterlichen Blick. »Ein Unternehmen zu leiten, kann manchmal ganz schön scheiße sein, aber es hat auch jede Menge Vorteile. Ich liebe es, dass wir Arbeitsplätze schaffen. Dass sich das, was ich tue, positiv auf die Stadt auswirkt. Es gibt auch schwere Tage, und sosehr ich es manchmal auch hasse, weiß ich nicht, ob ich etwas anderes machen wollen würde.«

Natürlich, sie ist pedantisch und zwangsneurotisch. Außerdem hat sie eine bereits etablierte Firma übernommen. Chip hat alles zu lange schleifen lassen. Das hat das Unternehmen geschwächt. Wahrscheinlich ist er schon länger krank gewesen, als wir wussten.

»Aber du kannst wenigstens allein entscheiden.«

Savannah legt den Kopf schief. »Hast du schon mal von jemandem namens Grandma Dori gehört?«

Ich schneide ein Stück von meinem Steak ab. »Ich verstehe dich. Aber wenn ich Cleo nicht ausbezahle, werde ich mit ihr zusammenarbeiten müssen. Und sie ist einfach fürchterlich.«

Austin lacht leise, doch als ich ihn ansehe, stopft er sich schnell eine Kartoffel in den Mund.

»Willst du uns fragen, ob wir dir Geld leihen?«, erkundigt sich Savannah. »Denn Bailey Timber kann gerade nicht investieren. Vielleicht Wyatt?«

»Ich werde meinen Schwager nicht um Geld bitten«, erwidere ich und schiebe mir ein Stück Fleisch in den Mund.

Verdammt, mein Bruder kann echt kochen. Es ist köstlich.

»Sorry, Bro, ich kann dir nichts leihen«, erklärt Rome.

»Wir müssen den Gürtel ziemlich eng schnallen mit dem Restaurant und den Kindern.«

»Wie wäre es, wenn ihr mal verhüten würdet?«, kommentiert Austin ein wenig bissig, was ziemlich seltsam ist.

»Nur zur Info. Wir haben beide Male verhütet, als unsere Kinder gezeugt wurden. Meine Spermien sind einfach so stark, dass sie alles aus dem Weg räumen.« Dann sieht er mich an. »Pass bloß auf, Mann.«

»Bisher hatte ich Glück.« Ich nehme noch einen Schluck von meinem Bier.

Austin murmelt irgendwas, während Rome an seinem Wasser nippt.

»Ich muss jetzt wieder in die Küche. Tut mir leid, dass ich dir nicht helfen kann.« Rome steht auf und drückt meine Schulter.

»Mein Gott, ich will mir doch gar kein Geld leihen. Ich will doch nur euren Rat. Bisher habt ihr mir auch immer kluge Ratschläge gegeben. Aber jetzt, da ich vor einer wichtigen Entscheidung stehe, nicht mehr?«

Rome setzt sich wieder und lässt die Schultern hängen. Savannah zieht die Mundwinkel nach unten, und Austin isst einfach weiter.

»Hör zu«, setzt Rome zu erklären an. »Es gibt einen Grund, warum dir Chip die halbe Firma vermacht hat. Du rennst schon dein ganzes Leben lang vor Verantwortung davon. Vielleicht solltest du diesmal nicht davonrennen.«

»Wir können dir die Entscheidung nicht abnehmen«, fügt Austin hinzu. »Sieh es als großen Schritt ins Erwachsensein.«

Rome tätschelt meine Schulter und geht zurück in die Küche.

Ich stütze den Kopf in die Hände.

»Denver.« Savannah seufzt, doch ich weigere mich, den Kopf zu heben.

»Entschuldigung?« Jemand tritt an unseren Tisch. »Ich wollte Ihnen nur sagen, wie froh wir alle sind, dass Sie Lifetime Adventures übernehmen. Chip war ein so wichtiger Teil dieser Stadt. Es wäre furchtbar, wenn seine Firma mit ihm sterben würde.«

Ich hebe den Kopf, um nachzusehen, wem die Stimme gehört. Ich kenne den Mann zwar nicht, erinnere mich aber, bei der Beerdigung gesehen zu haben, wie er sich mit Cleo unterhalten hat. »Sie kannten ihn?«

»Ja. Er war ein toller Mann.«

Ich hebe mein Bier. »Auf jeden Fall.«

Der Mann lächelt. »Einen schönen Abend noch.«

Dann verlässt er das Restaurant und verschwindet, als wäre er nur eine Illusion gewesen.

»Woher weiß er das?«, frage ich.

Ich kenne die Antwort, als mich Savannah und Austin ansehen, als wäre ich bescheuert.

Austin zückt sein Handy, tippt kurz darauf herum und reicht es mir. Er hat die Buzz-Wheel-Seite geöffnet, auf der ein Foto von mir und Cleo zu sehen ist, wie wir auf der Treppe vor Luthers Bürogebäude stehen.

Wenn ich ablehne, enttäusche ich nicht nur Chip, sondern die ganze Stadt.

Großartig.

Kapitel 4

CLEO

Phil drückt Bridget, während ich meine Mom umarme. Nachdem wir kurz getauscht haben, beobachten wir, wie unsere Eltern hinaus auf das Rollfeld treten und ins Flugzeug steigen. Keiner von ihnen blickt ein letztes Mal zurück oder winkt uns zu. Nicht dass mich das überraschen würde.

Als ich aufs College gekommen bin, wurde ich mit nur einem Koffer ins Flugzeug gesteckt. Man hatte mir versprochen, meine Sachen würden direkt am nächsten Tag kommen. Auf dem Campus angekommen, beobachtete ich, wie alle Eltern weinten und sich die Mütter bis zur letzten Sekunde an ihre Kinder klammerten, während ich so tat, als hätte ich Glück gehabt, dass meine nicht da waren.

»Jetzt sind wir nur noch zu zweit!« Bridget hakt sich bei mir unter, wie sie es immer tut, und wir beobachten, wie der Motor gestartet wird und das Flugzeug die Startbahn hinabrollt. »Daddy meinte, ich könne so lange bleiben, wie ich wolle.«

Um ehrlich zu sein, weiß ich nicht, wie lange ich Bridget

hierhaben will. Ich ziehe Sachen gern allein durch, während sie ihre Aufgaben lieber von anderen erledigen lässt.

»Lass uns zurück ins Hotel fahren, ein bisschen Wellness machen und Essen aufs Zimmer bestellen«, flüstert sie und verdreht die Augen, als würde sie bereits in ein heißes Bad steigen.

»Ich muss zum Haus von meinem Dad. Wir können auch dort übernachten.«

Sie lässt meinen Arm los. »Da will ich nicht wohnen.«

»Warum nicht?« Ich ziehe die Stirn kraus.

»Was ist das für eine Frage? Es ist düster und schmutzig und unordentlich und ... Ich will einfach nicht.«

Ich versuche, mich nicht aufzuregen. Mein Dad und ich standen uns nicht besonders nahe, aber ich habe trotzdem mit dem Verlust zu kämpfen, und ihre Kommentare sind total unsensibel.

»Und du regst dich auf, dass dich die Leute für versnobt halten«, bemerke ich, während wir in das Uber steigen, das ich für uns gerufen habe.

»Ich bin nicht versnobt.«

Ich sage lieber nichts mehr, denn Bridget und ich lügen uns nie an. Außerdem habe ich gerade ganz andere Sorgen.

Bridget lehnt sich nach vorn und sagt dem Fahrer: »Glacier Point Resort in Lake Starlight.«

»Das weiß er schon. Ich musste es in die App eingeben.«

Bridget lächelt den Kerl breit an.

»Alles klar. Keine Sorge, ich bin aus Lake Starlight«, erwidert er. Über den Rückspiegel erwischt er mich dabei, wie ich seine Security-Uniform mustere. »Ich bin Security am

Flughafen und Uber-Fahrer. Tut mir leid mit Ihrem Vater, Cleo.« Er dreht sich nach hinten und streckt mir die Hand entgegen. »Duke Thompson.«

Ich schüttle ihm die Hand. Meinen Namen kennt er wahrscheinlich von der App, aber offensichtlich hat er auch meinen Dad gekannt.

»Woher wissen Sie von ihrem Vater?«, fragt Bridget.

Duke lacht leise. »Hat Ihr Dad es Ihnen denn nie erzählt?«

»Was erzählt?«

Er fährt los, muss jedoch direkt an einer roten Ampel halten. »Buzz Wheel. Das ist ein Blog, der darüber berichtet, was in der Stadt so passiert. Sie und Denver Bailey werden gemeinsam Lifetime Adventures übernehmen, was? Ich habe ja auf Denver gesetzt, aber ...«

»Entschuldigung, was bitte ist dieses Buzz Wheel?« Bridget blickt drein, als hätte ihr gerade jemand gesagt, sie müsse in einem Fast-Food-Restaurant arbeiten. Ihre kleine Nase kräuselt sich. Sie sieht mich an, und ihr Mund formt »Buzz Wheel«.

Duke reicht uns sein Smartphone, doch Bridget kommt mir zuvor. Lachend zeigt sie mir das Display.

»Du bist eine Berühmtheit, Schwesterherz«, verkündet sie.

Ich nehme ihr das Smartphone aus der Hand. Tatsächlich. Auf dem Display ist ein Foto von Denver und mir zu sehen. Genauer gesagt sitze ich auf meinem Hintern auf dem Bürgersteig, und Denver streckt mir seine Hand entgegen und sieht aus wie ein Heiliger. Toller erster Eindruck.

Ich will gerade den Artikel lesen, als Bridget das Telefon wieder an sich reißt. »Lass mich lesen. Ich muss für den Job als Wetterfee üben.«

Ich habe große Mühe, nicht mit den Augen zu rollen. Ihr Dad hat wieder seine Kontakte spielen lassen. Demnächst hat sie bei einem Nachrichtensender in Texas ein Vorstellungsgespräch, um dort die Wetteransage zu machen.

Sie räuspert sich. »Es ist nicht überraschend, dass Denver Bailey einer Dame in Not zu Hilfe eilt.«

»In Not? Ich war nicht in Not.«

Bridget nickt. »Auf keinen Fall.« Sie richtet den Blick wieder aufs Handy und fragt, ob sie weiterlesen kann. »Doch die Tatsache, dass es sich bei der Frau um Chip Dawsons Tochter handelt, von der er sich entfremdet hatte ...«

»Entfremdet? Wir haben uns nicht entfremdet. Ich war doch schon ein paar Mal hier. Nur weil ich noch nie an dieser dummen Parade am Gründertag teilgenommen habe ...«

Bridget legt die Hand auf meinen Schenkel, damit ich endlich den Mund halte. Erst jetzt merke ich, dass mein Herz wie verrückt schlägt.

»Lies weiter«, sage ich schließlich.

»Okay, ich fange noch mal von vorn an. Und versuch diesmal, mich nicht zu unterbrechen. Du störst meinen Flow.«

Nickend verdrehe ich die Augen und beobachte, wie die Schneehaufen am Straßenrand an uns vorüberflitzen.

Sie räuspert sich erneut. »Es ist nicht überraschend, dass Denver Bailey einer Dame in Not zu Hilfe eilt. Doch die Tatsache, dass es sich bei der Frau um Chip Dawsons Tochter handelt, von der er sich entfremdet hatte und die all seine Habseligkeiten geerbt hat, kommt überraschend. Während Chips Krankheit hat sich das Gerücht verbreitet, dass sich Cleo und Denver nicht sonderlich gut verstehen. Keiner weiß, warum. Jetzt macht ein neues Gerücht die Runde, dass die beiden nun Geschäftspartner seien. Chip hat ihnen jeweils die Hälfte von Lifetime Adventures vererbt. Ich denke, ich spreche für uns alle, wenn ich sage, dass wir gespannt sein dürfen, wie sich die Sache entwickelt. Denver Bailey, der sich nicht mal um einen Goldfisch kümmern kann, und eine Frau, die nicht weiß, wie man sich im alaskischen Winter kleidet, und wahrscheinlich erst recht nicht, wie man ihn überlebt. Aber eins wissen wir mit Sicherheit: Es wird sehr unterhaltsam werden, die beiden aus der Ferne zu beobachten. Ich wünsche ihnen viel Glück. Wir haben Chip Dawson viel zu früh verloren. Dass seine Firma weiterleben wird, spendet uns ein wenig Trost.

Und jetzt noch eine weitere Meldung. Irgendwas ist da in diesen Bailey-Genen, denn gestern Abend wurden Savannah Bailey und Liam Kelly dabei erwischt, wie sie vor seinem Tattoo-Studio miteinander rumgemacht haben. Als Bewohner Lake Starlights sollten sie wissen, dass sie selbst um ein Uhr nachts nicht unbeobachtet sind.«

Bridget gibt Duke das Smartphone zurück und öffnet die Website direkt auf ihrem eigenen. »Savannah und Liam scheinen ganz nach meinem Geschmack zu sein.« Sie lehnt sich zurück und mustert eine Weile das Display. »Ich will es auch auf diesen Blog schaffen.« Dann steckt sie den Kopf zwischen den Vordersitzen hindurch. »Wie schaffe ich es, dass sie über mich schreiben?«

Duke lacht. »Die meisten wollen nicht, dass über sie berichtet wird.«

»Oh, die Kardashians sind Bridgets große Vorbilder«, erkläre ich.

Duke lacht erneut. »Keine Sorge, Cleo. Die Nachrichten verschwinden nach vierundzwanzig Stunden wieder. Dann kommt etwas Neues.«

»Gott sei Dank«, erwidere ich. »Wenigstens ein kleiner Hoffnungsschimmer.«

»Ich hasse es, wenn du das sagst«, schimpft Bridget.

»Ist mir egal.«

»Du siehst immer nur das Negative. Dein Dad ist gestorben. Ja, das ist scheiße.« Sie drückt meinen Oberschenkel. »Aber er hat dir seine Firma vermacht.«

»Die Hälfte.«

»Und die andere Hälfte hat ein heißer Typ bekommen.«

Ich atme laut aus. Sie versteht mich einfach nicht. Schließlich hat sie ihren Treuhandfonds.

»Du bist die stärkste Frau, die ich kenne. Komm schon. Hör auf zu jammern. Wen kümmert schon dieses Buzz Wheel?«, fragt Bridget.

»Dich kümmert es offensichtlich.« Mit gehobener Augenbraue sehe ich sie an.

Sie zuckt mit den Schultern. »Du weißt, was ich meine. Geh da rein und zeig diesem Denver Bailey, wer der Boss ist.«

Zum ersten Mal heute schöpfe ich ein wenig Hoffnung.

»Und hör auf, alles immer so schwarz zu sehen. Dadurch bekommst du deinen Dad nicht zurück. Aber offensichtlich war er der Meinung, du könntest es schaffen. Und jetzt werden wir den Rest des Tages im Spa verbringen. Und morgen wachst du auf und fühlst dich bereit für den Kampf.«

Dukes Blick wandert zwischen uns hin und her, und er fängt an zu grinsen.

»Wie soll das gehen? Er kann fliegen und weiß, wie man in der Wildnis überlebt. Ich nicht.«

»Kannst du dich noch daran erinnern, als wir zelten waren?«, fragt Bridget. »Nach unserem Abschluss?«

»Du meinst, als du und Miguel einen Wohnwagen gemietet habt, in dem wir übernachtet haben?«

»Ja, aber wir mussten uns alle ein Bad und eine Dusche teilen.« Sie erschaudert. »Du warst diejenige, die Feuer gemacht hat.«

»Mit einem Streichholz«, erwidere ich trocken.

Duke muss so heftig lachen, dass er ein wenig ins Schlingern gerät.

»Und als wir uns verlaufen haben, weil Miguel unbedingt wandern gehen wollte, weil er sich dieses ganze North-Face-Zeug gekauft hatte?«

»Was ist damit?«

Sie stößt mich mit dem Ellbogen an. »*Du* hast uns da rausgebracht.«

Da hat sie recht, aber acht verwöhnten Kids beim Überleben zu helfen, ist etwas anderes, als mitten in der Wildnis abgesetzt zu werden, um sich dann seinen Weg zu suchen.

Ich weiß nicht mal, ob ich in eines dieser kleinen Flugzeuge steigen würde. »Ich weiß überhaupt nichts über …«

Sie legt die Hand auf meinen Mund. »Das klang wieder ziemlich negativ.«

Ich reiße den Kopf zurück. »Aber es stimmt.« Dann kneift sie mich in den Arm. »Aua!«

»Das mache ich jetzt jedes Mal, wenn du sagst, dass du irgendwas nicht kannst.«

»Das nennt man Misshandlung.«

Energisch schüttelt sie den Kopf, und ihr kastanienbraunes Haar schwingt hin und her. Sie sieht immer aus, als käme sie frisch vom Friseur. »Nein, das ist Schwesternliebe.«

»Du bist ja nicht mal meine richtige Schwester.«

Sie verzieht den Mund und zwickt mich erneut.

»Verdammt!« Ich drücke die Hand auf meinen Arm. »Hör sofort auf.«

»Ich höre erst auf, wenn du das Positive an der Situation siehst. Du schaffst das. Und so lange werde ich bei dir bleiben.«

Ich lächle sie an. Sie ist wirklich das Beste, was die Entscheidung meiner Mom, reich zu heiraten, hervorgebracht hat. »Ich hab dich lieb«, sage ich mit Tränen in den Augen. Plötzlich holt mich alles ein, was im Laufe der letzten Woche passiert ist.

Sie legt den Kopf auf meine Schulter. »Ich dich auch.« Den Rest des Weges schweigen wir.

Ich liebe Bridget und dass sie mich so anfeuert, aber wenn sie will, kann sie ihrem Dad ewig auf der Tasche liegen. Wir sind zwar zusammen aufgewachsen, leben aber trotzdem in zwei Welten. Manchmal vergisst sie, dass ich kein Sicherheitsnetz habe. Vor allem jetzt nicht mehr, da mein Dad gestorben ist.

Kapitel 5

DENVER

Da ich von meinen Geschwistern nicht den Rat bekommen habe, den ich mir erhofft habe, gehe ich jetzt zu Liam. Mein bester Freund ist auch Unternehmer. Er kann mir bestimmt sagen, was ich tun soll. Außerdem kennt er mich genauso gut wie meine Familie.

Das Problem ist nur, dass mich Savannah, meine Schwester und jetzt auch seine Freundin, begleitet, um ihm etwas zu essen vorbeizubringen. »Das wird Liam bestimmt schmecken. Neulich ...«

Ich hebe die Hand, um sie zum Schweigen zu bringen. »Ich will nicht hören, wie ihr euch gegenseitig malt und euch auf dem Boden wälzt.«

Sie schnaubt zwar, aber glaubt mir: Das haben sie tatsächlich getan. Liam hat an Savannah eine Seite zum Vorschein gebracht, von der ich nicht gedacht hätte, dass sie existiert. Und da ich mal mit ihnen zusammengewohnt habe, müsst ihr keine zweite Meinung einholen.

Sie runzelt die Stirn. »So etwas würde ich dir nie erzählen.«

Ich winde mich und hüpfe auf und ab, als würde ich versuchen, einen Käfer abzuschütteln. »Meine Güte, Sav. Das will ich mir überhaupt nicht vorstellen.«

»Du und Liam habt doch früher ständig Storys ausgetauscht.«

Ich starre sie an. »Aber damals hat er nicht meine Schwester gevögelt.«

»Wenn du nicht willst, dass ich dir was erzähle, dann erzähl auch den anderen nichts.«

»Ich erzähle gar nichts.«

»Ähm. Weißt du, wie oft ich schon gehört habe, wie irgendwelche Mädchen den Namen meines Bruders schreien? Oder das eine Mal, als dir die Tussi genau gesagt hat, was sie will, sodass ich nachts um eins joggen gehen musste und beinahe von einem Bären gefressen wurde?«

»Lass mich eine Sache klarstellen. Sie hat nur gesagt, dass ich weitermachen soll. Ich brauche keine Anweisungen. Ich weiß, was Frauen wollen.« Wir erreichen Smokin' Guns, und ich öffne ihr die Tür. »Außerdem übertreibst du.«

»Vielleicht die Sache mit dem Bären. Aber hast du eine Ahnung, wie oft ich mit Ohrstöpseln schlafen musste?«

Das Geräusch von Tätowiermaschinen und Geplapper beendet unser Gespräch. Liam blickt von seinem Zeichenblock auf und lächelt, wie er es nur bei Savannah tut.

»Hey, Babe«, begrüßt er sie.

»Ich habe dir was zu essen mitgebracht.« Sie hält die Schachtel in die Höhe.

»Ich bin am Verhungern. Danke.« Er steht auf.

Sie winkt Rhys und Moose zu, die sie mit einem Nicken begrüßen. Dann verschwinden meine Schwester und Liam im hinteren Teil des Ladens. Ich will gar nicht wissen, was sie jetzt vorhaben.

Dann fällt mir ein dunkelhaariges Mädchen auf, das auf dem Bauch und nur in Jeans und BH auf einer der Liegen liegt. Irgendwie kommt sie mir bekannt vor, aber ich kann sie nicht zuordnen.

»Was geht ab, Moose?« Ich schnappe mir einen freien Stuhl und rolle ihn zu ihm hinüber.

»Nicht viel.« Er grinst mich an und beäugt das Mädchen.

Steht er etwa auf sie? Moose ist ein riesiger Kerl mit Glatze, und jeder Quadratzentimeter seiner Haut ist mit Tattoos versehen. Seinen Spitznamen hat er, weil er sich wie ein Elch benimmt – er ist mürrisch und hasst Menschen. Wer ihn provoziert, sollte lieber schnell das Weite suchen, denn er kann auch sprinten wie ein Elch.

Mein Blick fällt wieder auf das Mädchen. Süßer Hintern. Aber ich stehe mehr auf Brüste, also sehe ich Moose an und zucke mit den Schultern, als wollte ich sagen: *Schnapp sie dir, wenn du willst.*

Als ich an Brüste denke, kommt mir Cleo in den Sinn. Ihr Vorbau ist noch etwas, das mir das Genick brechen könnte. Ich weiß, ziemlich primitiv, aber verdammt, sie ist mit mehr als nur einer Handvoll gesegnet. Würde ich sie nicht so sehr hassen, würde ich es wagen und sie fragen, ob ich mal anfassen darf.

Fuck. Was mache ich denn da? Ich muss dringend einen klaren Kopf kriegen.

Dann dreht die Brünette den Kopf, und plötzlich habe ich wieder dieses Gefühl, überall am Körper Spinnen zu haben.

»Scheiße. Igitt. Moose hat mich gerade gezwungen, deinen Hintern zu begaffen.« Ich springe auf, und der Stuhl knallt irgendwo dagegen.

Meine Schwester Phoenix funkelt mich mit ihren bösen dunklen Augen an und grinst. »Hast du mich denn nicht erkannt? Du siehst mich doch jeden Tag.«

»Aber ich glotze doch nicht auf deinen Hintern!«, protestiere ich.

Sie und Moose wechseln einen Blick, und sie fängt an zu lachen. Erst jetzt fällt mir das vertraute Amsel-Tattoo auf ihrem Rücken auf.

»Du hast dir das gleiche Tattoo wie Brooklyn und Juno machen lassen?«

»Ja, ich bin ganz schön sauer, dass mir keiner gesagt hat, dass wir ein Familien-Tattoo haben.«

»Haben wir auch nicht.«

»Rome, Brooklyn und Juno haben alle das Gleiche.«

»Aber wir sind neun. Also ist es nur ein Drittel.«

Hinter mir fängt Rhys langsam an zu klatschen. »Seht euch nur den Mathematiker an.«

Ich zeige ihm den Mittelfinger.

»Ich finde es schön, dass es für Mom und Dad steht. Deshalb wollte ich auch eins. Warum hast du keins?«

Ich ziehe den Stuhl wieder zu mir. »Weil ich kein Nachmacher bin.«

Sie verdreht die Augen. »Das ist schwach.«

Moose widmet sich wieder ihrem Tattoo. Ich kann nicht leugnen, dass ich das Design liebe. Als sich Rome die Amseln hat stechen lassen, war ich auch kurz davor. Aber wir sind Zwillinge. Das wäre dann doch zu gruselig gewesen.

»Ich habe es Sedona erzählt. Wenn sie das nächste Mal hier ist, wird Moose ihr auch eins stechen.«

»Ich will nicht unhöflich sein, Moose, aber warum macht es nicht Liam?«, frage ich.

Liam ist der Stammtätowierer der Familie. Nun ja, meiner und Romes. Brooklyn und Juno haben beide nur das eine Tattoo.

»Er meinte, er wolle nicht riskieren, dass Savannah sauer wird, weil er weiterhin jede Nacht flachgelegt werden wolle.«

Ich erschaudere. Schon wieder. »Warum sparen sie sich ihren Sextalk nicht fürs Schlafzimmer auf?«

»Du würdest auch prahlen.« Liam kommt aus dem Hinterzimmer und setzt sich mit seinem Zeichenblock zu uns. »Ihr seid alle bloß neidisch.«

»Sind wir überhaupt nicht«, widersprechen Phoenix und ich wie aus einem Mund.

»Ich schon.« Moose hebt die Hand.

»Ich werde jede Nacht flachgelegt.« Rhys lacht.

»Blödsinn«, hustet Moose.

»Du willst mit mir reden?«, fragt Liam hinter mir.

Ich rolle zu ihm hinüber. »Savannah ist eine Tratschtante.«

Er legt den Kopf schief. »Ich liebe dich wie einen Bruder, aber sie ist jetzt meine Nummer eins.« Ich tue, als müsste ich mich übergeben. Er knüllt seine Zeichnung zusammen und bewirft mich damit. »Hör auf, dich wie ein Dreizehnjähriger zu benehmen.«

Ich falte das Papierknäuel auseinander, denn alles, was Liam zeichnet, ist ein Meisterwerk. Es ist eine Blume mit einem Stängel in Form eines Unendlichkeitszeichens. »Hat dich meine Schwester zu einem Weichei gemacht?«

»Es ist eine Orchidee.« Er wirft einen Blick auf die Bürotür. »Ich versuche gerade, sie davon zu überzeugen. Orchideen stehen für Liebe, Schönheit und Stärke. Und das Symbol ist selbsterklärend.«

Ich lege das Blatt auf seine Liege. »Sav und ein Tattoo? Genau.«

Liam zuckt mit den Schultern. »Versuchen kann man es ja.«

»Na ja, immerhin hast du eine Savannah entdeckt, die ich nicht kannte. Man sollte also niemals nie sagen.«

In dem Moment gesellt sich Savannah zu uns, und Liam tätschelt seinen Schoß. Als sie sich setzt, entdeckt sie die Zeichnung. Kurz begutachtet sie die Orchidee, bevor sie Liam ansieht.

»War nur so eine Idee«, erklärt er.

Ihr Blick fällt wieder auf die Zeichnung und dann auf mich. Ich hebe die Augenbrauen, und sie sieht wieder Liam an. »Das besprechen wir noch mal.«

Liam küsst ihre Wange, als hätte sie gerade Ja gesagt.

Irgendwas entgeht mir hier. Wie kann es sein, dass er sich über ein *Vielleicht* so sehr freut?

»Du würdest dir ein Tattoo stechen lassen?«, platzt es aus mir heraus.

Sie lächelt Liam an. »Wer sagt denn, dass ich nicht schon längst eins habe?«

Sie spielen ein Spiel, das ich nicht verstehe. Es macht mich wütend, sie so zusammen zu sehen. Früher war Liams Laden *mein* Zufluchtsort. Früher hätten wir mein Problem schon längst gelöst. Aber jetzt musste er erst zu Abend essen – hoffentlich war meine Schwester nicht das Dessert –, und ich musste hier draußen auf ihn warten. Und jetzt sitzt sie auf seinem Schoß und bekommt seine volle Aufmerksamkeit.

»Okay, wisst ihr was? Jetzt ist Denver-Zeit.«

Ich stehe auf und packe ihre Hand, doch Liam drückt Savannah an sich. Als ich fester an ihr ziehe, knurrt Liam wie ein Hund, und Savannah muss laut lachen. Ich sehe mich um, als wäre ich in einem Paralleluniversum gelandet. Die anderen scheinen das Gleiche zu denken.

»Mein Rat war ihm nicht gut genug«, bemerkt sie und steht auf.

Liam schlägt ihr auf den Hintern. Sollte ich den Tag überstehen, ohne mich zu übergeben, wäre es ein Wunder. Savannah verschwindet im Hinterzimmer, und Liam tätschelt die Liege.

»Was?«, frage ich.

»Es ist schon eine Weile her. Du weißt genau, dass Tinte hilft, Probleme zu lösen. Du vertraust mir doch, oder?«

Mit meinem Leben. Und er hat recht. Ein neues Tattoo hat bisher immer geholfen. Als ich nach der Highschool nicht wusste, was ich aus meinem Leben machen sollte, war ich Liams Versuchskaninchen. Er stach mir einen hammermäßigen Anker mit Kompass, der mir sagen sollte, dass ich immer den Weg nach Hause finden würde. Er hat schon öfter versucht, mich zu überzeugen, es neu stechen zu lassen, aber das werde ich auf keinen Fall tun. Es ist ein Original von Liam Kelly. Ich glaube, er wusste, was ich wollte, bevor ich es selbst wusste.

Nachdem vor ein paar Jahren mein Flugzeug abgestürzt ist und ich fast gestorben wäre, hat er mir auf dem rechten Schulterblatt ein Hufeisen gestochen. Und einen Olivenzweig auf meinen rechten Rippen, nachdem Rome Harley kennengelernt hat und ich damit zu kämpfen hatte, in seinem Leben nicht mehr die erste Geige zu spielen. Nur meine Brust hat noch keine Tinte abbekommen.

Ist das nicht der Grund, warum ich hergekommen bin?

Ich ziehe mein Shirt aus und lege mich auf den Rücken. »Woher wusstest du das?«

Es ist genau wie damals mit sechs, als wir beschlossen haben, in der Toilette der Bibliothek eine Klopapier-Party zu schmeißen. Wir sind schon immer auf einer Wellenlänge gewesen. Na ja, abgesehen von Savannah. Da sind wir ganz bestimmt nicht auf einer Wellenlänge.

Als Moose mit Phoenix' Tattoo fertig ist, verkündet sie, dass sie jetzt nach hinten gehe, um Savannah zu nerven. Liam und ich wechseln einen Blick. Wir wissen genau, dass es ungefähr fünf Minuten dauern wird, bis man aus dem Büro Schreie hören wird.

Während sich Liam die Hände wäscht, Handschuhe anzieht und die Schablone vorbereitet, stelle ich mir vor, wie es wäre, ein eigenes Unternehmen zu haben. Kann ich Chips Wunsch erfüllen? Im Laufe der Jahre hat er so viel für mich getan. Wie kann ich da Nein sagen?

»Rede mit mir«, fordert Liam und beginnt mit der Kontur.

»Es wird mich einschränken. Meinen Lifestyle über den Haufen werfen.«

»Inwiefern? Du wirst immer noch viel Zeit in der Natur verbringen. Du kannst so viele Touren machen, wie du willst.« Liam hält den Blick auf seine Arbeit gerichtet, die er mit Präzision ausführt. Immer mal wieder wischt er über meine Haut.

»Ich würde dafür sorgen müssen, dass der Laden läuft. Das ist eine Menge Druck.«

Liam schweigt, aber wir wissen beide, dass man sich auf mich lieber nicht verlassen sollte.

»Das stimmt. Aber du bist doch gern auf Exkursionen, oder?«

Als er meine Rippe erwischt, zucke ich kurz zusammen. »Ja, aber es gibt so viele Was-wäre-wenn-Fragen. Außerdem bin ich ja nicht allein. Ich müsste die Firma gemeinsam mit seiner Tochter leiten.«

Er nickt. »Cleo Dawson. Sav meinte, ihr würdet jeweils die Hälfte bekommen?«

»Ja.«

»Sie hat überhaupt keine Erfahrung.«

»Ganz genau. Sie meinte, sie wolle mich ausbezahlen.«

Während er die Nadel in die Tinte taucht, sieht er mir in die Augen. »Und das wäre für dich in Ordnung?«

»Ich weiß nicht. Ich könnte den Gedanken nicht ertragen, dass Chips Firma zugrunde geht. Allein wird sie es auf keinen Fall schaffen. Ich habe die Geschäftsbücher gesehen, als ich mich während seiner Krankheit um das Büro gekümmert habe. Im Moment macht das Unternehmen kaum Umsatz. Und seien wir mal ehrlich. So etwas ist einfach nicht mehr angesagt. Die Leute suchen mittlerweile nach einem größeren Kick.«

Kurz schweigt Liam. »Klingt, als hättest du schon viel darüber nachgedacht.«

»Das habe ich auch. Ich liebe meine Arbeit als Buschpilot, weil ich dadurch an Orte komme, die sonst kaum einer zu sehen bekommt. Das will ich nicht aufgeben. Exkursionen zu leiten, ist okay, aber nicht so spannend wie das Fliegen.«

»Vielleicht kannst du beides machen. Oder miteinander kombinieren. Vielleicht bist du genau der Richtige, um Lifetime Adventures neues Leben einzuhauchen.«

»Aber?«

Wieder taucht er die Nadel in die Farbe. »Hör zu. Lass uns mal Klartext reden. Wir wissen beide, dass du es eigentlich machen willst, aber Angst hast. Und das verstehe ich. Als ich meinen Laden eröffnet habe, hatte ich Todesangst, aber jetzt bin ich froh, mein eigener Boss zu sein. Du fragst jeden nach seiner Meinung, als wolltest du, dass dir jemand sagt, dass du es nicht tun sollst.«

Ich drehe den Kopf weg. Es ist schwer, die Wahrheit zu hören.

Er konzentriert sich auf das Tattoo, während ich darüber nachdenke, wann ich das letzte Mal jemanden um Rat gefragt habe. Eigentlich mache ich immer, was ich will, ungeachtet der Konsequenzen. Chip gehörte zu den wenigen, die ich nach ihrer Meinung gefragt habe, aber meistens wusste ich schon vorher, was er sagen würde.

Warum will ich die Leute dazu bringen, mir zu sagen, dass ich es nicht tun soll? Liam hat recht – ich habe Angst vorm Scheitern. Ich will, dass mein Leben so bleibt, wie es ist. Einfach und unkompliziert.

Während Liam weitersticht, denke ich über alles nach. Als er fertig ist, setze ich mich auf, um das Tattoo im Spiegel zu betrachten. Ich begutachte die zwei Amseln, die direkt unterhalb meines linken Brustmuskels auf einem Ast sitzen. *Verdammt, Liam.* Er ist einfach viel zu talentiert. Er hat mir mein eigenes Amsel-Tattoo gestochen, ohne das meiner Geschwister zu kopieren.

Er lächelt mich über meine Schulter an und lässt die Tatsache, dass sich die zwei Amseln direkt über meinem Herzen befinden, unkommentiert.

»Danke, Mann.«

Ich will mich gerade wieder setzen, damit er es verbinden kann, als die Tür aufgeht und keine Geringere als Cleo Dawson hereinkommt.

Kapitel 6

CLEO

»Ist das nicht …?« Bridget rammt mir so fest den Ellbogen in die Seite, dass ich taumele und mir vor Schmerz die Hand auf die Rippen drücken muss. Sie hatte im Restaurant viel zu viel Rotwein.

Warum wusste ich nicht, dass Denver tätowiert ist? Und warum finde ich es so verdammt attraktiv? Abgesehen von unserem Kumpel Ford, der dem Country Club abtrünnig wurde, hat in unserem Freundeskreis keiner Tattoos. Ich habe seit Jahren eine Schwäche für Tätowierungen – und jetzt starre ich den Typen an, den ich so sehr hasse, und mein ganzes Blut schießt in meine Körpermitte.

»Cleo Dawson.« Denver lässt den Blick über meinen eng geschnittenen Mantel schweifen, als wüsste er, wie ich nackt aussehe. Ich bekomme am ganzen Körper Gänsehaut.

»Denver Bailey«, erwidere ich in eisigem Ton. Aber so, wie mich Bridget ansieht, weiß sie genau, dass es nur aufgesetzt ist.

Sie reißt die Augen auf, als wollte sie fragen, warum ich ihr nicht erzählt habe, dass ich ihn auch heiß finde.

»Kann ich euch helfen, Ladys?« Ein adretter Kerl ohne Tätowierungen oder Piercings tritt hinter den Empfangstresen.

»Ich hätte gern ein Tattoo«, erklärt Bridget selbstbewusst, als wäre sie hier bereits Stammkundin.

Ich schüttle den Kopf. Sie wollte unbedingt hierherkommen, bevor wir zurück ins Hotel gehen, wo sie nach ein paar weiteren Gläsern Wein einpennen wird. Und wenn sie morgen früh aufwacht, werde ich ihr sagen, dass ich sie davor bewahrt habe, ihre Haut permanent mit Tinte versehen zu lassen.

»Was hättest du denn gern?«

Jetzt schüttle ich energischer den Kopf, doch der Typ schenkt mir keine Beachtung. Sollte sich Bridget Sorgen gemacht haben, in dieser Stadt nicht als attraktiv zu gelten, beweist dieser Typ gerade, dass sie eine Zehn ist. Er begafft sie, wie es die meisten Männer tun, was bedeutet, dass er mich ignorieren und ihr das geben wird, was sie will.

»Irgendwas Süßes und Feminines«, erwidert Bridget.

Er nickt. »Eine Blume? Ein Herz? Und wo willst du es haben?«

Die Tür geht auf, und fünf Leute betreten den Laden. Jeder von ihnen hat unzählige Tattoos. Jep, wir sind wie Nonnen in der Playboy Mansion.

Bridget lehnt sich über den Tresen. »An einer intimen Stelle.«

Ich greife nach ihr. »Bridge, lass uns gehen. Du brauchst kein Tattoo.«

Aber sie reißt sich los. »Doch, tue ich.«

»Gibt es denn kein Gesetz, dass man Betrunkene nicht tätowieren darf?«, frage ich flehend.

»Nein«, entgegnet der Typ mit einem Schulterzucken.

»Rhys.« Der Kerl, der eben noch bei Denver saß, kommt zu uns herüber. Ich erinnere mich, dass er mal in den Laden kam und für eine Wohltätigkeitsveranstaltung um eine Spende gebeten hat, als mein Dad krank war. Aber ich kann mich nicht an seinen Namen erinnern.

Ich beobachte, wie Denver sein Shirt anzieht. Sein Tattoo wurde abgeklebt. Meine Augen sind die reinsten Verräter. Jetzt, da er nicht mehr halb nackt ist, sieht er wieder anständig aus.

»Hat sie denn viel getrunken?«, will der Typ namens Rhys wissen.

»Nur ein bisschen Rotwein«, erwidert Bridget lallend.

Der Kerl, der eben zu uns hergekommen ist, sieht mich an. »Cleo Dawson?«

Ich atme laut aus. »Jep.«

»Liam Kelly.« Er streckt mir seine Hand entgegen. »Wir sind uns schon mal begegnet.« Mein Gott, ich hatte ganz vergessen, wie attraktiv er ist. Warum sind alle in dieser Stadt so wunderschön? Ist hier irgendwas im Wasser?

Ich schüttle seine Hand. »Schön, dich wiederzusehen.«

»Ich bin der beste Freund von dem da.« Mit dem Kopf deutet er auf Denver. War ja klar.

»Du hast bestimmt schon mitbekommen, dass wir die

heißesten News in Lake Starlight sind, oder?« Denver stellt sich zu den beiden Typen hinterm Tresen.

Ich verenge die Augen zu Schlitzen. »Total lächerlich. Ich wusste gar nicht, dass es diese Seite überhaupt gibt.«

»Ich habe eben noch einen von dir gesehen. Du bist Koch?« Bridget deutet auf Denver.

»Zwillinge, schon vergessen?«, erinnere ich sie.

Zuerst sieht sie mich irritiert an, doch dann scheint sie zu verstehen.

Endlich.

»Warum kümmerst du dich nicht um die Leute da drüben, Rhys? Ich glaube, das sind deine nächsten Kunden.« Liam deutet auf die Gruppe, die sich die Tattoos an der Pinnwand ansieht.

»Übernimm du sie. Ich würde lieber das hier machen.« Rhys hat keine Sekunde lang den Blick von Bridget abgewandt.

»Hast du diesen Monat nicht schon genug Blumen gestochen?«, fragt Liam.

»Ich bin dafür der beste Mann. Ich bin Blumenexperte.« Rhys stützt sich auf den Tresen, und ich sehe Liam flehend an.

»Los jetzt, Rhys.« Liam schiebt ihn weg und wendet sich dann Bridget zu. »Hör zu. Ich würde dir gern ein Tattoo stechen, aber es wird so schlimm bluten, dass es scheiße aussehen wird, wenn es verheilt ist. Aber falls du morgen noch mal vorbeikommen willst, tätowiere ich dich gern.«

»Ich will aber, dass *er* mich tätowiert.« Sie deutet auf Rhys.

»Klar. Morgen.«

Bridget sieht mich kurz an, wendet sich jedoch sofort wieder dem Kerl zu, der ihr so viel Aufmerksamkeit schenkt. »Wann hast du Feierabend?«

Rhys wirft Liam einen verzweifelten Blick zu.

Aber Liam ist nun mal der Boss.

»Er hat noch ein paar Kunden. Aber du kannst gern hier warten.« Liam lächelt sie an, bevor er mich und Denver ansieht. »Falls ihr reden wollt …«

»Nein«, erwidern wir gleichzeitig.

»Okay. Na gut. Ich muss mich jetzt um meinen nächsten Kunden kümmern. War schön, dich wiederzusehen. Kommt ab jetzt bestimmt öfter vor.« Dann verlässt er den Empfangsbereich und bedeutet einem Kerl per Handzeichen, dass er zu ihm kommen soll.

»Wartest du auf mich? Ich brauche höchstens noch eine halbe Stunde«, bittet Rhys.

»Wir gehen jetzt ins Hotel«, erkläre ich und hake mich bei Bridget unter.

»Ich werde warten«, erwidert Bridget und ignoriert mich komplett. »Kann ich dir bei der Arbeit zusehen?«

»Klar.« Rhys öffnet die niedrige Tür zu seinem Arbeitsplatz, und Bridget geht mit schwingenden Hüften hindurch.

»Bridge.«

Sie dreht sich um, lächelt mich an und hebt einen Finger. Ich bin schon mehr als einmal in dieser Situation gewesen, und nach allem, was in den letzten Wochen passiert ist, habe ich keine Kraft mehr, zu kämpfen. Als ich mich von Bridget abwende, merke ich, wie Denver mich anstarrt.

»Was?«, frage ich ihn.

»Willst du mir meine Hälfte immer noch abkaufen?«

»Du hast gesagt, sie stünde nicht zum Verkauf.«

»Vielleicht, wenn du mir ein gutes Angebot machst.«

Er soll auf keinen Fall wissen, dass ich nicht die Kohle habe, um ihn auszubezahlen. »Vielleicht sollten wir zusammen einen Käufer finden.«

Er setzt sich auf den Stuhl hinterm Tresen. »Erst willst du mich ausbezahlen, und jetzt willst du die ganze Firma verkaufen?«

»Ich meine ja nur. Ich habe Zugang zu seinen Konten.« Ich sehe mich um und lehne mich über die Theke. »Er hatte kein Geld.«

»Das habe ich mir schon gedacht. Ich meine, in den letzten Monaten habe ich mich um alles gekümmert, und die Firma hatte kaum Einnahmen.«

Meine Schultern sacken zusammen. Ich hatte gehofft, Lifetime Adventures würde florieren und Dad hätte nur zu wenig Geld für sich genommen. Dass er so zu kämpfen hatte, bringt mich fast zum Weinen. Aber nicht hier. »Willst du damit sagen, dass wir eine Firma geerbt haben, die schon längst bankrott ist?«

»Es ist nicht so, als könnte man das Ruder nicht herumreißen.« Er legt die Füße auf den Tresen. Erst jetzt fällt mir auf, dass das Holz mit Zeichnungen und Sprüchen übersät ist.

»Wie meinst du das?«

»Ohne dich.« Lässig schlingt er die Arme um seine Knie

und trommelt auf seinen Schienbeinen den Takt der Musik, die durch die Lautsprecher klingt.

Es sind Imagine Dragons, aber ich kann mich nicht an den Titel erinnern. Ist auch egal.

»Du hast wohl vergessen, dass du mich brauchst«, bemerke ich.

»Nicht wirklich. Wir wissen beide, dass du die Firma nicht willst.«

»Warum sagst du das?«

Lachend beäugt er meinen Mantel. »Wie warm ist dir gerade?«

»Warm.«

Mit dem Kopf deutet er nach draußen, wo gerade ein Schneegestöber tobt. »So warm, dass du die Nacht draußen verbringen könntest?«

»Ich muss die Exkursionen ja nicht machen. Was spielt es also für eine Rolle?« Ich balle die Hände zu Fäusten.

»Es würde keine fünf Minuten dauern, bis du dich über die Kälte beschwerst. Wie um alles in der Welt kommst du auf die Idee, eine Firma leiten zu können, die Exkursionen in die Wildnis und nicht in einen schicken Badeort anbietet?«

Denver hat recht, aber das würde ich niemals zugeben. Ich hätte mir mehr von meinem Dad zeigen lassen sollen. Aber Denver weiß nicht, wie verzweifelt ich bin. Ich habe sonst nichts. Eine Niederlage ist keine Option.

»Und du könntest dich keine fünf Minuten lang an einen Plan halten. Eine tägliche Routine würde für dich sowieso nicht funktionieren.«

Er nimmt die Füße vom Tresen und steht auf.

Oh, ich habe einen Nerv getroffen. Gut.

»Du solltest dich nicht nur auf der Seite von Buzz Wheel über mich informieren«, kontert er.

»Dann erzähl doch mal. Wie heißt denn dein Goldfisch?«

Er starrt mich so lange an, dass ich beinahe die Schultern hängen lasse. Als seine Hand auf den Tresen schlägt und er sich nach vorn lehnt, stockt mir kurz der Atem. Sein erdiger, sauberer Duft steigt mir in die Nase.

»Verkauf einfach seine Sachen und verlass die Stadt«, knurrt er leise.

»Das wird nicht passieren. Ich würde schon allein deshalb bleiben, um dir auf die Nerven zu gehen.«

»Du weißt, dass ich dich vergraulen könnte.« Seine Arroganz verrät, wie überzeugt er von seinen eigenen Worten ist.

»Ach ja? Und wie willst du das anstellen?«

»Warum sollte ich dir das sagen? Ich verrate dir doch nicht meine Geheimnisse.«

Ich funkle ihn böse an, doch er grinst nur. Schlechte Energie umgibt uns, als stünden wir mitten in einem Tornado, der immer stärker wird, je länger wir schweigen.

»So soll es also laufen?« Er verschränkt die Arme vor der Brust, zuckt jedoch zusammen und senkt sie schnell wieder.

»Och, du Armer. Bist du an dein neues Tattoo gekommen?«

»Mach dir um mich keine Sorgen, Prinzessin. Kümmere dich lieber um dich selbst.«

»*Uff!*« Am liebsten würde ich schreien, toben und um mich schlagen. Warum muss ich ausgerechnet mit ihm in dieser Situation stecken? Einem arroganten, eingebildeten Mistkerl, der für den Rest seines Lebens ein bockiges Kind bleiben will.

»Okay, ihr zwei. Ihr stört meine Kunden.« Liam kommt zu uns herüber, packt Denver und mich am Oberarm und zieht uns in den Korridor im hinteren Teil des Ladens. Dann bleibt er stehen und öffnet eine Tür.

Eine hübsche Blondine mit Messy Bun und einem Kugelschreiber zwischen den Lippen blickt vom Computer auf. Irgendwie kommt sie mir bekannt vor.

»Sorry, Babe. Aber die beiden brauchen ein wenig Privatsphäre«, erklärt Liam.

Lächelnd klappt sie den Laptop zu, legt den Stift beiseite und steht auf. »Cleo Dawson? Schön, dich wiederzusehen.«

Ich schenke ihr ein knappes Lächeln.

»Savannah Bailey.« Sie nickt mir zu.

»Aber natürlich. Noch eine Bailey. Ihr seid einfach überall.« Mit übertriebener Kraft reiße ich mich von Liam los, obwohl sein Griff federleicht war. Würde Bridget nicht gerade mit Rhys flirten, wäre ich schon längst abgehauen.

»Lassen wir sie reden«, sagt Liam.

Savannah schlüpft zwischen uns hindurch. »Klar.«

Liam schubst Denver ins Büro. Der findet das Gleichgewicht wieder, bevor er mit der Stirn gegen einen Aktenschrank donnert. Zu schade. Das hätte mir Genugtuung verschafft.

Bevor ich beiseitetreten kann, stürmt Savannah noch mal herein, schnappt sich ihren Laptop und lächelt mir zu. Dann knallt sie die Tür zu, und wir stehen eine Weile schweigend da. Denver setzt sich auf den Schreibtisch und stellt die Füße auf den Stuhl.

»Was für ein Gentleman du doch bist.«

Sein verwirrter Gesichtsausdruck sagt mir, dass ich mich erklären muss.

»Du lässt nicht zuerst die Dame entscheiden, wo sie sitzen möchte?«

Mit dem Fuß schiebt er mir den Stuhl zu. »Hier, Prinzessin. Setz dich.«

»Ich bin keine Prinzessin.«

Statt zu widersprechen, atmet er genervt aus. »Ich will nicht mit dir streiten, aber das mit uns wird niemals funktionieren.« Seine Stimme klingt ruhig und bestimmt. »Wir können die Firma nicht zusammen leiten.«

Ich setze mich und schlage die Beine übereinander. Seine Augen folgen meiner Bewegung. Ich würde lügen, wenn ich behaupten würde, dass es mich nicht ein wenig nervös macht.

»Ich kann dich nicht ausbezahlen. Das ist keine Option.« Ich gebe es nur ungern zu, aber welche Wahl bleibt mir denn?

»Ernsthaft?«

Ich sehe ihm direkt in die Augen, um ihn wissen zu lassen, dass ich die Wahrheit sage, ganz egal, wie peinlich es auch ist. »Ja, ernsthaft. Falls du mich auch nicht ausbezahlen kannst, bleiben uns im Moment nicht viele Möglichkeiten. Außer wir verkaufen die Firma direkt.«

Er mustert mich eine Weile. »Warum willst du die Firma?«

Ich wünschte, ich könnte seine Frage beantworten. Ich könnte ihm viele Gründe nennen. Weil ich das Vermächtnis meines Vaters erhalten möchte. Weil ich mich schon immer gefragt habe, warum ihm die Firma anscheinend wichtiger war als ich. Weil ich meinen Platz in der Welt noch nicht gefunden habe und bisher wahrscheinlich an den falschen Orten gesucht habe. Aber aus irgendeinem Grund entscheide ich mich für die Wahrheit. »Ich weiß es noch nicht. Und du?«

Er stößt laut die Luft aus, als würde ihm meine Antwort nicht gefallen. »Hast du deinen Brief schon gelesen?«

»Ja.«

»Und?«

»Was und?«

»Was stand darin?«

Ich nehme das Bein herunter, lege es wieder über das andere und rutsche auf meinem Stuhl herum. »Das geht dich nichts an.«

Er nickt grinsend – wie immer. Ich nehme an, in seinem Brief steht das Gleiche wie in meinem. Wenn Dad Denver genauso triftige Gründe genannt hat, warum er die Firma übernehmen soll, dann sollten wir uns lieber überlegen, wie wir das Unternehmen retten, statt aufeinander herumzuhacken.

Er lässt die Schultern hängen. »Hör zu. Dein Dad war mein Mentor. Er hat mir so viel beigebracht. Deshalb werde ich es machen und die Firma dorthin bringen, wo sie hingehört. Das hat er verdient. Eigentlich übernehme ich nie für irgendwas Verantwortung, aber das kann ich machen.«

Ich atme laut aus und lege den Kopf in den Nacken.

»Ich gebe mir gerade große Mühe«, sagt er.

Das stimmt. *Ich* bin gerade die Schwierige. »Dann kann ich es auch machen.«

»Dann wollen wir es also wirklich probieren?«

»Ich schätze, schon.«

»Und wenn wir scheitern, können wir immer noch verkaufen«, meint er.

»Dann hast du also schon einen Fluchtplan?« Ich stehe auf und gehe in Richtung Tür.

Ich habe sie noch nicht erreicht, als er mich am Ellbogen berührt. Er steht direkt hinter mir, sein Atem geht unregelmäßig. »Ich mache nur Vorschläge. Glaub mir. Wenn ich mich darauf einlasse, bin ich voll und ganz an Bord. Ich mache keine halben Sachen.« Er klingt aufrichtig, spricht aber so leise, als wollte er nicht, dass es jemand erfährt.

»Bis morgen, Denver.« Ich lege die Hand auf den Türknauf.

»Ich wette, ich kriege deine Stiefschwester hier raus. Um dir zu beweisen, was für ein großartiger Partner ich bin.«

Ich drehe mich um. Er ist mir immer noch unheimlich nah, sein Mund direkt vor mir. Ich könnte mich einfach auf die Zehenspitzen stellen und ihn küssen. Ich wette, er weiß, wie man sich um eine Frau kümmert. Mit ihrem Körper umgeht. Mein Gott, es ist schon viel zu lange her. »Der Gewinner bekommt einen Kaffee?«

»Ich trinke meinen kalt. Und schwarz.« Er dreht den Knauf und tritt hinaus auf den Korridor.

Ich bin noch nicht zur Tür hinaus, als plötzlich der Feueralarm losgeht und Hektik ausbricht. Als ich den vorderen Teil des Shops erreiche, sucht Bridget bereits panisch nach mir. Mir gefällt Denvers Taktik zwar nicht, aber er hatte Erfolg. Liam funkelt ihn böse an. Ich glaube, ich mache mich besser aus dem Staub, bevor hier Krieg ausbricht.

Als sich Bridget bei mir unterhakt und wir zum Ausgang gehen, zwinkert mir Denver zu und flüstert: »Cold Brew, schwarz«, um noch mal klarzustellen, dass er diese Runde gewonnen hat.

Kapitel 7

DENVER

Nancy schlürft ihren Kaffee und liest das *Lake Starlight Journal*. Ich schwöre, sie, Grandma Doris Seniorenresidenz und Liam sind die Einzigen, die diese Zeitung abonniert haben. Sie hebt den Kopf.

»Guten Morgen«, begrüßt sie mich, legt die Lesebrille auf die Zeitung und geht hinüber zur Kaffeekanne.

»Ich sage es dir noch mal. Du bist nicht meine persönliche Assistentin.« Schnell stelle ich meine Laptoptasche ab und eile zur Kaffeemaschine, bevor sie mir eine Tasse einschenken kann. Ihr Lächeln verebbt augenblicklich.

»Chip habe ich auch immer Kaffee gebracht.«

Wir haben das Thema schon mal durchgekaut, aber ich verstehe, dass sie ihn vermisst. Immerhin haben sie zwanzig Jahre lang zusammengearbeitet. Mir fehlt er auch.

»Okay, aber bitte denk nicht, dass du mir jetzt jeden Morgen Kaffee servieren musst.«

Lächelnd stößt sie mich mit der Hüfte beiseite. »Schwarz?«

Bisher habe ich es nicht übers Herz gebracht, ihr zu sagen, dass ich meinen Kaffee am liebsten kalt aufgebrüht trinke. Heißgetränke nehme ich eigentlich nur beim Zelten zu mir. Aber ihre roten Augen sagen mir, dass heute nicht der richtige Tag dafür ist. Sie trauert. Wir alle trauern. Manche von uns verbergen es nur besser als andere.

»Perfekt«, sage ich und setze ein Lächeln auf.

Sie schenkt den Kaffee ein und reicht mir eine von Chips Tassen. Sie ist weiß mit dem Aufdruck »Bester Boss aller Zeiten«. Zögerlich nehme ich sie entgegen, damit es Nancy ein bisschen besser geht.

»Ich bin im Büro. Heute steht nichts auf dem Programm, aber Cleo wird sicherlich demnächst auftauchen.«

»Ich klingle durch, sobald sie da ist.«

»Ihr gehört die halbe Firma. Sie kann einfach hereinkommen.« Trotzdem stelle ich mir kurz vor, wie Nancy sie aufhält und ihr sagt, dass sie zuerst bei mir durchklingeln müsse. Anscheinend grinse ich zufrieden, denn Nancy strahlt mich an, als ich sie ansehe. »Es wäre super, wenn du uns die Zahlen vom letzten Jahr geben könntest.«

Sie strafft die Schultern. »Aber natürlich.« Dann eilt sie hinter ihren Schreibtisch. »Ich muss nur noch kurz den Computer hochfahren.«

Wir beäugen den Computer, der noch aus dem Jahr 2000 stammen muss. Er pfeift aus dem letzten Loch. Als sie den Startknopf drückt, ertönt ein seltsames Brummen.

»Das macht er immer. Er ist ein bisschen zickig, aber zuverlässig.« Sie nimmt Platz, setzt die Lesebrille auf und schlägt die Zeitung zu.

Noch nie habe ich jemanden gesehen, der mit so viel Enthusiasmus bei der Sache ist. »Großartig. Danke, Nancy.«

»Es ist mir eine Freude.« Immer wieder drückt sie auf dieselbe Taste. Der Bildschirm flackert kurz und wird dann wieder schwarz. »Alles gut. Wirklich. Du kannst ruhig loslegen.«

Ich zögere kurz, nicke dann und verschwinde im Büro – oder zumindest hat es Chip als solches bezeichnet. Bisher habe ich hier drin nichts gemacht, außer den ganzen Papierkram beiseitezuschieben. In der Zimmerecke stehen zusammengerollte Landkarten, und an den Wänden hängen vergilbte Werbeflyer mit Leuten aus den Achtzigern. Ja, es ist ein Büro. Ein kleines Büro, das nach altem Zigarettenrauch stinkt. Sobald Cleo hier ist, wird es sich bestimmt noch kleiner anfühlen.

Ich stelle meine Tasche auf einen der beiden Stühle, die für Kunden gedacht sind. Ich frage mich, wann das letzte Mal jemand hier drin war, um eine Tour zu buchen. Heutzutage macht man so etwas online. Ich gehe die Unterlagen durch und versuche, irgendwas zu verstehen. Die Rechnungen mit den roten Stempeln muss man mir allerdings nicht erklären. Als Chip krank war, hat er mich nie gebeten, mich darum zu kümmern. Ich musste nur die Touren übernehmen, die bereits gebucht waren. Ich wusste schon, dass Lifetime Adventures nicht sonderlich gut läuft, aber so, wie es aussieht, stehen wir kurz davor, für immer die Türen zu schließen.

Die Tür geht auf, und bevor ich aufblicken kann, steigt

mir ein Duft in die Nase, von dem ich sofort einen Ständer kriege.

Cleo steht im Türrahmen. In der Hand hält sie einen Papphalter mit zwei kalten Kaffees, einer karamellfarben, der andere schwarz. Sie trägt Jeans und Sweatshirt, aber ihre Ballerinas ohne Socken schreien förmlich, dass sie nicht von hier ist.

»Andere habe ich nicht, okay?« Als sie das Büro betritt, fällt mir auf, wie viel kleiner sie ohne ihre High Heels ist.

Ich schüttle den Kopf. »Wir müssen dringend shoppen gehen.«

»Hey, ist mit Nancy alles in Ordnung?«, flüstert sie und sucht auf dem Schreibtisch nach einem freien Platz, wo sie den Kaffee abstellen kann. »Als ich hereingekommen bin und sie gesehen hat, dass ich Kaffee mitgebracht habe, hat sie angefangen zu weinen. Ihr habe ich auch einen mitgebracht. Und ich habe ihr gesagt, dass es nicht schlimm sei, falls sie ihn nicht mag.«

Ich hebe meine »Bester Boss«-Tasse in die Höhe. »Sie vermisst deinen Dad.«

Sie schürzt die Lippen, nimmt sich ihren Kaffee, setzt sich und schlägt die Beine übereinander. Ihre Jeans sitzen so eng, dass ich automatisch Sexfantasien bekomme und mir vorstelle, wie sich ihre Beine um meine Taille schlingen. »Dann ist es also keine gute Idee, sie zu fragen, ob sie mir beim Ausmisten hilft.«

Ich lehne mich zurück. »Im Moment lieber nicht.«

»Glaubst du, die beiden …?« Sie nippt an ihrem Kaffee und hebt die Augenbrauen.

»Nein, das glaube ich nicht.« Ich versuche, mich an irgendwas zu erinnern. Mir ist zwischen ihnen nichts Sexuelles aufgefallen, aber ich merke auch nicht alles. »Aber es könnte sein. Sie ist Single. Er war Single.«

»Das heißt aber nicht, dass sie zusammen waren«, sagt sie, als wäre ich ein Widerling.

»Aber sie waren beide einsam.«

Chip sagte immer, alles, was er brauche, sei eine heiße Tasse Kaffee, ein warmes Feuer und ein Sonnenaufgang. Er hat nie erwähnt, dass er sich nach einer Frau gesehnt hat. Aber wer könnte es ihm verübeln?

»Nur weil man einsam ist, heißt das nicht, dass man mit dem Erstbesten schläft.«

»Versuchst du etwa, mich zu provozieren?«

Sie lächelt zuckersüß. »Ich weiß nicht, was du meinst.«

Ich nicke und lasse es gut sein. Wir haben genug zu tun.

»Ich habe Nancy gebeten, uns die Zahlen vom letzten Jahr zu geben. Sie braucht übrigens dringend einen neuen Computer.«

Cleo nickt. »Als ich hereinkam, hat sie immer wieder auf dieselbe Taste gedrückt.«

»Ja, na ja, dein Dad war kein Fan von neuer Technik.«

»Wem sagst du das? Er hatte sogar noch ein Handy zum Aufklappen.«

»Jedes Mal, wenn ich ihm eine Nachricht geschrieben habe, hat er ...«

»Dich angerufen?« Sie kichert leise. »Mich auch.«

»Einmal habe ich versucht, auf seinem Handy eine Nachricht zu schreiben. Ganz schön kompliziert. Da musste man noch dreimal auf eine Taste drücken, bis man den richtigen Buchstaben hatte.«

Sie schüttelt den Kopf. »Ich habe ihn nie verstanden.« Ihr Lächeln verebbt, und sie lenkt sich ab, indem sie die Bilder an der Wand betrachtet.

Ich schweige, denn ich weiß gerade nicht, was ich sagen soll. Ich habe meine Eltern auch nicht verstanden, aber als sie gestorben sind, war ich ein vierzehnjähriger Egoist.

Ich greife nach einem Stapel Rechnungen. »Nun, hier sind etliche Mahnungen. Langsam glaube ich, dass wir die Firma vielleicht nicht retten können.«

Sie atmet laut aus. »Lass uns erst mal sehen, wie schlimm es tatsächlich ist. Etwas anderes bleibt uns nicht übrig.«

Sie schiebt den Stuhl an den Schreibtisch, fasst das Haar zu einem Pferdeschwanz zusammen und macht sich an die Arbeit.

...

Zwei Stunden später haben wir zwei Papierstapel. Der Höhere von beiden ist der mit Chips unbezahlten Rechnungen. Auf dem Kleineren liegen die Rechnungen, die die Kunden bezahlt haben. Selbst ein Kindergartenkind würde sofort erkennen, dass es mit der Firma bergab geht.

Nancy hat uns die Buchhaltung der letzten fünf Jahre gebracht.

»Vor zwei Jahren lief es noch gut. Dann ist es weniger geworden. Und als er krank wurde, ist es richtig schlimm geworden«, stellt Cleo fest.

»Ich fühle mich schlecht. Ich hätte Kunden anwerben sollen. Stattdessen habe ich nur die Touren gemacht, die bereits gebucht waren. Ich hätte mehr tun müssen, um das Geschäft anzukurbeln.«

Cleo dreht mir ihren Laptop zu, lehnt sich zurück und stellt einen Fuß auf den Stuhl. »Viel hättest du nicht tun können. Nicht nur, dass es in diesem Büro kein anständiges WLAN gibt, die Website ist auch eine Katastrophe. Er hat nur von Mundpropaganda gelebt.«

Ich klicke mich durch die Seiten. Abgesehen von den gleichen Achtzigerbildern, die an der Wand hängen, wirbt nichts für Lifetime Adventures. Es gibt keinen Grund, warum sich jemand für diese Firma entscheiden sollte.

»In professionellen Survival-Kreisen hatte er einen hervorragenden Ruf.« Chip Dawson ist ein Name, den man in der Szene kennt. Aber mit der Zeit verblassen selbst die Größten.

»Wir sollten uns mehr an Familien richten. Oder Teambuilding-Exkursionen für Firmen anbieten«, schlägt sie vor. »Es gibt so viele Möglichkeiten. Im Moment sprechen wir zu wenige Menschen an.«

»Lass mich raten. Du hast einen MBA?«

Sie schüttelt den Kopf. »Nur einen Bachelor.«

»Ich glaube, wir sollten Chips Klientel beibehalten, aber besser für uns werben.«

Doch sie schüttelt bereits den Kopf, und ich atme genervt aus, bevor sie widersprechen kann.

»Wir brauchen auch Exkursionen für Leute, die nicht auf so einen Thrill stehen. Leute, die mit dem Bus auf einen Gletscher fahren oder wandern wollen. Nicht nur die, die Berge erklimmen wollen.«

»Das ist aber nicht Lifetime Adventures.«

»Aber vielleicht sollte es das sein.« Sie löst das Haargummi, und ich beobachte, wie ihr Haar wie ein Pendel hin und her schwingt. Ich frage mich, ob es so weich ist, wie es aussieht.

»Das wäre eine ganz andere Firma als diese hier.«

»Das sagst du nur, weil du immer den ultimativen Kick suchst. Du bist ein Adrenalinjunkie, der dem Tod ins Auge blicken will.«

Ich lege den Kopf schief. »Das habe ich schon. Ich brauche keine Wiederholung.«

Der Unfall vor ein paar Jahren hat mich so sehr mitgenommen, dass ich meinen Job als Buschpilot beinahe hingeschmissen hätte. Mein Herz fängt immer noch an zu rasen, wenn ich über die Stelle fliege, an der Griffin Thorne und ich abgestürzt sind.

»Ach ja, ich habe vergessen, dass du mal für ein paar Sekunden berühmt warst.«

»Es lag nicht an mir, sondern an dem Musikproduzenten auf meinem Rücken. Weil ich ihm das Leben gerettet habe.«

Sie lacht. Anscheinend gewöhnt sie sich langsam an meinen trockenen Humor. »Dein Ego war danach bestimmt so groß wie der Mount Everest.«

Ich zucke mit den Schultern. Sie wird nie verstehen, wie tiefschürfend dieser Moment für mich war.

»Jedenfalls müssen wir jetzt entscheiden, was wir tun sollen«, fahre ich fort. »Wenn wir diese ganzen Rechnungen bezahlt haben, brauchen wir mindestens zwei komplett ausgebuchte Monate, um weitermachen zu können. Wir können uns jetzt nicht damit beschäftigen, wie das Business geführt werden soll. Wir müssen so schnell wie möglich wieder schwarze Zahlen schreiben.«

»Vielleicht sollten wir doch verkaufen?« Sie zieht die Knie an die Brust und schlingt fest die Arme darum.

»Vielleicht«, stimme ich zu, und sie funkelt mich böse an. »Was denn? Du hast es zuerst gesagt.«

»Weil ich wollte, dass du mir widersprichst.«

»Warum sollte ich dir widersprechen?«

Sie stützt das Kinn auf die Knie. »Weil du die Firma liebst. Das ist genau dein Ding.«

»Nicht wirklich.«

Jetzt schmiegt sie die Wange an ihr Knie. Sie ist genauso traurig wie Nancy, versucht aber, es zu verbergen.

Ich schüttle den Kopf. »Lass uns die Firma einfach wieder auf Kurs bringen. Ich habe ein paar Kontakte, die vielleicht eine Tour mit mir machen würden.«

»Und was ist mit mir?«

»Du bleibst hier und siehst hübsch aus.« Sie verengt die Augen zu Schlitzen. Am liebsten würde ich laut loslachen, reiße mich jedoch zusammen. »War nur ein Witz.«

»Ich kann auch in der Wildnis überleben, weißt du?«

»Wirklich?«

»Ja.« Ihre Körpersprache sagt etwas ganz anderes.

»Dann können wir ja für ein paar Tage oben im Norden bleiben, wenn wir die Asche deines Vaters verstreuen.«

»Das dauert aber noch ein paar Monate.«

»Dann kannst du dir bis dahin den Discovery Channel reinziehen und dir ein paar Tipps holen.«

Sie bewirft mich mit einem Stift. Als das Telefon klingelt, starren wir einander an, als wollten wir sagen: »Wer zur Hölle ruft hier an?« Doch dann sehe ich, dass es der Empfangstresen ist.

»Hey, Nancy«, melde ich mich.

»Es ist jemand hier wegen Chip.«

Cleo und ich sehen einander an und starren wieder auf das Telefon, als könnte es uns die Antwort liefern.

»Wer denn?«, frage ich.

»Selma Torres von *Uncovering America's Beauty*.«

»Was will sie hier?«, fragt Cleo, und wir springen gleichzeitig auf.

»Finden wir es heraus.«

Kapitel 8

DENVER

Im Raum nebenan steht eine zierliche Frau, die ganz anders gekleidet ist als Cleo. Man könnte meinen, wir wären hier in der Arktis und würden uns auf einen monatelangen Schneesturm gefasst machen. Sie trägt einen riesigen Parka, der ihr bis zu den Knöcheln reicht. Darunter blitzen Stiefel mit Fell und dicker Gummisohle hervor.

»Chip?« Lächelnd streckt sie mir die Hand entgegen.

Nancy fängt an zu weinen, und Cleo stellt sich vor sie, damit sie die Unterhaltung nicht stört.

»Nein, ich bin Denver Bailey.« Ich schüttle ihre Hand. »Und das ist Cleo Dawson.«

»Schön, Sie kennenzulernen.« Cleo gibt ihr ebenfalls die Hand, doch die Dame blickt verwirrt drein.

»Sind Sie Chips Frau?«

»Nein«, erwidert Cleo, ohne eine Erklärung zu liefern.

Großartig. Anscheinend muss ich mich allein um die Sache kümmern.

Hinter Selma stehen zwei Typen, die die ganze Zeit

Nancy anstarren, während sie sich lautstark die Nase putzt und das Taschentuch zu den anderen neben der Zeitung legt, die sie bestimmt gelesen hat, als sie hereingekommen sind. Toller Eindruck.

»Wollen wir ins Büro gehen?«, frage ich.

»Darf ich fragen, worum es geht?«, will Cleo wissen, bevor Selma etwas erwidern kann.

»Wir wollten Chip Dawson sprechen. Ich bin ein wenig verwirrt. Das hier ist doch Lifetime Adventures, oder?« Irritiert lässt sie den Blick durch den Raum schweifen, als würde sie nach einem Schild suchen.

Aber natürlich gibt es keins. Chip dachte sich wohl, die Leute wüssten schon, wo sie sind, wenn sie hereinkommen.

»Ja, ist es. Aber, ähm …« Ich sehe Cleo an. Nancy hat inzwischen aufgehört zu schluchzen, also können wir uns auch hier unterhalten. »Chip ist vor zwei Wochen gestorben.«

Wieder beginnt Nancy, laut zu weinen.

Die beiden Männer starren sie an, einer von ihnen rückt ein bisschen näher an uns heran. »Alles in Ordnung mit ihr?«

»Ja«, versichert Cleo. »Vielleicht gehe ich besser mal mit ihr auf die Toilette.«

Bevor sie verschwinden kann, greife ich den Saum ihres Sweatshirts und ziehe sie zurück. Sie wird mir jetzt helfen. Ob es ihr passt oder nicht.

»Oh, mein herzliches Beileid«, sagt Selma. »Er hat sich für eine Realityshow beworben, in der es um Unternehmen geht, die Expeditionen in Alaska anbieten. Nachdem wir ihn nicht erreichen konnten, hat mich mein Boss, der Chips guten Ruf kennt, gebeten, herzukommen und ihn aufzusuchen.«

Ich wusste ja, dass Chip in diesem Kreis bekannt war, aber nicht, dass er allein aufgrund seines Namens Teil einer Fernsehsendung werden könnte. Er hatte kein besonders freundliches Wesen, und mit Drama konnte er nur schlecht umgehen.

»Tut mir leid«, erwidere ich. »Wenn wir das gewusst hätten, hätten wir Sie kontaktiert.« Ich sehe Cleo an, die noch nichts zu diesem Gespräch beigetragen hat.

»Sie müssen sich nicht entschuldigen. Sie haben bestimmt gerade andere Dinge zu tun.« Selma nickt uns und auch Nancy zu, die versucht, sich jetzt zusammenzureißen. Doch Selmas Kommentar bringt sie nur erneut zum Weinen.

Selma dreht sich um und sagt zu dem Jüngeren der beiden Männer: »Zeke wird sehr traurig sein, wenn er das erfährt. Wir rufen ihn an, sobald wir im Hotel sind. Zu schade. Mit dem Geld hätte man den Raum hier ein wenig aufmöbeln können.«

Der Typ lacht. Ja, wir sind hier nicht im Ritz Carlton. Nicht, dass ich das beurteilen könnte, denn ich war noch nie in einem. Aber Cleo bestimmt.

»Geld?« Ich mache einen Schritt nach vorn. »Chip hätte für die Show Geld bekommen?«

Der Kerl mit dem grauen Bart nickt eifrig, als wollte er, dass ich danach frage. Aber ich glaube, er würde gerade alles tun, damit Nancy endlich aufhört zu weinen.

»Aber natürlich. Glauben Sie denn, Realitystars werden nicht bezahlt? Sie bekommen für jede Episode eine Gage«, erklärt Selma. »Viele von ihnen arbeiten an ihrer Persönlichkeit, damit sie weiter auf Sendung bleiben und weiter Geld bekommen.«

Cleo und ich wechseln einen Blick. Ich kann nur an die unbezahlten Rechnungen denken und daran, dass unser rettender Engel namens Selma hier in unserem Wartezimmer steht. Cleo nickt, als könnte sie meine Gedanken lesen.

»Wir sind die neuen Besitzer.« Mit dem Zeigefinger deute ich zwischen uns hin und her.

Selmas Blick wandert von mir zu Cleo und weiter zu dem jüngeren Kerl, der ebenfalls für die Tundra gekleidet ist. »Sind Sie ein Paar?«

»Ganz sicher nicht«, erwidere ich.

»Das wäre ja noch schöner«, fügt Cleo mit einem Augenrollen hinzu. »Wir kennen uns kaum.«

Selma lächelt und sieht wieder den Typen an. Wie Cleo und ich eben kommunizieren nun auch sie ohne Worte. »Ich weiß nicht. Zeke wollte unbedingt Chip, und Sie sehen nicht gerade aus, als hätten Sie viel Erfahrung. Vielleicht, wenn Sie ein Paar wären. Die Amerikaner lieben Paare, die zusammenarbeiten. Und noch besser ist es, wenn es Ärger gibt.«

Da ich mit etlichen Schwestern aufgewachsen bin, habe ich schon genug Realityshows gesehen. Ich weiß, dass alles überdramatisiert wird.

»Wie wäre es, wenn wir gemeinsam zu Mittag essen? Ich zeige Ihnen die Stadt. Glauben Sie mir, Lake Starlight bietet genug Stoff für eine Realityshow«, sage ich. Selma rührt sich nicht vom Fleck, was ich als gutes Zeichen werte. Ich bin gerade dabei, sie zu überzeugen. »Ich habe acht Geschwister.«

»Ach ja?«, fragt Cleo.

Ich nicke. »Wir wurden alle nach den Städten benannt, in denen wir gezeugt wurden.«

»Ja?«, fragt Cleo erneut.

Ich nicke wieder. »Meine Eltern sind gestorben, als ich vierzehn war.«

Cleos Schultern sacken zusammen, und sie berührt kurz meinen Unterarm. Mit einem Nicken gebe ich ihr zu verstehen, dass es schon in Ordnung ist.

»Mein Bruder hat mich großgezogen. Er ist Lehrer an der Highschool und mit der Rektorin verheiratet. Und mein Zwillingsbruder hat ein Restaurant in der Innenstadt.« Ich überlege, was ich ihr noch erzählen könnte. »Und meinem Schwager gehört das Glacier Point Resort.«

»Dort übernachten wir«, erwidert Selma.

»Ich auch!«, sagt Cleo und deutet auf ihre Brust.

»Lasst mal überlegen. Was noch?« Ich zermartere mir das Gehirn, was noch interessant genug sein könnte, um Selma zu überzeugen.

Wieder wechseln sie und der Jüngere einen Blick. Am liebsten würde ich mich zwischen sie stellen und alle möglichen Gründe aufzählen, warum es funktionieren könnte, doch in dem Moment wird die Eingangstür aufgestoßen. Ein eisiger Windstoß fegt herein, und jemand schiebt den jungen Kerl beiseite.

Plötzlich steht G'ma D vor Selma und mustert sie von Kopf bis Fuß. »Oh, Süße. Wir sind hier in Alaska, nicht in

Sibirien.« Dann kommt sie auf mich zu und küsst mich auf beide Wangen. »Ich bin hier, um dich zu beraten. Savannah meinte, du bräuchtest mich.« Sie legt ihren Schal ab und knöpft ihren Mantel auf. »Oh, Cleo. Willkommen zurück.«

Meine Grandma kennt Cleo?

»Hi, Dori.«

Auch Cleo bekommt links und rechts ein Küsschen. »Du brauchst unbedingt festeres Schuhwerk. Denver wird mit dir shoppen gehen.«

Ich verdrehe die Augen.

»Oh, Nancy.« G'ma D umrundet den Empfangstresen und schließt Nancy in die Arme. Dann sieht sie mich an, als wollte sie sagen: »Die Arme.«

»Wer ist das?«, will Selma wissen.

»Meine Grandma«, erkläre ich.

Selma nickt, ohne den Blick von Dori abzuwenden. »Gebt uns eine Minute, okay?«

Mit einem Wink gibt sie den beiden Männern zu verstehen, dass sie ihr nach draußen folgen sollen.

• • •

G'ma D bleibt bei Nancy, während Cleo und ich zurück ins Büro gehen und überlegen, ob wir das wirklich machen wollen. Ja, das Geld hat unser Interesse geweckt, aber vielleicht werden wir uns im Fernsehen blamieren.

»Was, wenn es nicht funktioniert?«, fragt Cleo. »Ich wäre die Lachnummer von Dallas.«

»Besser als die Lachnummer von Lake Starlight.«

»Das kann man nun wirklich nicht vergleichen.« Sie setzt sich und schlägt die Beine übereinander. Macht sie das absichtlich, um meinen Blick auf sich zu ziehen?

»Du hast doch Buzz Wheel gelesen, oder?«

»Du hast keine Ahnung, wie viel in Dallas getratscht wird«, erwidert sie.

»Dann sollten wir uns überlegen, ob es das wert ist«, entgegne ich.

Ich bin nicht blöd. Ich weiß, dass ich immer handle, bevor ich nachdenke. Doch damit habe ich vor langer Zeit meinen Frieden geschlossen. Wenn man in seiner Jugend so viele Streiche gespielt hat wie ich, merkt man das ziemlich schnell. Ich wollte nicht, dass Rektor Gregory Romes Genitalschutz in der Schublade unserer Englischlehrerin findet und ihr mit einer Kündigung droht, weil er denkt, sie hätte was mit einem Schüler. Und ich hätte auch nicht gedacht, dass Klein Sedona nach der Haarschneidemaschine greifen und sich einen kahlen Streifen rasieren würde, nachdem ich Juno damit gedroht habe, ihr den Kopf zu rasieren, und sie mich dann zu Boden gerungen hat.

»Haben wir denn eine andere Wahl?«, fragt Cleo.

»Wir sitzen in einem tiefen Loch. Wir können versuchen, uns selbst zu befreien, aber das ist gerade die beste Option.«

Sie denkt nach. »Wir wissen ja nicht mal, ob sie uns überhaupt nehmen wird.«

»Euch nehmen? Wer?« G'ma D kommt mit einer unglücklich dreinblickenden Nancy herein.

»Die Dame, die du eben beleidigt hast, ist Redakteurin

bei *Uncovering America's Beauty*«, erkläre ich. »Chip hätte an der Show teilnehmen sollen.«

»Eine von diesen dummen Sendungen, in denen sich die Leute absichtlich streiten, damit die Zuschauer denken, ihr Leben wäre besser?«, fragt G'ma D.

»Wir könnten die Firma zeigen und welche Expeditionen wir anbieten. Wir würden dafür Geld bekommen, und ...« Ich sehe Cleo an, und sie holt tief Luft, als wäre sie sieben und würde gleich vom hohen Sprungturm springen. »Es wäre gute Werbung für uns.«

G'ma D blickt finster drein. »Das gefällt mir nicht.«

Natürlich gefällt es ihr nicht. Sie hasst Realityshows, was mich ehrlich gesagt wundert, denn sie ist die größte Klatschtante von ganz Lake Starlight.

Als Selma und die beiden Männer das Büro betreten, steht Cleo auf.

»Nun, Zeke hat Interesse. Er meinte, wir drehen eine Episode und schauen, was passiert. Aber er will für die erste Folge einen Promi mit an Bord holen, um die Aufmerksamkeit der Zuschauer zu bekommen. Tommy«, Selma deutet mit dem Daumen auf den Jüngeren der beiden, »hat über den Freund eines Freunds ein paar Kontakte. Er wird sehen, was sich machen lässt. Wir melden uns dann.«

Cleos Lächeln verebbt. Mir geht es genauso. Ich habe keine Lust, für irgendein verwöhntes Hollywood-Sternchen da draußen mein Leben aufs Spiel zu setzen.

»Das wird nicht nötig sein.« G'ma D schiebt sich zwischen Cleo und mich. »Denver kennt Griffin Thorne, den Musikproduzenten.«

Sowohl Selma als auch Tommy reißen die Augen auf, was bedeutet, dass Griffin besser ist als alles, was Tommy zu bieten hat.

Ich lege den Arm um G'ma Ds Schultern. »Das stimmt. Ich kenne ihn.«

»Ruf ihn an, Schätzchen. Ich bin sicher, er wird es machen.« Sie stößt mich mit dem Ellbogen an.

»Ihr habt noch Kontakt?«, fragt Cleo und klingt ein wenig beeindruckt.

»Er hat ihm vor ein paar Jahren das Leben gerettet. Wäre mein Junge nicht gewesen, wäre er gestorben«, prahlt G'ma D.

Selma und Cleo finden den Vorschlag gut, also ziehe ich mich zurück, um Griffin anzurufen.

Nach dem zweiten Klingeln geht er ran. »Denver, verdammt, wie geht's dir?«

»Erinnerst du dich daran, dass du mir noch was schuldig bist?«

Griffin lacht. »Was brauchst du?«

»Na ja, es ist ziemlich groß.«

»Ich habe dir ja gesagt, dass ich alles tun würde. Spuck's aus.«

Ich hole tief Luft. Wie Cleo eben wage ich nun gedanklich den Sprung ins kalte Wasser. »Was hältst du von einem weiteren Survival-Trip? Nur dass diesmal eine Kamera dabei ist und wir Teil einer neuen Realityshow werden?«

Ich höre, wie er die Luft ausstößt. »Wenn es dir hilft, bin ich dabei. Lass mir die Details zukommen, dann werde ich dementsprechend planen.«

Ich stoße die Faust in die Luft. »Danke.«

»Ich rufe dich heute Abend noch mal an. Ich bin gerade beschäftigt.«

Im Hintergrund höre ich laute Stimmen. Wahrscheinlich steckt er gerade mitten in irgendwelchen Aufnahmen oder so. »Alles klar. Danke, Griffin.«

»Jederzeit. Wir hören uns später.«

Dann legt er auf, und ich stecke das Handy weg. »Er ist dabei. Wir müssen ihm nur noch die Daten nennen.«

Selmas große Augen verraten, dass sie mir nicht richtig geglaubt hat. »Super. Okay ...« Sie sieht Tommy und den Typen mit dem grauen Bart an, der sich gerade mit Nancy unterhält. »Dann fliegen wir jetzt zurück nach Los Angeles. Wir melden uns.« Dann streckt sie mir ihre Hand entgegen. »Das ist wirklich großartig. Griffin Thorne. Unglaublich«, sagt sie mehr zu sich selbst.

Als sie weg sind, packe ich Cleo und wirble sie durchs Zimmer. Wir jubeln, bis mir klar wird, dass ich sie gerade in meinen Armen halte, sich ihre Brüste gegen mich drücken und wir tatsächlich die Gesellschaft des jeweils anderen genießen. Ich lasse sie herunter und mache einen Schritt rückwärts.

»Okay, meine Arbeit ist getan.« G'ma D knöpft ihren Mantel zu, als wäre nichts passiert. »Und vergiss nicht das Dinner am Sonntag.«

»Wie könnte ich das je vergessen?«

Sie tätschelt mir die Wange. »Ich rede mit Cleo. Wir würden uns freuen, wenn du auch kommst. Wir treffen uns bei Austin. Aber Denver kann dich einfach mitbringen.«

Cleo sieht mich an und lacht, als sie meine gerunzelte Stirn sieht. »Das würde ich zu gern, Dori, aber ich habe noch eine Freundin dabei.«

»Dann bring sie mit. Je mehr Leute, desto besser. Ich habe noch einen Enkel. Kingston.« Dann lehnt sie sich weiter nach vorn. »Er ist Feuerwehrmann.«

»Und in seine Highschool-Freundin ... Na ja, es ist kompliziert«, sage ich.

»Ich werde darüber nachdenken.«

G'ma D umarmt Cleo. »Nicht denken. Komm einfach. Ihr zwei seid jetzt Geschäftspartner. Das bedeutet, dass du jetzt zur Familie gehörst.«

Cleo lässt sie los und nickt. »Alles klar.«

Perplex beobachte ich, wie G'ma D in Richtung Tür geht. »Oh, und, Denver. Wenn du nächstes Mal einen Rat brauchst, dann komm gleich zu mir, statt zu deinen Geschwistern zu laufen. *Ich* bin die Kluge.« Sie lässt den Blick aus dem Fenster schweifen. Selma steht neben ihrem Auto und raucht eine Zigarette. »Aber das hast du gut gemacht. Ich bin stolz auf dich.«

Cleo sieht mich an und lächelt sanft. G'ma Ds Kompliment sollte mich nicht mitten ins Herz treffen, doch das tut es. Es ist schon eine Weile her, dass jemand stolz auf mich war.

Kapitel 9

CLEO

Sonntagabend warten Bridget und ich an der Bar des Glacier Point Resort darauf, dass Denver uns abholt. Er hat mir jeden Tag gesagt, ich müsse nicht kommen. Er wirkte so besorgt, dass ich zum Familiendinner erscheinen würde, dass ich erst recht darauf bestanden habe, zu kommen. Ihm auf die Nerven zu gehen, ist inzwischen eine schlechte Angewohnheit geworden.

»Und Denver hat noch ein paar Brüder?« Bridget sitzt neben mir auf einem Barhocker und trinkt ein Glas Wein. Sie sieht aus, als würde sie ein schickes Restaurant besuchen, wo sie ein Fünf-Gänge-Menü serviert bekommt. Ihr enges Kleid und die High Heels betonen ihre langen Beine. Das Make-up hat sie so dick aufgetragen, dass es aussehen würde, als hätte sie eine Narbe, wenn ich mit den Fingernägeln durch ihr Gesicht fahren würde. Trotzdem ist sie die schönste Frau, die ich je gesehen habe.

»Ja, aber ich glaube, die meisten sind schon vergeben.«

»Na ja, das lässt sich ändern.« Ich werfe ihr einen

Bitte nicht-Blick zu, und sie lacht. »Komm schon. Du weißt doch, dass ich so etwas nicht machen würde.«

Das stimmt. Das würde sie nicht tun. Ihre Mom hat damals ihren Dad betrogen, was dazu geführt hat, dass er etliche Male schnell geheiratet hat und sich noch schneller hat scheiden lassen. Sie spricht nie über ihre Mom. Aber ich habe schon mehr als einmal erlebt, wie sie mit Typen geflirtet hat, die mit Mädchen zusammen waren, die wir kennen. Sie hatte schon immer das Bedürfnis, im Mittelpunkt zu stehen.

»Bitte, blamier mich nicht«, flehe ich. Ich wünschte, ich wäre nicht so nervös und hätte mich besser ausgedrückt.

»Dich blamieren? Seit wann blamiere ich dich?«

Seht ihr? Warum habe ich nicht besser auf ihre Gefühle geachtet? »Nicht blamieren. Aber du neigst dazu, jeden Mann in deiner Nähe anzumachen. Und wenn Denvers Brüder ihm ähnlich sehen ...«

»Wir wissen, dass mindestens einer ihm ähnlich sieht«, erwidert sie mit einem Funkeln in den Augen, das mich in Alarmbereitschaft versetzt.

»Halte dich einfach an die Singles, okay?«

»Ich dachte, wir hätten das schon durchgekaut. Ich mache mich nicht an vergebene Männer ran. Meine Güte, Cleo. Vielleicht sollte ich lieber nicht mitkommen.« Sie führt das Weinglas an die Lippen.

»Das wollte ich damit nicht sagen. Ich bin nur ... Sieh dich doch mal an.« Ich deute auf ihr Outfit. »Und dann sieh mich an.«

»Du trägst Leggings, Sweatshirt und Stiefel. Du siehst aus, als würden wir shoppen gehen.«

Ich hebe meine mit Spikes versehenen Stiefel. »Die sind zum Shoppen nicht geeignet.«

Sie zuckt mit den Schultern. »Soll ich mich umziehen? Fühlst du dich dann wohler?«

Ich atme laut aus und schiebe ihr das Weinglas zu. »Nein, du siehst super aus. Vergiss es einfach. Ich bin nur nervös.«

Sie nippt an ihrem Wein und lehnt sich zurück. »Weil du gleich Denver siehst?«

»Nein«, erwidere ich beinahe beleidigt.

»Komm schon. Er ist heiß. Und ich weiß, dass du ihn magst. Du redest nur noch von ihm, wenn du abends ins Hotel zurückkommst.«

»Weil wir jetzt Geschäftspartner sind. Das ist alles.« Wieder wandert mein Blick zur Eingangstür. Hoffentlich kommt er bald. Dann kann ich den Abend schnellstmöglich hinter mich bringen.

»Sicher, dass es nicht daran liegt, dass er Griffin Thorne kennt? Ich habe auf deinem Laptop gesehen, dass du den Unfall gegoogelt hast.«

Ich öffne den Mund und schließe ihn wieder. »So etwas nennt man Neugier. Ich wollte wissen, was passiert ist, damit ich mit Griffin ein Gesprächsthema habe, wenn ich ihn treffe.«

Sie hebt eine perfekt manikürte Hand. »Warte mal. Wirst du etwa mitgehen auf die Exkursion?«

»Ja, das ist die Bedingung der Show. Denver und ich

müssen gemeinsam mit den Gästen auf Exkursion gehen. Ich glaube, sie hoffen, dass wir uns streiten. Das bringt Quote. Du weißt schon. Je mehr Drama, desto besser.«

»Ich bitte dich. Mit Realityshows kenne ich mich bestens aus. Du solltest dir *Bravo* anschauen. Sieh dir an, was die Leute da machen, damit du es nachmachen kannst. Dann wird die Sendung bestimmt gut ankommen.«

Bridget ist wirklich ein Realityshow-Junkie. Sie weiß alles über die *Housewives*, kennt alle *Bachelor*-Kandidatinnen und weiß sogar, was sie mittlerweile machen. Wisst ihr, wie lange es gedauert hat, sie davon zu überzeugen, dass *The Hills* nicht echt ist?

Jetzt ist wahrscheinlich nicht der richtige Zeitpunkt, um ihr diese Frage zu stellen, aber da ich hier auf ihre Kosten lebe, brauche ich eine Antwort. Bridget macht immer, worauf sie gerade Lust hat. Es ist toll, dass ihr Lake Starlight im Moment so gut gefällt, aber früher oder später wird ihr Interesse nachlassen.

»Was glaubst du, wann du zurück nach Dallas fliegst?«, frage ich und zeichne mit dem Finger die Maserung der Holztheke nach.

Sie schnaubt. »Zuerst sagst du mir, dass ich dich nicht blamieren soll, und jetzt willst du wissen, wann ich gehe? So fühlt man sich gewollt.«

»Nein.« Ich seufze. »Ich frage nur, weil ich mir dann eine Unterkunft suchen muss.« Ich betrachte den Kronleuchter, die atemberaubende Aussicht auf den See. Ich sehe überallhin – nur nicht in ihr Gesicht. »Ich kann nicht ewig im Hotel wohnen. Ich dachte, ich könnte in das Haus meines Dads ziehen, aber …«

Neulich wollte ich hineingehen, habe es aber nicht fertiggebracht. Irgendwann werde ich mich darum kümmern müssen, aber bis ich so weit bin, werde ich irgendwo unterkommen müssen.

»Ich werde die Suite auch weiterhin bezahlen. Mach dir keine Sorgen.« Sie zuckt mit den Schultern.

Ich schüttle den Kopf. »Das geht nicht.«

Sie schmollt. Wenn wir zusammen sind, nehme ich ihre Angebote gern an, aber nicht, wenn sie nicht da ist. »Manchmal bist du ganz schön kompliziert. Ich muss nächste Woche zurück, weil ich das Vorstellungsgespräch für den Wetterfee-Job habe.«

»Ach ja, stimmt. Freust du dich?« In letzter Zeit ist so viel passiert, dass ich das komplett vergessen habe.

Sie lächelt. »Klar. Mal sehen, wie es wird.«

Ich kann nur den Kopf schütteln. Aber man kann so etwas locker angehen, wenn man einen Treuhandfonds hat.

Sie mustert mich eine Weile und blickt plötzlich traurig drein. »Jetzt, da du das hier machst, habe ich Angst … dich zu verlieren.« Ihre Augen werden glasig.

Ich lege die Hand auf ihre. »Du wirst mich nie verlieren.«

Ich würde ihr gern noch so viel mehr sagen. Ihr von Dads Brief erzählen. Oder von meiner Sorge, dass ich ruckzuck wieder in Dallas sein werde, weil ich wahrscheinlich scheitern werde. Doch in dem Moment betritt Denver die Bar. Er trägt Jeans, Boots und eine Mütze. Als er sie absetzt, rieseln ein paar Schneeflocken herab. Mit großen Schritten kommt er auf uns zu.

»Seid ihr fertig?« Er mustert uns und schüttelt den Kopf.

»Was denn?« Ich stehe auf und nehme meinen Mantel von der Rückenlehne.

»Ihr wisst schon, dass es schneit, oder?« Er wirft einen Blick nach draußen.

Ich lasse den Blick ebenfalls aus dem Fenster schweifen. Ja, es schneit, aber so schlimm ist es nun auch wieder nicht.

»Wir steigen doch nur ins Auto und wieder aus, oder?«, fragt Bridget.

»Aber die Bürgersteige sind rutschig«, erwidert er, als wäre sie eine Idiotin.

»Hey«, protestiere ich.

Erneut schüttelt Denver den Kopf. Ich kann mir nicht vorstellen, dass er mit Bridget ein Problem hat. Sie ist bestimmt sein Typ. »Sorry, aber ihr müsst echt dringend shoppen gehen.«

Nachdem wir unsere Mäntel zugeknöpft haben, bedeutet er uns mit einer Handbewegung, voranzugehen. Was für ein Gentleman er doch ist. Nicht.

»Danke«, sagt Bridget. Ich schweige. Vor der Tür bleibt Bridget abrupt stehen und starrt auf die immer dicker werdende Schneedecke. »Das ist ganz schön viel.«

»Nicht wirklich.« Denver öffnet uns die Beifahrer- und die Hintertür.

»Ähm …« Vor der Schiebetür des Resort bleibt Bridget wie angewurzelt stehen.

Als ich hinaustrete, rutsche ich sofort aus, doch Denver

packt mich am Ellbogen, bevor ich wieder auf meinem Hintern lande. Er sieht mich an, als wollte er sagen: »Geh endlich shoppen und kauf dir richtige Schuhe.«

»Jep, ich bin raus. Ich werde hier im Restaurant essen«, verkündet Bridget.

Nachdem mich Denver aufgerichtet hat, beäuge ich ihn kurz und tapse auf Zehenspitzen hinüber zu Bridget. »Komm schon. Es ist doch nur ein bisschen Schnee.«

Sie wirft einen Blick über meine Schulter und sieht mich an. »Nein. Geht ihr mal. Wirklich. Ich bleibe lieber hier.«

»Ist es wegen vorhin? Ich habe es nicht so gemeint.« Meine Schultern sacken zusammen.

Ich könnte mir die Hand vor die Stirn schlagen. Sie kriegt von Phil schon genug Mist ab. Sie blamiert mich nicht. Außer das eine Mal, als sie in meinen Wirtschaftskurs kam, mit dem Assistenzlehrer geflirtet hat und danach sogar mit ihm nach Hause gegangen ist. Für den Rest des Semesters hat er mich nach ihr gefragt, und ich musste das Thema jedes Mal umschiffen, weil ich ihm nicht sagen konnte, dass sie in dieser Woche eben auf Typen mit Brille gestanden hat. Sonst hätte er mich durchfallen lassen.

»Nein, das ist es nicht.« Ihre Körpersprache verrät, dass sie die Wahrheit sagt.

»Dann bleibe ich auch.«

Denver atmet genervt aus. Ich drehe mich um und funkle ihn böse an.

»Nein, geh du nur. Schon in Ordnung. Ich muss sowieso noch mein Scheckheft ausgleichen.« Ich lege den Kopf schief, und sie lacht. »Los jetzt. Denver, nimm sie mit.«

Sie schiebt mich leicht in seine Richtung, doch ich bin nicht darauf vorbereitet und schlittere förmlich in seine Arme. Als er den Arm um meine Taille schlingt, ergreife ich die Chance, an ihm zu schnuppern.

Schlechte Idee.

»Bridge …«, bettle ich, doch sie schüttelt nur den Kopf. »Schnee und ich sind keine Freunde.«

»Aber hier liegt doch schon die ganze Zeit Schnee«, protestiere ich.

Sie deutet zu Boden. »Aber nicht so.«

»Meine Familie richtet dir eine To-go-Box her, und Cleo bringt sie dir später mit«, sagt Denver, schließt die Hintertür und hält mir die Beifahrertür auf.

»Super, danke.« Bridget winkt lächelnd und geht wieder hinein. Die Türen gleiten zu, und sie zückt ihr Smartphone.

Ich steige in Denvers Truck. Als das Handy in meiner Tasche vibriert, ziehe ich es hervor.

> BRIDGET: Du kannst dich später bei mir bedanken. Ich werde nicht wach bleiben und auf dich warten ;)

Als ich sie lachend im Foyer stehen sehe, schüttle ich den Kopf. Sie ist echt unmöglich.

»Bringen wir es hinter uns«, murmelt Denver, startet den Motor und stellt den Truck in den »Drive«-Modus.

»Vielleicht sollte ich lieber bei ihr bleiben.«

Ich will mich gerade zur Tür drehen, als er die Hand auf meinen Schenkel legt. Seine langen starken Finger drücken leicht zu. Ich betrachte sie und stelle fest, dass ich viel zu geil bin. Er kann mich nicht so anfassen.

»G'ma D wird mich umbringen, wenn ich ohne dich aufkreuze.« Als ich mich nicht bewege, drückt er mein Bein erneut. »Bitte.«

Ich nicke und lehne mich zurück. »Aber ich darf die Musik aussuchen.«

Er nimmt die Hand von meinem Schenkel und deutet auf das Radio. »Nur zu.«

Ich verbinde mein Handy über Bluetooth und spiele die Spice Girls – nur, um ihm auf die Nerven zu gehen. Und natürlich singe ich aus voller Kehle mit, um sein Murren zu übertönen. Warum bereitet es mir so viel Freude, ihm auf der Nase herumzutanzen?

Kapitel 10

CLEO

Denver biegt in einen langen Zufahrtsweg ein, der zu beiden Seiten von Bäumen gesäumt ist. Als sich der Wald lichtet, taucht vor uns ein hübsches zweistöckiges Haus auf.

»Es ist wundervoll«, flüstere ich, aber anscheinend nicht so leise, wie ich dachte. Kurz sieht mich Denver an, bevor er neben einem Truck parkt, der mich an die Autos in Dallas erinnert. An die teuren Trucks mit den ganzen Extras, die nie genutzt werden. Nicht, dass Denvers Truck schlecht wäre. Er ist nicht uralt oder so, aber er hat auch nicht so viel Schnickschnack. Man merkt, dass er mit seinem Truck nicht nur in der Gegend herumfährt.

»Hier bin ich aufgewachsen«, erklärt Denver, und ich höre auf, Dallas und Lake Starlight miteinander zu vergleichen.

»Wirklich?«

Er schaltet den Motor aus. »Hättest du dir eher eine Hütte vorgestellt?« Bevor ich etwas erwidern kann, ist er bereits aus dem Truck gesprungen und greift hinter den Fahrersitz. Ich steige ebenfalls aus. Zum Glück hat jemand die Einfahrt gestreut, sodass ich nicht allzu sehr rutsche. Denver hält eine große Tüte in der Hand, auf der Lard Have Mercy aufgedruckt ist.

»Was ist das?« Wir treffen uns beim Kofferraum.

»Kuchen. Jeder muss etwas mitbringen. Und da ich nicht kochen kann, bin ich eben für den Nachtisch zuständig. Gekauft.«

Ich werfe einen Blick in die Tüte. »Sieht lecker aus.«

Er lächelt kurz.

»Was ist?«

»Ich habe dir den Dolch förmlich in die Hand gedrückt, doch du hast ihn nicht geworfen.« Dann ergreift er meine Hand und führt mich die Einfahrt hinab.

Wieder gehe ich nur auf Zehenspitzen. »Warum bist du so nett?«

»Weil du auch nett bist. Ich bin nett, wenn du es bist«, erwidert er wie aus der Pistole geschossen.

»Ich bin nett, weil wir deine Familie besuchen. Sie haben mich eingeladen, und du bist der Einzige, den ich kenne.«

Am Fuß der Treppe bleibt er stehen und lässt meine Hand los. Schneeflocken landen auf seinen langen Wimpern, doch er sieht mich weiter an, ohne zu blinzeln. »Du kennst doch Dori, oder etwa nicht?«

»Ich bin ihr ein paar Mal bei meiner Grandma begegnet. Aber es überrascht mich, dass sie sich noch an mich erinnern konnte. Aber natürlich kennt jetzt jeder meinen Namen, nachdem diese Klatschseite über mich geschrieben hat.« Ich lächle ein wenig. Meine Grandma ist schon seit über zehn Jahren tot, doch die Erinnerungen an sie bringen mich jedes Mal zum Lächeln.

»Sie mag dich«, erwidert er.

»Ich mag sie auch.«

Er streicht über meinen Arm und nimmt wieder meine Hand, bevor er mich die Treppe hinaufführt. »Aber sei gewarnt. Sie will uns verkuppeln.«

Wir haben noch nicht die Tür erreicht, als ich abrupt stehen bleibe. »Wie bitte?«

Als er meinen Gesichtsausdruck sieht, muss er lachen. Wahrscheinlich blicke ich total entsetzt drein. »Sie spielt schon seit ein paar Jahren die Kupplerin. Nimmt sich einen Enkel nach dem anderen vor.«

»Warum?«

Er starrt mich an. Mir fällt auf, dass sich um seine Augen Fältchen bilden, wenn er in Gedanken versunken ist. Warum finde ich das süß? Es ist nicht süß.

»Wahrscheinlich will sie nur, dass wir glücklich sind.« Dann klopft er an die Tür. »Ich klopfe aus reiner Höflichkeit. Austin lebt jetzt hier mit seiner Frau.«

»Okay.« In Gedanken bin ich immer noch bei seinem Kommentar über Dori. Als ich auf der anderen Seite der Tür Geräusche höre, wird mir flau im Magen.

»Oh, und mach dir keine Sorgen. Ich habe nicht vor, in nächster Zeit sesshaft zu werden. Du bist also aus dem Schneider. Ganz egal, wie sehr sie es auch probiert.«

Mein Mund steht sperrangelweit offen, als die Tür aufgeht und ein Hund herausschießt, der sich aufführt wie ein

Irrer. Ich rücke näher an Denver heran, doch er beschnüffelt mich ausgiebig und betatscht mich mit seiner Pfote.

»Myles!«, ruft der Kerl im Türrahmen.

»Ich dachte, er würde nur Wyatt so sehr lieben«, bemerkt Denver, schiebt mich gegen das Treppengeländer und stellt sich vor mich, um mich von dem Hund abzuschirmen.

Ich rutsche zwar ein wenig, aber zum Glück wurde auch hier gestreut, also werde ich nicht schon wieder auf dem Hintern landen und mich blamieren.

»Anscheinend hat er eine Schwäche für die Reichen«, erwidert der Typ in der Tür.

»Ich bin aber nicht reich«, widerspreche ich.

Doch die zwei sind zu sehr mit dem Hund beschäftigt, als dass sie mich beachten würden.

»Myles!«, ruft von drinnen eine ruhige Frauenstimme. »Leckerli!«

Myles hält inne und sieht mich an, als würde er darüber nachdenken, ob ich es wert bin, sich ein Leckerli entgehen zu lassen. Zum Glück nicht. Er lässt von mir ab und stürmt ins Haus.

»Tut mir leid.« Der Kerl streckt mir seine Hand entgegen. »Austin.«

Ich schüttle seine Hand. »Cleo.«

»Jep, ich weiß. Willkommen in Lake Starlight, der Stadt, die man nicht betreten kann, ohne auf Buzz Wheel erwähnt zu werden. Meine Frau hat dort ihr Debüt gegeben und Harley auch.« Er tritt beiseite.

Denver bedeutet mir, voranzugehen. Ich ziehe meine Stiefel aus und stelle sie neben die ganzen Outdoor-Stiefel, die alle so ähnlich aussehen wie Denvers. Meine Schuhe stechen total aus dem Haufen heraus. Lachend stellt Denver seine Boots neben meine und hebt eine Augenbraue. Überraschenderweise verkneift er sich jedoch jeglichen Kommentar.

»Ich nehme den Kuchen.« Austin greift nach der Tüte. »Du kannst Cleo herumführen und sie den anderen vorstellen. Du bist wie immer der Letzte.« Dann verschwindet er um die Ecke.

»Du bist wohl kein besonders pünktlicher Mensch, was? Irgendwie überrascht mich das nicht«, bemerke ich.

»War's das jetzt mit der Höflichkeit? Das ging aber schnell.« Denver schließt zu mir auf.

Als ich aus einem Nebenzimmer Gelächter höre, wird mir schlecht. Ich zucke mit den Schultern. »Sorry.«

»Vorsicht, sonst überlasse ich dich den Aasgeiern.« Er überholt mich, eilt um die Ecke und bleibt so abrupt stehen, dass ich gegen ihn stoße.

Dann stelle ich mich neben ihn. Das Lachen im Raum verebbt.

»Was ist los? Es ist doch nur Cleo Dawson«, sagt Denver.

Alle fangen an zu lachen, stehen von dem großen Esstisch auf und kommen auf uns zu. Denver wird zurückgedrängt, als sich einer nach dem anderen vorstellt.

Savannah, die ich vor ein paar Tagen im Tattoo-Studio getroffen habe, drückt mir ein Glas Weißwein in die Hand. »Das ist Hollys Grundnahrungsmittel.«

Der Ansturm hat mich so überrollt, dass ich mir keinen einzigen Namen merken konnte.

Denver gesellt sich wieder zu mir. »Bereit, wieder auf den Höflichkeitszug aufzuspringen?«

»Ich bitte darum.« Kurz klammere ich mich an seinen Arm.

»Okay, bringen wir es schnell und effizient hinter uns.« Er streckt den Arm aus und erhebt die Stimme. »Die in der Küche mit dem kastanienbraunen Haar ist Holly. Austin hast du ja bereits kennengelernt. Ihnen gehört das Haus. Der übergriffige Köter vorhin war ihr Hund Myles, und seine Hundedame heißt Daisy. Sie sind gerade im Vorraum. Wahrscheinlich vögeln sie. Das haben sie sich von ihren Herrchen abgeschaut.«

Austin zeigt ihm den Mittelfinger, doch Holly winkt und schenkt lachend ein Glas Wein ein.

»Dann gibt es noch Savannah und Liam. Aber die kennst du auch schon.«

Savannah sitzt auf Liams Schoß. Kurz lassen sie voneinander ab und winken mir zu.

»Neben ihnen sitzt mein Zwillingsbruder Rome. Aber er ist viel hässlicher als ich.« Auch Rome zeigt ihm den Stinkefinger, doch Denver lässt es unkommentiert. »Und seine Verlobte Harley.«

Ein süßes braunhaariges Mädchen rennt auf uns zu und schlingt die Arme um Denvers Knie.

»Und das ist Calista, ihre Tochter. Und der kleine Mann, der für immer und ewig in diesem Wickeltuch sitzen wird, ist Dion.«

»Onkel Denver?«, fragt das kleine Mädchen und beäugt mich.

»Ja?«

»Ist das das Mittwochabend-Mädel?«

Obwohl man sie schlecht versteht, glaube ich, richtig gehört zu haben. Das Lachen der anderen bestätigt meine Vermutung.

Denver sieht mich an. »Das ist Cleo. Sagst du ihr Hallo?«

Sie winkt mir zu. »Magst du *Baby Shark*?«

»Dieses nervige Lied, das ständig gespielt wird?«, würde ich am liebsten antworten, aber schließlich habe ich gute Manieren. »Das ist eins meiner Lieblingslieder.«

Ihr niedliches Gesicht erhellt sich. »Spiel es«, fordert sie von Denver.

Er zückt sein Handy und gibt es ihr. »Bitte schön, Kleine.« Dann wuschelt er ihr durch das Haar, und ich schwöre – meine Eierstöcke haben gerade geseufzt.

Calista rennt ins Wohnzimmer. Als das Lied losgeht, stöhnen alle genervt.

»Eure Handys sind alle tot«, raunt Rome und zeichnet beim Wort »tot« Gänsefüßchen in die Luft, bevor seine Stirn auf der Tischplatte landet.

»Es ist nur eine Phase. Bald wird sie dafür zu groß sein.« Die Brünette steht auf und kommt mit einem pausbackigen Baby auf der Hüfte zu uns herüber. »Ich bin Harley. Und der Kleine ist Dion.«

»Hi.«

Dann tänzelt sie hinüber zu ihrer Tochter und versucht, sie davon zu überzeugen, dass Onkel Denver sein Telefon für Notfälle braucht.

Denver legt die Hand auf meinen Rücken und lehnt sich

weiter zu mir. Der Duft von Mann und Seife lässt meine weiblichen Teile erwachen. »Phoenix ist auch irgendwo. Ihre Zwillingsschwester Sedona lebt in New York und geht dort aufs College. Mein Bruder Kingston ist gerade in Anchorage. Er ist Feuerwehrmann. Dann gibt es noch meine Schwester Brooklyn und ihren Mann Wyatt, den du vielleicht vom Glacier Point kennst.« Er kommt noch näher und flüstert: »Er ist der Besitzer.« Dann deutet er auf mich und ruft: »Sie übernachtet im Glacier Point. Blamier dich heute Abend also besser nicht.«

»Du übernachtest im Glacier Point? Schon die ganze Zeit?«, fragt Rome.

Ich nicke. Dass meine Schwester dafür bezahlt, lasse ich lieber unerwähnt. »Ja.«

Rome sieht Wyatt an. Ich habe ihn schon das eine oder andere Mal in den Gängen des Glacier Point gesehen. Meistens trägt er einen Anzug. »Wahrscheinlich ist sie reicher als du, Whitmore.«

Völlig unbeeindruckt nimmt Wyatt einen Schluck von seinem Bier. Bestimmt weiß er, wer meine Hotelrechnungen bezahlt.

»Du kannst nicht für immer im Hotel wohnen.« Dori ist aus dem Nichts aufgetaucht. »Du könntest bei Savannah wohnen. Denver und Phoenix wohnen auch dort.«

Alle fangen an zu lachen.

»Hör auf, alle verkuppeln zu wollen. So, wie du uns alle dazu bringen willst, in Sünde zu leben, sollte man nicht meinen, dass du schon über siebzig bist.« Savannah schlingt die

Arme um Liam. Er küsst ihre Wange und flüstert ihr etwas ins Ohr, das sie erröten lässt.

»Ach, sei still!« Dori schnappt sich eine Karotte und tunkt sie in etwas, das aussieht wie Hummus. »Komm, Cleo. Weg von Denver.« Sie winkt mich zu sich an die Kücheninsel.

Ich will gerade zu ihr gehen, als Denver die Arme um mich schlingt und mich zu sich zieht.

»Glaub ihr kein Wort. Ich bin kein guter Kerl«, flüstert er, bevor er mich loslässt.

Als ich Dori erreicht habe, dreht sie mich um und schiebt mich ins Wohnzimmer, wo immer noch Calista sitzt und immer wieder *Baby Shark* spielt, als würde sie dafür bezahlt werden.

»Calista, sei ein braves Mädchen und geh in den Keller«, befiehlt Dori. Als Calista die Unterlippe vorschiebt, schlägt Dori einen anderen Ton an. »Du kannst bleiben, aber das Lied bleibt aus, okay?«

»Okay«, erwidert sie lang gezogen und verdreht die Augen. Calista greift nach einer Puppe, die auf dem Fußboden lag, setzt sie in einen Kinderwagen und verlässt das Zimmer.

Ich beobachte, wie Harley und Holly nach oben verschwinden und Rome und Austin hinausgehen. Dori seufzt. Gibt es irgendein Familiendrama, von dem ich nichts weiß? Savannah kommt zu uns, setzt sich mit Dion auf den Fußboden und verteilt seine Spielsachen, die sofort in seinen Mund wandern.

»Das mit deinem Vater tut mir sehr leid«, sagt Dori. Das hat sie mir bereits bei der Beerdigung gesagt.

»Danke.«

»Wie gefällt dir Lake Starlight?«

»Abgesehen von Buzz Wheel gefällt es mir hier.«

Beide lachen.

Ein dunkelhaariges Mädchen kommt herein. »Was soll die Geheimniskrämerei?« Mit dem Kopf deutet sie auf die Treppe. »Ich bin übrigens Phoenix.«

»Hi, Phoenix.«

Doch sie schenkt mir kaum Beachtung. Ihre Aufmerksamkeit liegt auf Savannah und Dori.

Savannah sieht Liam an, der versucht, sie nicht allzu sehr anzustarren. Ihre Blicke wandern zuerst zur Treppe, dann zur Tür, als würden sie sich vor drohendem Unheil fürchten.

»Nichts«, erwidert Savannah, ohne Phoenix anzusehen.

Phoenix macht es sich in dem riesigen Sessel bequem. »Wie schön es doch sein muss, alles zu wissen.« Sie verdreht die Augen.

Diese Familie ist lustig. Nicht wie Phils verstaubte Familie, die es als unhöflich erachtet, herumzuschnüffeln.

»Ich nehme an, du wirst eine Weile bleiben, jetzt, da ihr die Fernsehsendung dreht?«, will Dori wissen.

Mein Blick fällt auf Doris bläuliches Haar. Hat sie es gerade frisch färben lassen?

Phoenix richtet sich auf. Wie ein Wachhund, der die Ohren aufstellt. »Fernsehsendung?«

Savannah flüstert mir ein »Sorry« zu.

»Denver!« Phoenix springt auf und stürmt in die Küche. Anscheinend erzählt er ihr von *Uncovering America's Beauty*, denn sie boxt ihm in den Bauch und macht einen Luftsprung. »Griffin Thorne!«

Er lässt sie stehen und kommt mit einer Weinflasche in der Hand auf mich zu.

Phoenix rennt ihm nach und stellt sich ihm in den Weg. »Du musst mich ihm vorstellen. Er muss mich singen hören!«

»Nein«, entgegnet er und weicht ihr aus. »Wir sind hier nicht bei *American Idol*.«

Er hält mir die Flasche entgegen, und ich halte ihm mein Weinglas hin, damit er nachschenken kann. Seht nur, wie gut wir miteinander auskommen.

Die Haustür geht auf, und Austin stürmt die Treppe hinauf, doch Holly und Harley sind bereits auf dem Weg nach unten. Harley und Rome treffen sich am Fuß der Treppe, während Austin Holly irgendwas zuflüstert. Lächelnd legt sie die Hand auf seinen Arm, als wollte sie ihm versichern, dass es ihr gut geht. War sie etwa krank oder so?

»Hey, alle zusammen!«, ruft Holly, um die Aufmerksamkeit auf sich zu ziehen.

Als alle ruhig sind, sieht Denver seinen Zwillingsbruder an und begutachtet dann die Szene. »Oh, fuck!«, murmelt er.

»Harley und Rome haben etwas mitzuteilen«, fährt Holly fort.

Als Außenstehende beobachte ich interessiert ihre Reaktionen.

»Zieht ihr etwa um?«, fragt Juno und lacht.

»Werdet ihr endlich heiraten?«, fragt Phoenix.

Harleys Blick wandert von Holly zu Rome. Beinahe flehend sieht sie ihn an.

»Wir sind schwanger«, verkündet er.

Holly jubelt, und ich klatsche. Doch mir entgeht nicht die gedrückte Stimmung. Warum fallen sich nicht alle in die Arme?

»Kommt schon, Leute. Glückwünsche sind angebracht! Ich öffne jetzt den Champagner.« Holly eilt in Richtung Küche, doch als alle sitzen bleiben, dreht sie sich um. »*Los! Umarmt sie!*«

Alle rappeln sich auf und umarmen die beiden, um sie zu ihrem dritten Baby zu beglückwünschen.

Während wir in der Schlange warten, bis wir an der Reihe sind, lehnt sich Denver zu mir. »Ich erkläre es dir später.«

Kapitel 11

DENVER

Wenn Dori wusste, dass Rome und Harley die Schwangerschaft verkünden würden, und sie Cleo absichtlich eingeladen hat, werde ich ein Hühnchen mit ihr rupfen müssen. Der ganze Abend war seltsam. Holly hat so getan, als wären es die tollsten Neuigkeiten aller Zeiten, während Austin die ganze Zeit finster dreingeblickt hat. Harley hat ununterbrochen geweint, und Rome ist sich so oft durchs Haar gefahren, dass es ihm regelrecht zu Berge stand, als wir gegangen sind.

»Wir hätten ruhig länger bleiben können«, bemerkt Cleo neben mir auf dem Beifahrersitz.

»Ich sollte dich lieber zurück ins Hotel bringen, bevor es heftiger zu schneien beginnt.«

Sie erwidert nichts mehr, und mein Schweigen macht die Situation auch nicht besser. Dass ich wegen des Wetters gehen wollte, ist gelogen. Der Abend mit ihr war nett. Wir haben uns gut verstanden, ohne spitze Bemerkungen. Ich sollte ihr einfach die Wahrheit sagen. Aber ich rede nicht gern mit Leuten, die nicht zum engsten Kreis gehören, über familiäre Angelegenheiten.

Ich hole tief Luft. »Holly und Austin haben letztes Jahr geheiratet.«

»Sie sind ein tolles Paar.«

Sie lügt, denn heute Abend haben sie sich nicht wie die zwei Turteltauben benommen, die sie sonst sind.

»Sie versuchen schon seit einer Weile, ein Baby zu machen«, erkläre ich.

Ihr langsames Nicken sagt mir, dass sie gerade die Puzzleteile zusammenfügt. »Oh, das muss schwer für sie sein. Nicht dass ich das beurteilen könnte. Ich habe noch nicht vor, Kinder zu bekommen oder ...« Sie hält inne, und ich lache, weil sie so viel plappert. »Keine Ahnung, wo das jetzt herkam.«

»Schon okay.« Ich lege die Hand auf ihren Oberschenkel. Ich muss unbedingt aufhören, sie immer wieder anzufassen, aber irgendwie geht es nicht.

Cleo und ich passen zusammen wie ein Krokodil und ein Vogel – und wir tauschen täglich die Rollen.

»Ich meinte nur, dass es bestimmt für alle schwer ist. Aber hey, Harley und Rome ... Drei Kinder so kurz nacheinander.«

Ich atme laut aus. »Angeblich verhüten sie.« Ich hebe eine Augenbraue.

»Vielleicht ist sie eine Fruchtbarkeitsgöttin.« Sie lacht.

»Es ängstigt mich zu Tode. Das kannst du mir glauben.«

Sie legt den Kopf schief, als würde sie mich nicht verstehen.

»Ich bin sein Zwilling. Anscheinend hat unser Sperma Superkräfte.«

Jetzt lacht sie noch lauter. So heftig, dass sie sich vornüberbeugt und nicht mehr aufhört, den Kopf zu schütteln. »Nur deins.«

»Was soll das denn heißen?« Ich halte an einer Kreuzung. Im roten Licht der Ampel sehe ich ihr breites Grinsen.

Sie ist wunderschön. Ich dachte, das wäre ihr bewusst, aber langsam habe ich daran meine Zweifel.

»Dein Ego ist so groß, dass es kein Wunder ist, dass du denkst, dein Sperma wäre so stark, dass es sogar ein Kondom durchstößt.«

»Aber bei Rome war es so. Und normalerweise stehen wir immer im Wettstreit.«

Sie blickt ein wenig ängstlich drein. »Tu dir einen Gefallen, und sag das keiner Frau, bevor du ihr nicht einen Ring angesteckt hast.«

»Ich bin sicher, da draußen gibt es genug Frauen, die ein Kind von mir wollen.«

»Nicht wegen eines kindischen Wettstreits. Außerdem ist er dir schon drei Kinder voraus.« Sie kichert.

Ich muss auch lachen, denn die Vorstellung, mit einer Frau Kinder zu zeugen, ist einfach absurd. »Du glaubst also, ich könnte es nicht?«

Das hier macht Spaß. Normalerweise ist es anders, wenn ich eine Frau in meinem Truck habe. Cleos Hand liegt nicht auf meinem Schwanz. Ihre Lippen berühren nicht meinen Hals. Ich habe mich schon lange nicht mehr so amüsiert.

»Oh nein, ich glaube schon, dass du es könntest. Das ist ja das Schlimme.«

Ihr Blick richtet sich auf die Straße, und ihr Lachen verebbt. Seltsame Stille erfüllt das Wageninnere. Gleich werden wir an Chips Haus vorbeifahren. Als ich mich für eine alternative Route entschieden habe, habe ich vergessen, dass wir daran vorbeikommen würden.

»Dann willst du also nicht diejenige sein?«, frage ich, doch mein Ablenkungsversuch ist gescheitert. Geistesabwesend schüttelt sie den Kopf, den Blick immer noch auf die Straße gerichtet.

»Ich habe es noch nicht geschafft, hineinzugehen.« Ihre Finger berühren die Scheibe, als wir das Haus erreichen.

Ich trete auf die Bremse und drehe um.

»Nein, Denver.« Sie schüttelt den Kopf. »Nicht jetzt.«

»Ich war auch noch nicht drin. Nicht, seit er ins Hospiz gekommen ist.« Ich schlucke schwer.

Sie sagt nicht mehr viel, bis wir Chips Einfahrt erreichen und meine Scheinwerfer die kleine Blockhütte erhellen, die durchaus ein wenig Liebe vertragen könnte. Chip war es immer ziemlich egal, wie er lebt. Er verbrachte den Großteil seiner Zeit sowieso entweder im Büro oder in der Wildnis.

»Willst du hineingehen? Ich komme mit.« Ich schalte den Motor aus, und ihr Blick fällt auf meine Hand.

»Ich sollte es allein machen.« Doch sie bewegt sich nicht.

»Warum?«

Ihre Augen wandern wieder zu dem düsteren Haus. »Warum was?«

»Warum solltest du es allein machen?«

Langsam dreht sie den Kopf in meine Richtung. »Weil er *mein* Vater war.«

»Und?«

Ihre Hand wandert zum Türgriff. Während ich sie dabei beobachte, wie sie versucht, sich zu überwinden, beginnt mein Herz, schneller zu schlagen. Ich kenne diesen inneren Kampf. Ich habe ihn selbst ausgefochten, als ich mich fünf Jahre nach dem Tod meiner Eltern überwunden habe, endlich ihr Grab zu besuchen.

»Diese Aufgabe muss ich allein erledigen«, erwidert sie.

Ich wünschte, wir würden uns näherstehen. Dann würde ich ihr sagen, dass sie nicht alles allein machen muss. Dass es in Ordnung ist, meine Hilfe anzunehmen. Ja, vielleicht hasst sie mich, aber wenn sie gerade jemanden braucht, bin ich gern für sie da.

»Was ist mit Bridget?«, frage ich.

Sie schüttelt den Kopf. »Ich liebe sie, und sie würde es tun, wenn ich sie darum bitten würde. Aber sie würde sich über alles ein Urteil bilden, wenn sie mitkommen würde. Das kann ich gerade nicht gebrauchen.«

Als ich die Fahrertür öffne, werden wir kurz von der Innenbeleuchtung geblendet. »Ich komme mit.«

»Okay«, erwidert sie leise.

Ich umrunde die Motorhaube meines Trucks, doch sie ist immer noch nicht ausgestiegen. Ich öffne ihre Tür, und ihre kalte Hand landet in meiner. Langsam setzt sie die Füße auf den Boden und zieht die Schlüssel aus ihrer Handtasche. Doch bevor wir die Veranda erreichen, bleibt sie stehen.

»Ich kann das nicht«, sagt sie und geht zurück zum Truck.

»Okay.«

Kurz darauf sitzen wir wieder im Wagen, und ich drehe um, um wieder auf die Straße aufzufahren.

Fünf Minuten lang schweigt sie. »Warum hast du mich nicht gedrängt?«

»Dich gedrängt?«

»Hineinzugehen. Die meisten hätten versucht, mich dazu zu überreden. Aber du hast einfach okay gesagt, und dann sind wir wieder ins Auto gestiegen.«

Wir erreichen das Glacier Point, und ich halte im Bereich des Parkservice. »Du hast gesagt, du seist noch nicht bereit.« Wieder lege ich die Hand auf ihr Bein, ziehe sie jedoch sofort zurück. Ich muss dringend an meiner Selbstbeherrschung arbeiten. »Aber eines Tages wirst du so weit sein.«

Sie sieht mir direkt in die Augen, und ich lasse zu, dass sie darin die Wahrheit meiner Worte erkennt. Mir ging es genau wie ihr. Aber eines Tages wird sie ihren Weg finden.

»Danke.«

»Gern geschehen.«

Sie nickt und öffnet die Tür. »Bis morgen.«

»Jep.«

Ein paar Herzschläge lang starren wir einander an. Eine Energie erfüllt das Wageninnere. Eine Energie, die ich mit ihr nicht kenne. Wäre sie nicht meine Geschäftspartnerin, würde ich sie jetzt wahrscheinlich zu mir ziehen und küssen. Sie leckt sich die Unterlippe. Kurz glaube ich, sie denkt vielleicht das Gleiche wie ich, doch dann steigt sie aus und schlägt die Tür zu, ohne noch einmal zurückzublicken.

Unsere Beziehung schlägt einen verbotenen Weg ein. Wir müssen dringend auf die Hauptstraße zurückkehren, sonst könnte alles schiefgehen.

Als ich den Parkplatz des Glacier Point verlasse, erinnere ich mich selbst daran, dass Chips Firma und sein Vermächtnis alles sind, was zählt. Mein Schwanz hat diesmal nichts zu melden. Ich hätte ihn besser trainieren sollen.

Kapitel 12

CLEO

Bridget ist nicht da, als ich in unsere Suite zurückkehre. Doch ihr Kleid liegt zusammengeknüllt in der Ecke des Schlafzimmers. Die Armatur im Badezimmer ist mit Schminke übersät. Auf meinem Bett liegt ein nasses Handtuch und auf dem Kissen ein Notizzettel. Ich schlüpfe aus meinen Stiefeln und greife danach.

> Habe an der Bar einen Jäger kennengelernt. Wir sehen uns dann morgen früh oder noch besser am Nachmittag ;)

Ich knülle den Zettel zusammen und verfehle den Mülleimer bei Weitem. Dann lasse ich mich auf die Luxusmatratze fallen und starre hinauf zur Zimmerdecke. Ich atme tief durch, schließe die Augen und stelle mir vor, was passiert wäre, wenn ich Denver Bailey eben geküsst hätte.

Wie seine weichen Lippen auf meine treffen und seine Zunge in meinen Mund gleitet, während er seine große Hand auf meinen Rücken legt und mich ganz eng zu sich zieht. Wahrscheinlich hat er es inzwischen perfektioniert, seinen Sitz mit nur einer Bewegung nach hinten zu kippen, damit ich mich auf ihn setzen kann. Ich spüre förmlich das Lenkrad im Rücken, während er die Hände unter den Saum meines Sweatshirts schiebt.

Ich biege den Rücken durch, während er meinen Kiefer mit Küssen bedeckt, und reibe mich an seiner Länge, die sich unter dem Stoff seiner Jeans abzeichnet. Die beschlagenen Scheiben. Unsere verschwitzten, halb nackten Körper. Wie er einfach nicht aufhören kann, mich zu küssen.

Als mein Handy vibriert, schrecke ich hoch, als wüsste jemand, was ich mir gerade vorgestellt habe.

Als ich Denvers Namen auf dem Display sehe, denke ich unweigerlich, dass er genau wusste, dass ich kurz davor war, die Hand in meine Leggings gleiten zu lassen.

> DENVER: Griffin ist in der Stadt. Er kommt morgen vorbei.

Ich schicke ihm nur einen Daumen nach oben, denn meine Finger zittern zu sehr.

Ich will keinen Mann wie Denver Bailey. Einen, der denkt, er hätte Supersperma und könnte mich nur durch Blickkontakt schwängern. Einen Mann, für den Verantwortung wie eine Gefängnisstrafe ohne Aussicht auf Bewährung ist.

Während ich versuche, mir einzureden, dass er nichts für mich ist, wandern seine imaginären Lippen über meine nackte Schulter, und seine Hände erforschen meinen Körper. Wie muskulös seine Brust doch ist.

Nein. Sofort aufhören.

Er ist ein ekelhafter Kerl, der keinen Respekt vor Frauen hat. Doch selbst ich weiß, dass das gelogen ist. Ich weiß nicht viel über Denver, aber ich weiß genau, dass ich in Schwierigkeiten geraten werde, wenn ich weiter solche Sexfantasien habe, statt ihn zu hassen.

• • •

Ich betrete Lifetime Adventures, bewaffnet mit zwei Cold Brew für Denver und mich. Außerdem habe ich meiner Bestellung heute einen heißen Kaffee hinzugefügt, denn obwohl Nancy den kalten Kaffee immer dankend entgegennimmt, habe ich sie schon mal dabei erwischt, wie sie ihn in die Mikrowelle gesteckt hat.

»Hi, Nancy«, begrüße ich sie.

Sie blickt von ihrer Zeitung auf und sieht mich über den Rand ihrer Brille an. Ich reiche ihr den Kaffee. Lächelnd nimmt sie ihn entgegen, bedankt sich, wie sie es immer tut, und stellt ihn neben einen Becher mit Cold Brew.

»Magst du Cold Brew?«, frage ich. Vielleicht lag ich doch falsch.

Doch sie winkt ab und nippt an dem Kaffee, den ich ihr gekauft habe. »Denver hat mir vorhin einen mitgebracht.«

Ich nicke. Tun wir einfach so, als würde sie ihn noch trinken.

Ich betrete das Büro, das wir erst zur Hälfte ausgemistet

haben. Ich habe fest vor, irgendwann abends herzukommen und die Aufgabe ohne Denver zu erledigen. Er ist ein bisschen wie Chip – ein Sammler. Denver sitzt auf seinem Bürostuhl, die Füße auf den Tisch gelegt, das Handy am Ohr.

»Auf keinen Fall, Phoenix. Er ist wegen Lifetime Adventures hier.« Er verdreht die Augen und schließt sie kurz. Ich schleiche mich in den Raum und schließe die Tür. »Vielleicht, wenn wir irgendwie auf das Thema kommen. Lass mich die Sache einfach hinter mich bringen. Danach können wir ihn mal besuchen und ihm dein Demo vorspielen.«

Er schlägt die Augen auf. Als er mich entdeckt, lächelt er kurz. Verdammt, an so eine Begrüßung könnte ich mich gewöhnen. Ich stelle den Kaffee auf den Schreibtisch, doch vor ihm steht bereits ein schwarzer und auf meiner Seite ein karamellfarbener. Offensichtlich hat er mir auch einen Kaffee mitgebracht.

Lachend beäugt er den Papphalter. Ich flüstere ihm ein »Danke« zu, und er nickt.

»Du musst dich jetzt mal entspannen«, sagt er ins Telefon. Wieder eine Pause.

Ich schnappe mir ein paar Dokumente, fahre meinen Laptop hoch und hoffe, dass die Website inzwischen so aussieht, wie es uns der neue Designer versprochen hat.

»Ich muss jetzt arbeiten. Tschüss.« Denver legt auf und beginnt, sich die Schläfen zu massieren.

»Warum bist du so dagegen, sie Griffin vorzustellen?« Ich nippe an meinem Kaffee, während ich mir die neue Homepage ansehe.

»Ich bin nicht dagegen, aber ich habe ihn gerade gebeten, sein Leben für uns aufs Spiel zu setzen. Da will ich nicht auch noch mit ›Und das ist übrigens meine Schwester. Sie will Sängerin werden.‹ um die Ecke kommen.« Dann richtet er den Blick auf den Computermonitor. »Die Seite ist schon online. Sie ist toll geworden. Keine Menschen mehr in neonfarbenen Sportklamotten und mit Vokuhilas. Das ist schon mal ein guter Anfang.«

Er dreht den Laptop in meine Richtung. Wir haben letzte Woche WLAN bekommen, sodass wir zum Glück nicht mehr unsere Smartphones als Hotspots benutzen müssen.

»Ich hatte heute Morgen eine Nachricht von Selma auf dem Handy. Ich frage mich, ob diese Frau jemals schläft«, bemerkt er.

»Was hat sie gesagt?« Gedankenverloren scrolle ich weiter durch die Website, um sicherzugehen, dass alles so geändert wurde, wie ich es mir vorgestellt habe. Alles sieht wunderbar aus. Jetzt müssen wir nur noch Werbung machen, was schwer ist, wenn man dafür kein Geld hat.

»Sie meinte, sie wollen schauen, wie die Aufnahmen mit Griffin laufen. Die wollen sie dann einem Testpublikum zeigen. Wenn die Reaktionen gut sind, machen wir weiter. Wenn alles gut läuft, wollen sie sechs Episoden drehen. Und danach wollen sie sehen, wie es beim Publikum ankommt.«

Ich lehne mich zurück und drücke den Kaffeebecher gegen meine Brust. »Ich mache mir ein wenig Sorgen.«

»Warum?«

Ich stehe auf, denn ich kann nicht länger sitzen. Ich sollte es ihm nicht sagen, aber wir hängen da gemeinsam drin. Er muss meine Schwächen kennen. Und ich seine. »Ich bin nicht wie du.«

»Du hast vielleicht nicht einen so tollen Arsch wie ich, aber dafür den besseren Vorbau.«

Ich wirble herum. Er zwinkert, und ich schüttle den Kopf, weil er immer Witze reißen muss, wenn man sich verletzlich zeigt.

»Ich bin weder extrovertiert noch besonders umgänglich. Ich kann mir nicht spontan irgendwelche flotten Sprüche ausdenken. Warum muss ich unbedingt mitmachen?«

Er lehnt sich zurück und stützt die Arme auf die Lehnen. Er ist so entspannt. Wie kann es sein, dass er immer so unbekümmert ist? »Du hasst mich. Lass das durchsickern. Die Zuschauer werden es lieben.«

Ich schüttle den Kopf. »Aber ...«

»Oh, Mist, sag jetzt nicht, dass du mich inzwischen lieb gewonnen hast.«

Oh nein, kein bisschen. Ich habe lediglich gestern Abend beim Masturbieren an dich gedacht.

»Von wegen.« Selbst ich bin nicht von meiner Antwort überzeugt.

»Keine Sorge, ich werde dir genug auf die Nerven gehen. Aber vielleicht sollten wir vor Drehbeginn unsere Rolle definieren.«

»Wie meinst du das?«

»Recherche. Selma meinte, die Kameracrew komme nächste Woche, also muss ich ihnen vorab eine Liste schicken, wohin wir gehen. Wir haben also noch ein bisschen Zeit, um herauszufinden, wer wir vor der Kamera sein wollen. Ich würde sagen, wir sehen uns bekannte Reality-Paare an und analysieren, warum sie so erfolgreich sind.«

Dass er nicht grinst, sagt mir, dass er es ernst meint. »Aber es ist *Realität*. Warum können wir nicht einfach wir selbst sein?«

»Glaubst du etwa, Realitystars würden nicht schauspielern? Selma hat doch sogar gesagt, dass manche an ihren Persönlichkeiten arbeiten würden, um Teil der Show zu bleiben.«

Ich kaue auf meinem Fingernagel herum. Da ist was dran. Aber kann ich eine andere Person darstellen, ohne fake rüberzukommen?

»Und wir sind uns einig, dass wir unsere Gagen in die Firma investieren?«, frage ich.

Er nickt. »Zu einhundert Prozent.«

Also tue ich es für die Firma meines Dads. Aber darum geht es ja, auch wenn ich nicht weiß, was passieren wird, wenn wir es tatsächlich schaffen sollten, das Ruder herumzureißen. »Okay, das ist ein guter Plan. Lass uns heute Abend loslegen. Du kannst zu mir ins Hotel kommen.«

»Ähm, nein, komm du lieber zu mir. Ich bestelle auch was zu essen.« Das Telefon auf seinem Schreibtisch klingelt, und er drückt auf den Lautsprecher. »Hey, Nancy.«

»Mr Thorne ist hier.«

»Wir sind gleich da.« Er legt auf und sieht mich an. »Heute Abend um sechs?«

Ich nicke. Bei dem Gedanken, vor der Kamera zu stehen, wird mir immer noch schlecht.

»Dann lass uns jetzt den Mann begrüßen, der es für uns

regnen lassen wird.« Ich gehe zur Tür, doch Denver legt die Hand auf den Knauf, um mich aufzuhalten. Als ich aufblicke, sieht er mich ernst an. »Ich werde nicht zulassen, dass wir scheitern.«

Mir stockt der Atem. Ich nicke nur, denn ich kann nichts erwidern. Kommt er mir absichtlich so nahe und sagt nette Sachen? Oh, Scheiße, vielleicht spielt er nur mit mir. Vielleicht gibt er sich als jemand aus, der er nicht ist, um mir die Firma wegzunehmen.

Er öffnet die Tür, bevor ich etwas erwidern kann, und setzt ein Grinsen auf, das aber aufrichtig wirkt. »Griffin, es ist schon viel zu lange her.«

Sie schütteln einander die Hände und umarmen sich in männlicher Manier, bei der sich kein einziger Körperteil tatsächlich berührt.

Griffin sieht mich über Denvers Schultern an. »Und wer ist das?«

Denver tritt einen Schritt zurück und deutet auf mich. »Cleo Dawson, meine Geschäftspartnerin.«

»Nur Geschäftspartnerin?«, fragt Griffin.

»Ja.« Ich trete nach vorn und gebe ihm die Hand. Sie fühlt sich weich an – ein Kontrast zu seinem schulterlangen, aschblonden Haar und dem verwegenen Bart. Er ist wirklich zum Dahinschmelzen.

»Schön, dich kennenzulernen, Cleo.« Er sieht mir direkt in die Augen, und es könnte sein, dass ich mir kurz unsere Hochzeit ausmale.

»Dad!«

Mein imaginärer Gang zum Altar nimmt ein abruptes Ende.

»Maverick, komm her.« Er winkt einen Jungen zu sich, der vor den alten Süßigkeitenautomaten steht.

Die Bonbons sind bestimmt schon uralt. *Notiz an mich: Dringend wegwerfen.*

»Hier gibt es Süßigkeiten«, erwidert Maverick, ohne sich von der Stelle zu rühren.

»Jaja, gleich.« Griffin sieht wieder uns an. »Ich bin geschieden«, sagt er leise, wahrscheinlich, damit es sein Sohn nicht hört. »Er ist sechs. Im Moment wechseln wir uns Mitte der Woche ab.«

»Ich will aber jetzt!«, protestiert Maverick.

»Ich habe *gleich* gesagt.« Griffin geht zu ihm, hebt ihn hoch, und Maverick tritt ihm gegen das Schienbein.

»Ich habe hier ein paar Süßigkeiten.« Nancy umrundet ihre Theke und hält ihm ein Karamellbonbon entgegen.

Die gute Seele.

»Bitte schön, Maverick.« Sie reicht ihm das Bonbon.

Er starrt es an, als wäre es eine tickende Zeitbombe. Denver und ich sehen einander an. Wir wissen genau, was jetzt passieren wird. Mir tut Nancy schon jetzt leid.

Maverick schlägt Nancy das Bonbon aus der Hand. Griffin stellt Maverick ab und senkt die Stimme. Mit Tränen in den Augen starrt Nancy den Jungen an, als wäre er die Brut Satans, und verschwindet in der Damentoilette. Denver und ich stehen betreten da und tun so, als würden wir nicht mitbekommen, wie Griffin mit seinem frechen Sohn schimpft.

»Tut mir leid. Maverick muss sich immer noch an die

Scheidung gewöhnen. Er ist kein schlechter Junge«, versichert Griffin.

Wir nicken.

»Ja, ich habe früher auch meine Grenzen ausgereizt«, erwidert Denver.

»Das tut er immer noch«, füge ich hinzu.

Denver nickt, als wollte er sagen: »Der war gut.« Das werden wohl unsere neuen Rollen sein. Muss ich mir jetzt Sprüche ausdenken, damit wir Erfolg haben werden?

»Du bist lustig«, bemerkt Griffin.

Ich straffe die Schultern. »Nicht wirklich.«

»Sie reißt Witze auf meine Kosten«, protestiert Denver.

Ich kneife ihm in die Wangen. »Es ist auch wirklich zu einfach.«

»Sicher, dass ihr kein Paar seid?«, hakt Griffin nach.

»*Nein!*«, kreischen wir wie aus einem Mund.

Er hebt die Hände und macht einen Schritt zurück. »Wenn das stimmt, solltet ihr euch nicht so abwehrend verhalten.«

Ich werde das, was er gesagt hat, nicht weiter erforschen. »Er ist wie mein kleiner Bruder«, lüge ich.

»Großer Bruder.«

»Älterer Bruder?«, schlage ich vor.

»Großer Bruder gefällt mir besser.«

Ich verdrehe die Augen. »Und ich finde kleiner Bruder besser.«

Griffin lacht, und Denver nimmt mich in den Schwitzkasten und verpasst mir eine Kopfnuss. Seit wann benehmen wir uns wie Bruder und Schwester? Ich bin nicht sicher, aber vielleicht hilft es mir, den Drang, ihn besteigen zu wollen, zu unterdrücken.

Kapitel 13

DENVER

Wok For U hat bereits das Essen geliefert, und ich bin Phoenix' digitale Aufzeichnungen durchgegangen, um ein paar Realityshows herauszusuchen, die wir uns ansehen können. Ich habe absichtlich keinen Alkohol besorgt, denn ich fühle mich immer mehr zu Cleo hingezogen. Und so, wie sich Tabletten und Alkohol nicht vertragen, vertragen sich auch Cleo und Alkohol nicht. Wir würden nur in der Kiste landen – oder sie würde mir das Knie in die Eier rammen, falls ich versuchen sollte, sie anzumachen. Und meine Eier sind mir heilig.

Phoenix kommt die Treppe herunter und sieht, wie ich das Essen auf die Küchentheke stelle. »Hast du ein Date?«

»Musst du nicht irgendwohin?«

Sie klaut sich ein Stück Orangenhühnchen, lässt sich im Wohnzimmer aufs Sofa plumpsen und greift nach der Fernbedienung. »Nope. Das ist das Tolle daran, wenn man die Erfolgloseste der Klasse ist. Dann hat man nie jemanden, mit dem man abhängen kann.«

»Du hast Geschwister. Acht, um genau zu sein.«

Sie deutet auf mich. »Und mit einem meiner Brüder hänge ich gerade ab.«

»Wo sind die anderen?«

Sie leckt sich einen Finger nach dem anderen ab, als hätte sie Barbecue-Soße daran kleben. »Mit Juno und Colton kann ich nicht mehr abhängen. Die gehen mir auf die Nerven. Tun immer noch so, als wären sie nur Freunde.«

»Ich glaube, sie sind auch nur Freunde.«

Sie verdreht die Augen. »Wir wissen beide, dass sie nicht nur Freunde sind. Auch wenn ich gehört habe, dass Colton ein Date hat.«

»Was hat Juno dazu gesagt?« Ich nehme Teller aus dem Schrank.

»Sie hielt es für eine großartige Idee.« Wieder rollt sie mit den Augen.

Ich bin Phoenix' Kulleraugen gewohnt. Als Kind war sie so niedlich, doch als sie in die Pubertät kam, kam plötzlich eine andere Phoenix zum Vorschein.

»Na ja, das ist ihre Sache. Halt dich einfach raus«, sage ich.

»Ich habe gehört, dass Griffin Thorne heute in der Stadt war. Danke für nichts, Bruderherz.«

Sie weigert sich, mich anzusehen, und ich stoße laut und lange die Luft aus. Die Sache wird echt noch zum Problem zwischen uns.

»Wo hast du das denn gehört?«

»Ich stalke Griffin.« Ihren Sarkasmus kann sie sich sparen. »Was denkst du denn?«

Ich zücke mein Smartphone und gehe auf die Seite von Buzz Wheel. Da bin ich schon wieder. Formatfüllend. Nun ja, Cleo und ich.

»Aber süßes Foto«, bemerkt Phoenix.

Das Foto zeigt mich, wie ich Cleo neben meinem Truck festhalte, als sie mit diesen lächerlichen Stiefeln beinahe ausgerutscht ist. Ich überfliege den Artikel, der davon erzählt, dass in Lake Starlight eine Realityshow gedreht und Griffin Thorne Lifetime Adventures retten wird. Das Foto von ihm ist von den Grammys vor zwei Jahren. Natürlich wird auch erwähnt, dass man Cleo und mich in letzter Zeit öfter scherzend und lachend gesehen hat. Ich glaube, ich muss mal mit Nancy ein Hühnchen rupfen. Aber was kümmert es mich? Ich erscheine regelmäßig auf Buzz Wheel, seit es diesen Blog gibt. Eines Tages werden sie von meinem Tod berichten. Wen juckt's? So interessant bin ich nun auch wieder nicht.

Phoenix steht auf und geht zurück zur Küchentheke. »Dann magst du sie also?«

»Sie ist okay.« Ich zucke mit den Schultern und nehme das Besteck aus der Schublade.

»Ich streichle niemandem über den Oberschenkel, wenn ich ihn nur okay finde.« Sie klaut sich noch ein Stück Orangenhühnchen aus der Box, und ich tue, als wollte ich die Gabel in ihre Hand rammen.

»Sie ist heiß, aber ich werde nichts unternehmen.«

Sie nickt, doch ihr Gesichtsausdruck schreit förmlich: »Ja, genau.«

»Wirklich nicht. Ich will die Firma ins Rollen bringen. Für uns beide.«

»Und dann? Was ist der Plan?«

Ich lehne mich zurück. Was ist eigentlich unser Plan? Verkaufen? Der eine bezahlt den anderen aus? Das Unternehmen gemeinsam führen? »Eins nach dem anderen. Im Moment müssen wir nur wieder schwarze Zahlen schreiben.«

Ich erinnere mich an Chips Brief.

Dann klingelt es an der Tür. Auch wenn ich wünschte, Phoenix hätte etwas vor, gibt es keinen Grund, warum sie nicht mit Cleo und mir abhängen sollte. Da sie sich wie ein Hund aufführt, der freudig mit dem Schwanz wedelt, weil er spielen will, lasse ich sie an die Tür gehen.

»Hey, Cleo«, sagt sie.

Im Türrahmen der Küche stehend, beobachte ich, wie sie sich umarmen, was mich ehrlich gesagt überrascht. Phoenix schließt Menschen nicht schnell ins Herz, aber ich habe schon am Sonntag beim Familiendinner gemerkt, dass sie Cleo mag. Wahrscheinlich hat sie deshalb mitbekommen, wie ich unterm Tisch Cleos Bein berührt habe.

»Hi, Phoenix.« Cleo hält eine Tüte von Liquory Split in die Höhe. »Bist du schon einundzwanzig?«

»Ich habe erst vor drei Monaten mit meiner Zwillingsschwester in New York unseren Geburtstag gefeiert.« Sie greift nach der Tüte und wirft mir einen Blick zu.

Hoffentlich ist da nur Weinschorle drin, damit ich nicht in Versuchung gerate.

»Hi, Denver«, begrüßt mich Cleo und geht an mir vorbei. Sie trägt wieder Skinny Jeans und einen kurzen Pullover.

Noch nie hat es mich so angemacht, wenn eine Frau so viel anhatte. Ich folge ihr und stöhne innerlich, als ich ihren Hintern betrachte.

Definitiv kein Alkohol.

»Ich habe Chinesisch besorgt. Ich hoffe, das ist in Ordnung?«, frage ich.

»Perfekt. Ich liebe Chinesisch.«

Phoenix belädt ihren Teller und reicht Cleo ebenfalls einen. »Du hast dir also meine Videos angesehen und keine von den Reality-Musik-Shows ausgesucht?« Phoenix macht es sich im Sessel gemütlich und greift nach der Fernbedienung.

»Wir brauchen Drama. Wir müssen herausfinden, was die Zuschauer an den Protagonisten so lieben«, erkläre ich und reiche Cleo eine Gabel.

Sie bedankt sich, und mein Blick fällt auf ihren Lipgloss. Ihr Mund ist wie eine beleuchtete Landebahn, und ihre Lippen betteln förmlich danach, dass ich auf ihnen lande.

»Ich glaube, was Reality-TV angeht, bin ich ziemlich langweilig. Ich habe mal versucht, mir eine Sendung über eine Gruppe von Leuten anzusehen, die auf einer Insel gestrandet sind. Aber sie waren alle entweder arrogant, dumm oder verrückt.« Cleo setzt sich auf den äußeren Rand des Sofas, steckt die nackten Füße unter ihren Hintern und stellt den Teller auf den Couchtisch.

Ich werfe einen Blick in die Tüte, die sie mitgebracht

hat, und entdecke einen Sixpack Bier und eine Flasche Wein. *Scheiße.*

»Okay, Mädels, was wollt ihr?« Ich hebe beides hoch.

Sie deuten auf die Weinflasche, bevor sie sich weiterunterhalten. Phoenix erklärt ihr ausführlich, warum ich sie Griffin Thorne vorstellen sollte, und Cleo nickt verständnisvoll, als wäre ich der Grinch, der Weihnachten stiehlt.

Als wir alle so weit sind und ich es mir so weit wie möglich von Cleo entfernt auf dem Sofa bequem gemacht habe, drückt Phoenix auf Play. In der ersten Sendung geht es um eine Kleinstadt im Süden und eine Gruppe von Freunden. Ich versuche, mich auf die Streitereien zu konzentrieren, aber mein Blick wandert immer wieder zu Cleos nackten Füßen, die unter ihrem perfekten Hintern hervorblitzen. Sie trägt rosafarbenen Nagellack.

Verdammt, ich bin am Arsch.

• • •

Drei Stunden später habe ich mehr Gezanke und Gejammer gehört als in all der Zeit, in der ich mit meinen fünf Schwestern zusammengelebt habe. Für jetzt habe ich genug von Reality-TV.

Cleo und Phoenix stehen total auf die Sendung mit den Hausfrauen. Cleo meint, manche von ihnen seien ihrer Mutter und deren Freundinnen ganz schön ähnlich.

Dann kommt endlich Werbung. Phoenix geht und füllt ihr Weinglas auf, doch weder ich noch Cleo greifen nach der Fernbedienung, um vorzuspulen.

»Vermisst du Dallas?«, frage ich.

Sie zuckt mit den Schultern und nippt an ihrem Wein. Ihr Lipgloss hinterlässt einen Abdruck auf dem Glas. »Nicht wirklich.«

»Deine Mom?«

»Leider nicht wirklich, obwohl ich sie wahrscheinlich vermissen sollte.«

»Steht ihr euch nicht nahe?« Phoenix setzt sich wieder in den Sessel und dreht sich zu Cleo. Entweder tut sie es nur, weil sie hofft, dass Cleo Griffin von ihr erzählt, oder sie mag sie tatsächlich.

»Wir sind sehr verschieden.«

»Nun, du bist jedenfalls nicht wie diese Frauen da.« Phoenix deutet auf den Fernseher. »Und du wirkst auch nicht so künstlich wie deine Stiefschwester.«

Cleo nickt lachend. *»Mean Girls?«*

Ich habe keine Ahnung, wovon sie sprechen, aber ich werde sie jetzt nicht unterbrechen.

»Sie ist kein gemeines Mädchen«, fährt Cleo fort. »Sie ist nur privilegiert aufgewachsen. Sehr privilegiert. Um Geld muss sie sich nie Sorgen machen.«

»Und du bist auch so aufgewachsen?«, will Phoenix wissen.

Ich rücke ein wenig näher, denn davon bin ich auch ausgegangen.

»Wir sind im selben Haus aufgewachsen. Mein Stiefvater hat mir zum sechzehnten Geburtstag ein Auto geschenkt. Er hat mir das College bezahlt. Ich habe viele Vorzüge genossen, aber ich habe keinen Treuhandfonds wie sie. Als sie fünfundzwanzig wurde ... Na ja, sagen wir es so: Wenn sie nicht will, muss sie für den Rest ihres Lebens nicht arbeiten gehen.«

»Und sie will nicht arbeiten?«, fragt Phoenix.

Jetzt bin ich froh, dass Phoenix auch hier ist. Ich wollte Cleo nie ausspionieren. Ich hasse es, wenn Leute versuchen, mich auszufragen. Aber ich bin froh, dass Phoenix den Job übernimmt.

»Sie will Wetterfee werden. Wir werden sehen. Sie ist wirklich toll. Manchmal übertüncht die Art, wie sie aufgewachsen ist, ihre guten Seiten, aber sie hat ein gutes Herz.«

Ich lächle. Wenigstens hat sie Bridget, wenn sie schon nicht ihre Eltern um sich hat.

»Wie ist es, so ein Leben zu leben?« Phoenix hat sich weiter nach vorn gelehnt und sieht sie mit großen Augen an.

Cleo lacht. »So ein Leben?«

»Mit Kids, die zu allem Zugang haben.«

Cleos Lächeln verebbt, und es versetzt mir einen Stich ins Herz. »Es ist schwer, wenn man nicht zu ihnen gehört. Sie haben mich wegen Bridget und meines Stiefvaters akzeptiert. Aber ich habe auch viel Gerede über meine geldgierige Mutter gehört. Mädchen können gemein sein. Sobald ein Typ auch nur ein wenig Interesse an mir hatte, haben sie die Krallen ausgefahren.«

»Aber du warst bestimmt ständig im Urlaub und hast dir Jeans für vierhundert Dollar pro Paar gekauft.«

Phoenix ist verzaubert vom Leben der High Society. Ich befürchte, das ist ein Grund, warum sie unbedingt Sängerin werden will. Ihr Stern hat schon immer heller geleuchtet als die der anderen. Ihre Stimme ist unglaublich. Aber vielleicht fehlt ihr eine Lektion, die uns unsere Eltern beigebracht haben, weil sie so jung war, als sie gestorben sind. Was Freundschaft angeht, zählt nur Qualität, nicht Quantität.

»Ich habe einfach nie richtig dazu gepasst.« Cleo dreht das Weinglas zwischen ihren Fingern.

Phoenix schweigt. Ich frage mich, ob sie auch das Gefühl hat, nicht dazu zu passen. Vielleicht versteht sie, wie Cleo sich fühlt. Ich habe Lake Starlight schon immer geliebt und wollte nie woanders wohnen, auch wenn es verlockend gewesen wäre, abzuhauen. Vor allem, nachdem Rome nach Europa gegangen ist.

Phoenix dreht sich weiter zu ihr. »Nun, du passt hierher.«

»Außer wenn ihr die Leute auf die Füße schauen«, scherze ich.

Lachend boxt mir Cleo gegen den Arm. »Ich mag meine Schuhe.«

Ich auch. Vor allem ihre High Heels. Aber in denen kann sie nächste Woche auf keinen Berg klettern.

Sie und Phoenix sehen sich weiter die Sendung an und unterhalten sich darüber, wie sich Cleo benehmen soll und ob wir so tun sollten, als wären wir ein Paar. Klingt verlockend, denn mit ihr in einem Zelt zu schlafen, wäre wie ein Lottogewinn. Ich stelle mir vor, wie diese weichen Füße mit den rosa Nägeln über meine Beine streicheln … Vielleicht hat Phoenix recht.

»Vielleicht sollten wir tatsächlich so tun«, sage ich, bevor ich richtig darüber nachgedacht habe.

»Was tun?«, fragt Cleo.

»So tun, als wären wir ein Paar. Unsere Streitereien kommen bei den Zuschauern dann bestimmt noch besser an.«

»Oder ihr lasst es offen, ob ihr ein Paar seid oder nicht«, schlägt Phoenix vor. »Ihr könntet so nervig sein wie Juno und Colton und so tun, als würdet ihr euch nicht lieben.«

Die Aussicht, mit Cleo in einem Zelt zu schlafen, ist viel verlockender als Phoenix' Vorschlag. »Nein, ich würde sagen, wir tun so, als wären wir zusammen.«

Cleo wird bleich und beißt sich auf die Unterlippe. Meine Idee scheint ihr nicht zu gefallen. »Ähm.«

»Es wäre perfekt«, dränge ich.

Cleo sieht Phoenix an, die verrückt genug ist, die Idee gut zu finden. Sie nickt.

»Tust du das, um mich ins Bett zu kriegen?«, fragt Cleo.

Oh Mann, sie kennt mich schon zu gut.

»Na ja, ich will nicht lügen. Diese Vereinbarung hätte schon ihre Vorzüge.«

Sie leert den Rest ihres Weins in einem Zug, als müsste sie sich Mut antrinken, und nickt. »Okay.«

Ich lehne mich nach vorn und spitze die Lippen. »Wir sollten es mit einem Kuss besiegeln.«

Sie klatscht mir die Hand ins Gesicht und schiebt mich weg, doch ihr Grinsen verrät, dass sie kurz darüber nachgedacht hat.

Meine Eltern hätten mir unbedingt beibringen sollen, nicht mit dem Feuer zu spielen.

Kapitel 14

CLEO

Fünf Tage später muss ich mich von Bridget verabschieden. Ich bin zwar traurig, aber irgendwie auch froh, denn sie denkt, die Vereinbarung mit Denver wäre nur eine Entschuldigung, ihn zu vögeln.

»Er ist sowieso nicht monogam.« Sie stößt mich mit dem Ellbogen an. »Also hab einfach deinen Spaß.«

»Gute Reise.« Ich gebe ihr einen Kuss auf die Wange und begleite sie zum Privateingang, der zu Phils Flugzeug führt. »Und viel Glück. Du schaffst das schon.«

»Ehe du dich's versiehst, bin ich wieder da.«

Ich drücke sie fest. »Schnapp dir zuerst den Job.«

Wahrscheinlich hat sie den Job eh schon in der Tasche. Phil hat so gute Beziehungen, dass das Vorstellungsgespräch eine reine Formalität ist.

»Wir waren seit dem College nicht mehr voneinander getrennt.« Sie macht einen Schritt zurück und schmollt, wie sie es eigentlich nur tut, wenn sie ihre Fake-Identität aufsetzt. Aber ist schon okay. Bridget fällt es nun mal schwer, offen ihre Gefühle zu zeigen. Deshalb verstehen wir uns so gut. Keine wirft der anderen ihre Schwächen vor. »Ich habe das Hotelzimmer für die restliche Woche bezahlt. Und ich will nichts hören. Ich hätte es auch noch länger gemietet, aber ich kenne dich ja.«

Ich kichere. »Danke. Ich glaube, es gibt ein B & B, das ein bisschen günstiger ist. Aber ich befürchte, ich sollte wirklich im Haus meines Dads wohnen.«

»Nun, eine Woche hast du noch. Gib Bescheid, wenn du noch länger im Hotel bleiben willst.«

Ich nicke lächelnd. »Du bist die beste Schwester aller Zeiten.«

Die Flugbegleiterin ruft sie auf, und sie wirft sich in meine Arme. »Bleib nicht allzu lange hier oben.«

Ich wische eine Träne weg. »Als könnte ich lange in dieser Kleinstadt leben.«

Sie sieht mich durchdringend an. Obwohl meine Zukunft in den Sternen steht, findet zwischen uns gerade eine stille Unterhaltung statt. »Ja, dieser Ort ist nichts für dich.«

»Ganz genau.«

Mit dem Handballen wischt sie ebenfalls eine Träne weg. »Hab dich lieb, Schwesterherz.«

»Ich dich auch«, erwidere ich.

Dann nimmt sie ihre Tasche und geht, ohne noch einmal zurückzublicken. Ich eile zum Fenster und beobachte, wie sie die Stufen des Privatjets hinaufsteigt. Kurz bevor sie einsteigt, dreht sie sich noch einmal um und winkt. Ich winke zurück und lege die Hand an die Scheibe. Dann schiebt das

Bodenpersonal die Treppe weg, und ich beobachte, wie das Flugzeug aufs Rollfeld zusteuert.

Einsamkeit macht sich in mir breit. Jetzt hat mich auch noch der letzte Teil meines normalen Lebens verlassen. Nun bin ich allein. Ich werde das tun, worum mich mein Dad in seinem Brief gebeten hat. Ich muss jetzt allen Mut zusammennehmen und alles geben.

Und wenn es bedeutet, dass ich mich als Denver Baileys Freundin ausgeben muss, dann werde ich es eben tun.

• • •

Als ich den Hangar auf dem Grundstück von Lifetime Adventures betrete, ist Denvers T-Shirt mit Schweiß durchtränkt. Er ist umringt von sechs riesigen Seesäcken. Keine Ahnung, was da drin ist.

»Ich habe etwas für dich.« Er greift nach einer Plastiktüte, die an der Seite steht, und kommt auf mich zu, die Hände hinterm Rücken versteckt.

»Ein sexy Nachthemd ist nicht Teil des Deals.«

Er lacht leise. »Du bist echt lustig.«

Sein Kommentar sollte mich nicht freuen, doch das tut es.

»Schließ die Augen und streck die Hände aus.«

»Nope.« Ich verschränke die Arme vor der Brust. »Wenn du denkst, du könntest hier ein Initiierungsritual abhalten und mir einen Skorpion oder so was auf die Hand setzen, hast du dich geschnitten.«

Sein Lachen wird lauter. »Wir sind hier doch nicht in

Australien. Könnte ich dir einen Bären auf die Hand setzen, wäre ich ein Zauberer.« Er hebt die dunklen Augenbrauen, die nicht ordentlich gezupft sind wie die der Typen bei mir zu Hause in Dallas. »Vertrau mir. Habe ich dich bisher in die Irre geführt?«

»Na schön, aber wenn ich das Gefühl habe, in Gefahr zu sein, werde ich dir in die Eier treten.« Ich schließe die Augen und strecke die Hände aus.

»Alles klar.« Ich höre das Rascheln der Tüte und seinen Atem, der nun näher kommt.

Mit geschlossenen Augen ist alles viel intensiver. Jedes Geräusch und jeder Geruch. Sein Atem, der nach Minze riecht. Das Geräusch, als er schluckt und sich mit der Zunge über die Lippen fährt. Lippen, die ich auf meinen spüren will. Moment mal, das ist Denver Bailey. Was hat er vor?

»Du legst jetzt aber nicht deinen Schwanz in meine Hände, oder?«

»Fuck, Cleo. Was denkst du denn von mir?«

Ich schlage die Augen auf. Er hält einen großen Karton in Händen.

Er drückt ihn mir gegen die Brust. »Hier hast du ein Paar verdammte Stiefel.«

Der Schmerz in seinen schönen braunen Augen verunsichert mich. Beim Gedanken, dass ich der Grund für diesen traurigen Blick bin, verknoten sich meine Eingeweide.

»Mein Schwanz wäre wahrscheinlich besser gewesen.« Er setzt ein breites Grinsen auf, kann den Schmerz jedoch nicht verbergen. Diesen Gesichtsausdruck habe ich an ihm noch nie gesehen.

Ich beuge mich hinunter und öffne die Schachtel. Zum Vorschein kommen Stiefel, die so aussehen wie die, die ich bei Austin und Holly gesehen habe. So, wie die Leute die Baileys lieben, haben die Stiefel bestimmt ein individuelles Logo. Sie sind nicht, wie erwartet, mit schwarzem oder braunem Fell gefüttert, sondern mit neonpinkem. »Danke.«

Ich schlüpfe aus einem Turnschuh, steige in den Stiefel und setze mich auf den Boden, um ihn zu binden.

»Du musst sie enger schnüren.« Denver kniet sich hin und bindet mir den Schuh, als wäre ich ein Kind. Ich bewundere seine Sorgfalt.

»Danke, Denver.«

Anscheinend entgeht ihm nicht die Anspannung in meiner Stimme. Als er aufblickt, wird sein Gesichtsausdruck weicher. Ich klinge genau wie damals, als ich Bridget im ersten Jahr auf dem College um Geld bitten musste, weil ich meinen Job verloren hatte.

Nachdem er mir den ersten Stiefel gebunden hat, zieht er mir den anderen Schuh aus, steckt meinen Fuß in den zweiten Stiefel und schnürt auch diesen. Erst als er fertig ist, sieht er mich wieder an. Er betrachtet die Stiefel wie ein Kunstwerk, wofür er fünf Jahre gebraucht hat, um es zu vollenden. Dann lässt er den Blick nach oben wandern, bis er mir direkt in die Augen sieht. »Gern geschehen. Aber wir brauchen noch eine Schneeausrüstung für dich. Meine Schwestern haben leider auch nicht genug Zeug, das sie dir leihen könnten, um dich da oben warm zu halten.«

Ich nicke, unfähig, etwas zu sagen. Ich würde mich gern

bei ihm dafür entschuldigen, dass ich so schlecht von ihm gedacht habe.

Er steht auf. »Das können wir morgen machen.«

Langsam kriege ich einen kalten Po, obwohl der Hangar beheizt ist. Ich stehe auf, klopfe den Staub von meinem Hintern, hebe meine Turnschuhe auf und gehe ins Büro, damit Denver weiterpacken kann. Ich werde schon noch eine Möglichkeit finden, um mich bei ihm zu entschuldigen.

• • •

Abends betrete ich die Lobby des Glacier Point Resort. Ich werde nur noch drei weitere Nächte hier sein. Ich gehe zur Rezeption, um die Mitarbeiterin darüber zu informieren, dass ich bald auschecken werde. Ich will Bridgets Geld nicht unnötig verschwenden, denn ich werde sowieso nicht hier sein, sondern auf einem Berg. Bridget wusste, dass ich bald aufbrechen würde, aber es stört sie nicht, für ein Zimmer zu bezahlen, das ich nicht nutze. Ich kläre gerade die Hotelmitarbeiterin über meine Pläne auf, als Wyatt aus seinem Büro kommt.

»Cleo!« Er sieht aus, als wäre es neun Uhr morgens. Sein Anzug ist faltenfrei und sein Windsor-Knoten immer noch ordentlich. Sogar sein Haar ist zurückgegelt. »Ich habe gehört, du und Denver geht auf eine Exkursion?«

Ich nicke nervös und versuche, mir immer wieder einzureden, dass ich es schon schaffe.

»Mit Griffin Thorne?«

»Wyatt, kann es sein, dass du zu viel Buzz Wheel liest?«

Er lacht. »Man muss es genießen, wenn man nicht selbst in den Schlagzeilen steht.«

»Okay, Sie können dann in drei Nächten auschecken«, bestätigt die Dame an der Rezeption.

»Drei Nächte?«, fragt Wyatt und sieht seine Mitarbeiterin über die Schulter an. »Ich habe mit Bridget für den Rest der Woche einen Deal ausgehandelt.«

»Ich breche in vier Tagen zur Exkursion auf. Es gibt also keinen Grund, das Zimmer länger zu behalten.«

Er kratzt sich am Kopf. »Und wo wirst du danach wohnen?«

»Ich weiß noch nicht. Aber hier kann ich mir kein Zimmer leisten.«

Die Mitarbeiterin entfernt sich höflich, und Wyatt bedeutet mir mit einer Handbewegung, ihm zur Seite zu folgen. Er scheint ein netter Kerl zu sein. Die Baileys lieben ihn. Und Brooklyn ist über beide Ohren in ihn verschossen. Das ist mehr als offensichtlich.

Wahrscheinlich will er mir jetzt eine Besenkammer anbieten oder sogar ein Zimmer bei ihm zu Hause. Doch ich straffe die Schultern und hebe die Hand. »Falls du mir ein Angebot machen willst, muss ich es leider ablehnen. Ich finde schon was. Und notfalls gibt es ja noch das Haus meines Dads.«

Er macht einen Schritt zurück und lässt meine Worte auf sich wirken. Ich fühle mich wie eine gescholtene Schülerin. Als müsste ich jetzt die Hand heben und zugeben, dass ich mich bisher nicht getraut habe, das Haus meines Dads zu betreten.

»Brook wird mich umbringen, wenn du obdachlos auf der Main Street landest.« Er grinst. Jetzt verstehe ich, warum sich Brooklyn so zu ihm hingezogen fühlt.

Ich lege die Hand auf seinen Arm. »Ich werde nicht auf der Straße landen. Versprochen. Ich glaube, das würde keiner in dieser Stadt zulassen.«

Er nickt. »Aber lass mich wissen, falls du Hilfe brauchst. Du gehörst jetzt quasi zur Familie.«

Ich muss lachen. »Ähm, nicht wirklich.«

Er zwinkert, greift nach einer Kuriertasche und berührt meinen Arm. »Wenigstens weiß ich, dass du mit Denver an deiner Seite da oben in Sicherheit sein wirst.« Dann verabschiedet er sich und geht in Richtung Ausgang.

Als ich an Denver denke, beginnt mein Magen, vor Aufregung zu kribbeln. Ich lege die Hand auf meinen Bauch.

»Oh, Cleo?« Mitten in der Lobby bleibt Wyatt stehen und dreht sich noch einmal um. »Für dich sind heute ein paar Kartons angekommen. Ich habe Mac gesagt, dass er sie auf dein Zimmer bringen soll.«

»Kartons?«

Er nickt. »Ja. Irgendjemand scheint dich zu lieben.« Er zwinkert erneut, winkt dem jungen Pagen Mac zu und verschwindet durch die Tür.

Die Dame hinter der Theke kommt wieder auf mich zu. »Sonst noch etwas, Miss Dawson?«

»Nein. Vielen Dank.«

Sie nickt höflich und widmet sich einem anderen Gast.

Ich gehe zum Aufzug und frage mich, wer mir etwas schicken könnte. Zum ersten Mal seit Wochen freue ich mich wieder auf etwas – von Denver abgesehen. Und Letzteres muss sich dringend ändern.

Auf meinem Stockwerk angekommen, hüpfe ich förmlich zu meinem Zimmer. Wie ein Kleinkind im Spielzeugladen. Als ich die Tür öffne, spüre ich, wie ich kreidebleich werde. Als Wyatt »Kartons« gesagt hat, dachte ich an Amazon-Pakete, nicht an Umzugskartons.

Das Logo auf den Kisten kenne ich nicht. Ich werfe meine Tasche auf den Tisch und versuche, aus den Stiefeln zu schlüpfen, doch es ist nicht ganz so leicht wie mit Ballerinas. Nachdem ich es geschafft habe, plumpse ich aufs Bett und ziehe einen der Kartons zu mir.

Ich reiße ihn auf und ziehe einen weißen Schneeanzug mit goldenen Nähten hervor.

»Sieht aus wie ein Elvis-Kostüm«, murmle ich.

Das war auf jeden Fall Bridget.

Im nächsten Karton befindet sich ein Achtzigerjahre-Schneeanzug mit bunten Streifen, der mich an Regina Regenbogen erinnert. Ich muss unweigerlich grinsen.

Nachdem ich alle Kartons ausgepackt habe, bin ich im Besitz von drei Schneeanzügen. Sie sind alle grell und hässlich. Außerdem habe ich lange Unterwäsche bekommen, Handschuhe, Mützen, Schals, Thermosocken und sogar einen Gesichtsschutz, mit dem ich aussehe, als wollte ich eine Bank ausrauben.

Ich habe alles auf dem Bett verteilt und zücke mein Handy.

ICH: Das hätte nicht sein müssen.

BRIDGET: Ich wollte sichergehen, dass man dich leicht findet, falls du verloren gehst.

Lächelnd drücke ich das Smartphone an die Brust, als wäre es Bridget.

ICH: Du bist die beste Schwester, die man haben kann.

BRIDGET: Nein, du.

ICH: Vielen Dank.

BRIDGET: Heb mir den mit den Streifen auf. Ich glaube, der würde mir unheimlich gut stehen.

ICH: Er gehört dir. Hab dich lieb.

BRIDGET: Hab dich auch lieb.

Ich lege das Handy beiseite und betrachte die Klamotten, die bestimmt Tausende Dollar gekostet haben. Ich hoffe, ich kann mich eines Tages bei ihr revanchieren.

Ich knipse ein Foto und schicke es Denver. Er antwortet umgehend.

DENVER: Meine Güte, wer war dein Weihnachtsmann? Und wo hat er eingekauft? In dem Laden war ich ganz sicher noch nie.

ICH: Dann behalte ich alles für mich.

DENVER: In dem Outfit werden wir dich auf keinen Fall verlieren.

ICH: Das hoffe ich doch.

DENVER: Ich werde immer ein Auge auf dich haben, Cleo.

Mein Herz schlägt Purzelbäume, und ich lasse mich auf die weiche Matratze fallen. Ich stecke echt in Schwierigkeiten. Schon bald werde ich in die Wildnis Alaskas aufbrechen und habe mehr Angst davor, mit Denver Bailey zu schlafen, als einem Bären zu begegnen.

Kapitel 15

DENVER

Ein paar Tage später betritt um sechs Uhr morgens eine weiße Göttin Lifetime Adventures. Cleo steckt in einem weißen Schneeanzug mit goldenen Nähten.

»Jetzt brauchst du nur noch blaue Wildlederstiefel«, bemerke ich.

Sie setzt ihre Mütze ab. »Sehr witzig. Aber das ist von den dreien noch der Beste.« Dann bleibt sie stehen, mustert mich und runzelt die Stirn. »Wo ist deiner?«

»In meiner Tasche. Im Flugzeug willst du ganz sicher keinen Schneeanzug tragen. Da drin ist es warm genug.«

»Oh, okay.«

Ich schüttle den Kopf. »Zieh dich aus, Baby.« Mein Blick wandert über ihren Körper. Irgendwie hoffe ich, dass sie unter dem Schneeanzug nichts trägt.

»Ich habe was drunter«, erwidert sie, als könnte sie Gedanken lesen.

»Verdammt.« Ich lache und erledige den restlichen Papierkram, da Nancy dieses Wochenende freihat. Dann streiche ich das Dokument glatt, hefte es ab und wende mich Cleo zu. Noch hat sie den Schneeanzug nicht ausgezogen. »Brauchst du Hilfe?«

»Nein.«

»Ich gehe dir gern zur Hand, wenn du willst.« Lachend verschwinde ich ins Büro. Hier drin ist es allerdings so leise, dass ich das quälende Geräusch ihres Reißverschlusses höre. Aber ich muss mich jetzt auf den Abflug vorbereiten.

Sorry, Junge, nicht heute.

»Wo ist Griffin?«, ruft sie.

»Wir treffen uns heute Nachmittag mit ihm und dem Kamerateam.«

»Warum wusste ich das nicht? Dann hätte ich nicht um vier Uhr nachts aufstehen müssen, um mir die Haare zu machen und mich zu schminken.«

Ich drehe den Kopf in Richtung Tür. »Du siehst echt gut aus. Ich wollte dir schon ein Kompliment machen, aber die Dreharbeiten beginnen erst heute Abend. Ich soll zuerst das Camp aufbauen. Wahrscheinlich, weil sie es interessanter finden, wie ich dir und Griffin beibringe, das Abendessen zu besorgen.«

»Dann sind wir also zu zweit?«, fragt sie.

Als ich das Zögern in ihrer Stimme höre, muss ich grinsen. Vielleicht bin ich nicht der Einzige, der sich den anderen nackt vorstellt. Das könnte interessant werden.

Als ich aus dem Büro komme, schlüpft sie gerade aus den Stiefeln, um aus dem Schneeanzug zu kommen. Darunter trägt sie Hose und T-Shirt. Das wird sie nicht warm halten, wenn wir in der Luft sind. Ich greife nach meinem Sweatshirt auf dem Schreibtisch und werfe es ihr zu.

»Was ist das?«, fragt sie.

»Das wirst du im Flugzeug brauchen.«

»Und warum ziehe ich dann meinen Schneeanzug aus?«

»Weil ich nicht will, dass wir abstürzen, nur weil irgendein Adler denkt, Gott hätte ihn zu sich gerufen.«

Doch anscheinend findet sie meinen Witz nicht lustig. Stattdessen verzieht sie das Gesicht, als wollte sie fragen: »Ist das alles, was du zu bieten hast?«

Ich gehe zurück ins Büro, hole das Sweatshirt, das ich gestern getragen und hier vergessen habe, und stopfe es in meinen Rucksack. »Bist du bereit?«

Sie holt tief Luft. »Ja.«

»Bist du schon mal in einem Buschflugzeug geflogen?«

»Mit meinem Dad, als ich vielleicht fünfzehn war.«

»Dann weißt du ja, was dich erwartet.«

»Ja.«

Sie folgt mir zum Hangar, und ich öffne die Tür. Dann schieben wir das Flugzeug ins Freie. Jetzt ist der perfekte Zeitpunkt, denn die Sonne geht gerade auf.

Zwanzig Minuten später hat sie ihren weißen Schneeanzug hinten im Gepäck verstaut. Sie sitzt direkt hinter mir, und wir tragen beide unsere Headsets. Sie kennt die Routine besser, als ich dachte.

»Bitte sag mir, dass du keine Flugangst hast.«

»Nein.« Ihre Stimme hat diesen Ton, den sie immer hat, wenn sie irgendwas nicht zugeben will. Vielen fällt es schwer, sich in ein Buschflugzeug zu setzen.

»Dann los.« Ich starte den Motor und schnalle mich an. Wenige Minuten später donnern wir die Startbahn hinab und heben ab. »Alles in Ordnung?«

»Jep.«

Wir nehmen immer noch an Flughöhe zu, aber das Flugzeug wackelt nicht allzu sehr. Als sich unter uns die Landschaft ausbreitet, ist meine Angst vor diesem Trip wie weggeblasen. Wenn ich fliege, vergesse ich alles und jeden um mich herum, es sei denn, ich bin auf einer Tour.

Ich muss ziemlich weg gewesen sein, denn als ich über den Kopfhörer Cleos Stimme höre, schrecke ich zusammen.

»Es ist wunderschön. Die Landschaft. Der Schnee. Das blaue Wasser.«

Ich werfe einen Blick über die Schulter und sehe, dass ihr Gesicht förmlich an der Scheibe klebt. »Ich dachte, du würdest dich auf deinem Sitz zusammenkauern und beten, bis wir gelandet sind.«

Sie kichert. »Ich habe dir doch gesagt, dass ich schon mal mit so einem Flugzeug geflogen bin.«

»Ja, aber diesmal musst du *mir* vertrauen, dich sicher ans Ziel zu bringen.«

Es folgt Schweigen. Es gefällt mir nicht, dass ich sie nicht ansehen kann, während wir uns unterhalten. »Und?«

»Deinem Dad zu vertrauen und mir zu vertrauen, sind zwei Paar Schuhe. Vor allem, weil du mich hasst.« Langsam mache ich eine Wendung, um in Richtung Süden zu fliegen.

»Soll ich dir ein Geheimnis verraten?«, flüstert sie, als sollte sie es mir auf keinen Fall sagen.

»Klar, jeder liebt Geheimnisse.«

Eine weitere Pause. »Ich hasse dich überhaupt nicht. Irgendwie bewundere ich dich sogar.«

»Mich bewundern?« Wir fliegen über einen Gletscher, und ich verringere ein wenig die Flughöhe, um ihr eine spektakuläre Aussicht zu bieten. Und wenn ich ehrlich bin, will ich auch ein bisschen angeben.

»Du tust das, was du liebst. So viele Menschen träumen davon und schaffen es nie. Jeden Tag aufzuwachen und das zu tun, was man liebt.«

Ich denke eine Weile nach, während sie den Gletscher mit »Ohhs« und »Ahhs« kommentiert. »Deshalb war ich unsicher, ob ich Lifetime Adventures tatsächlich übernehmen soll. Es nimmt mir die Freiheit, mich einfach ins Flugzeug zu setzen und davonzufliegen. Manchmal haue ich gern ab.«

Sanft berührt ihre Hand meinen Nacken. »Jeder muss ab und zu mal abhauen.«

Ich nicke und denke daran, wie oft ich schon geflohen bin, um meinen familiären Problemen zu entkommen. Erst jetzt, da Kingston das Gleiche macht, wird mir klar, wie es für meine Familie gewesen sein muss. Er benutzt seinen Job als Ausrede, um seinen Problemen aus dem Weg zu gehen.

»Wenn wir Lifetime Adventures behalten, werde ich meine Freiheit aufgeben müssen«, sage ich.

»Das muss nicht so sein. Wenn wir dann noch Geschäftspartner sind, kriegst du Zeit zum Abhauen.« Als ich lachen muss, fängt auch sie an zu lachen. »Vielleicht sollte ich auch lernen zu fliegen, damit ich deine Touren übernehmen kann, wenn du wieder abhauen willst.«

»Du denkst tatsächlich langfristig, was?« Bisher habe ich

sie nie direkt darauf angesprochen, weil ich nicht wollte, dass sie mir eine Gegenfrage stellt.

»Ich weiß nicht. Aber wenn ich das hier jeden Tag machen könnte? Vielleicht.«

Ich erhöhe die Flughöhe, entferne mich vom Gletscher und fliege über einen großen See inmitten einer Bergkette. »Ich kann es dir beibringen.«

Sie schweigt erneut.

Wir werden in einer halben Stunde da sein, denn nach dem, was letztes Mal mit Griffin passiert ist, wollte ich nicht zu weit weg. Ich habe einen Ort ausgesucht, an dem ich schon etliche Male war, damit das andere Flugzeug auch problemlos hinfindet. Aber wenn ich in einem Monat oder so in den Norden fliege, um Chips Asche zu verstreuen, werde ich improvisieren. Bisher habe ich Cleo nicht erzählt, was in seinem Brief stand. Aber heute ist dafür nicht der richtige Tag, denn ich will sie nicht ihres Lächelns berauben.

»Hey, Cleo«, sage ich.

»Ja?« Sie legt die Hand auf meine Schulter.

»Ich hasse dich auch nicht.«

Sie drückt leicht zu. Am liebsten würde ich sofort landen und sie auf eine Decke legen. Aber das ist leider keine Option. Doch früher oder später werde ich entscheiden müssen, ob es eine sein könnte.

Kapitel 16

CLEO

Wisst ihr, was man auf keinen Fall tun sollte, wenn man sich zu jemandem hingezogen fühlt, auf den man nicht stehen sollte? Lasst nicht zu, dass er euch in einem kleinen Flugzeug über die schönste Landschaft fliegt, die ihr je gesehen habt. Lasst nicht zu, dass er über das Mikro nette Sachen sagt. Beobachtet nicht, wie er mit Präzision Dinge tut, die die meisten Menschen nicht können.

Und erlaubt ihm nicht, euch innerhalb eines Tages all seine Talente zu zeigen. Ich habe beobachtet, wie er zwei Zelte aufgebaut, ein ganzes Camp errichtet und Feuer gemacht hat, das schon beim ersten Versuch entfacht ist. Und das alles mit einem Gewehr, das er sich vor die Brust geschnallt hat. Langsam glaube ich, er könnte sogar einen Grizzlybären mit bloßen Händen erlegen.

Das ist alles andere als gut, denn meine Zuneigung zu Denver wird immer größer.

Ich könnte mich mit Griffin oder dem Kameramann ablenken, die erst am späten Nachmittag auftauchen. Ihr Flugzeug landet und stellt sich neben Denvers.

»Nicht weinen, Prinzessin. Unsere Zeit zu zweit ist jetzt vorbei.« Er geht, während ich auf dem Baumstamm sitzen bleibe, den er für mich gefunden hat. Doch bevor er sich allzu weit entfernen kann, bleibt er stehen. »Zumindest bis heute Abend. Wir teilen uns ein Zelt.«

Mein Kopf schnellt herum. »Es gibt doch zwei Zelte!«

»Ja, wir haben das kleinere. Griffin und der Kameramann bekommen das größere.«

»Das sieht aber aus wie ein Einmannzelt.«

»Ist doch egal. Schließlich sind wir ein Paar.« Grinsend geht er in Richtung Flugzeug.

Griffin klettert heraus. Irgendwie wirkt er, als wäre er in seinem Element. Seine Kleidung sieht warm aus, ist dunkel und dezent. Der Kameramann, ein rothaariger, schlaksiger Typ mit kurzem Bart, folgt ihm. Denver unterhält sich kurz mit dem Piloten, der fünf Minuten später wieder abhebt.

Warum war mir nicht klar, dass ich mit drei Männern allein sein würde?

»Cleo!« Griffin umarmt mich und gibt mir einen Kuss auf die Wange. »Es ist so verdammt kalt.«

Jetzt zittere ich auch, weil ich mich vom Feuer entfernt habe. »Ich weiß. Hätten wir das nicht im Sommer machen können?«

»Ja, nicht wahr? Das ist unser Kameramann Heath.«

Höflich schüttle ich ihm die Hand.

»Dann gehört Lifetime Adventures also dir und Denver?«, fragt er.

Ich frage mich, ob er nur plaudern will, doch dann macht er sich neben dem Lagerfeuer emsig an seiner Kamera zu schaffen.

»Und wie soll das jetzt ablaufen? Sollen wir uns einfach ganz normal verhalten?«, frage ich.

Er lächelt mich an, als wäre ich nicht die Erste, die diese Frage stellt. »Ja, ihr beiden seid doch ein Paar, oder?«

Denver schlägt die Tür seines Flugzeugs zu und kommt auf uns zu. »Ja, sind wir«, lüge ich.

»Dann müsst ihr euch keine Sorgen machen. Wir werden auf jeden Fall gutes Material bekommen. Das ist immer so.«

»Moment mal.« Griffin richtet den Zeigefinger zuerst auf mich, dann auf Denver. »Ich dachte, ihr wärt kein Paar?«

Ich sehe Denver an. Er kann besser lügen als ich.

Grinsend stellt sich Denver neben mich. »Es ist noch ganz frisch. Ich entschuldige mich schon mal im Voraus, falls ihr nachts denkt, ihr würdet einen Bären hören. Cleo kann ganz schön laut werden.«

Mir fällt die Kinnlade herunter, und ich starre ihn ungläubig an. »Das ist so nicht ganz richtig. In der Regel ist *er* derjenige, der wegen Ruhestörung angezeigt wird. Er ist so verdammt schmerzempfindlich. Nicht mal die Nippelklemmen hält er aus.«

Aber natürlich kann ich mich mit diesem Kommentar nicht rächen, denn Denver ist nie etwas peinlich.

»Oh, ich sehe Dollarzeichen in eurer Zukunft.« Lachend widmet sich Heath wieder seiner Kamera.

»Interessant«, bemerkt Griffin und verschwindet in seinem Zelt. »Danke fürs Aufbauen. Was machen wir zuerst?«

Denver reibt sich die behandschuhten Hände. »Ihr werdet jetzt unser Abendessen fangen.«

»Ich kann hierbleiben und auf das Camp aufpassen«, schlage ich vor.

Die drei Männer starren mich an.

»Du musst immer bei uns bleiben. Es sei denn, ich interviewe dich«, informiert mich Heath.

Ich stöhne. Ich wollte ja nicht die Füße hochlegen und ein Buch lesen, sondern auf das Feuer aufpassen.

»Gebt mir noch zwei Minuten, dann bin ich fertig«, sagt Heath.

»Filmst du oft in Alaska? Du wirkst so gut vorbereitet«, bemerke ich.

»Ja. Ich mache die Sendung mit dem Krabbenkutter. Und die Pionierfamilie. Sie haben mich für diesen Dreh angefragt, weil ich in der Nähe wohne und mit den Elementen vertraut bin. Seid froh, dass ihr nicht Roman bekommen habt. Wahrscheinlich würde er die ganze Zeit im Zelt bleiben.«

Ich weiß nicht, ob das so schlecht wäre.

»Dann würde daraus niemals eine Show werden.«

Das stimmt. *Gedankliche Notiz: Auf Heath hören. Er weiß, was er tut.*

• • •

Wir gehen zu einem See, der nicht allzu weit entfernt liegt. Denver hat wirklich eine tolle Location ausgesucht. Da wir ab jetzt ein Paar sind, hält er meine Hand. Er trägt einen

Rucksack. Griffin hat er auch einen gegeben. Heath folgt uns. Als wir das Seeufer erreichen, hole ich tief Luft. Ich werde gleich einen Fisch anfassen müssen.

Denver lehnt sich zu mir. »Entspann dich.« Dann küsst er meinen Hals. Ganz offensichtlich für die Show. »Wir müssen uns dringend über dein Parfum unterhalten, Babe«, sagt er so laut, dass die anderen es hören.

»Du hast gesagt, du magst den Duft«, protestiere ich.

Griffin sieht zuerst uns an, dann Heath.

»Ja, aber nicht, wenn Grizzlybären in der Nähe sind, die dich genauso verschlingen wollen wie ich.«

Ich setze ein gekünsteltes Lächeln auf und schiebe ihn von mir. »Ach, Schatz, du bist ja nur eifersüchtig.« Dann blicke ich direkt in die Kamera. »Er ist immer so eifersüchtig.« Uff. Ich bin eine so schlechte Schauspielerin.

»Pass lieber auf, sonst pinkelt er dich noch an«, scherzt Griffin, der am Seeufer kniet.

Ich lache, aber es wirkt viel zu gestellt. Denver schüttelt den Kopf. Bisher läuft es nicht besonders gut.

Während sich Denver und Griffin über das letzte Mal unterhalten, als sie sich getroffen haben, senkt Heath die Kamera und winkt mich zu sich.

»Cleo, sei einfach du selbst. Tu, als wäre ich überhaupt nicht da. Oder als wäre ich dein bester Freund, der euren Trip filmt. Unsere Cutter werden wahre Wunder vollbringen. Versprochen.« Dann schultert er wieder die Kamera.

Denver zeigt Griffin gerade, wie man mit einem Netz Fische fängt. Griffin, der Gummistiefel trägt, watet in den See und wirft das Netz aus. Die zwei arbeiten gut zusammen –

und ich sitze da und sehe ihnen zu, als würde ich zu Hause vor dem Fernseher sitzen, nicht, als wäre ich selbst Teil der Show.

Denver wirft mir einen kurzen Blick zu. »Und jetzt warten wir.«

Heath setzt die Kamera ab, und wir besprechen den Plan für die nächsten zwei Tage. Griffin erzählt von seiner Scheidung und dass er froh sei, dem ganzen Mist eine Zeit lang zu entkommen.

Nach gefühlten Ewigkeiten bewegt sich das Netz, und Heath schnappt sich die Kamera. »Cleo soll es machen. Wir müssen sie mehr integrieren.«

Habe ich vorhin gesagt, dass ich ab jetzt auf Heath hören sollte? Heath sollte verdammt noch mal den Mund halten.

»Super Idee.« Denver winkt mich zu sich.

Griffin hilft mir. Heath steigt ins Wasser, um besser filmen zu können. Der Fisch ist überhaupt nicht glücklich über seine Gefangennahme. Ich versuche, das anzuwenden, was mir mein Dad vor über zehn Jahren beigebracht hat, doch nachdem ich den Fisch aus dem Netz befreit habe, schnappt er nach meiner Hand, und ich fange an zu kreischen.

»Ganz ruhig«, sagt Denver, nimmt mir den Fisch ab und reicht ihn Griffin.

Tränen steigen in mir auf, während mich Denver aus dem Wasser führt.

Aus seinem Rucksack zaubert er ein Desinfektionstuch, setzt mich hin und verbindet meine Hand. »Alles okay?«

»Außer dass ich mich total gedemütigt fühle? Ich werde alles vermasseln.«

Er kniet sich vor mich, nimmt mein Gesicht zwischen die Hände und sieht mir in die Augen. »Nein, wirst du nicht. Die Zuschauer werden dich lieben.« Er streichelt meine Wange, streicht mir eine Strähne hinters Ohr und rückt meine Mütze zurecht.

»Wenn wir es lebend hier rausschaffen, kannst du dann bitte wieder ein Arschloch sein?«

Er lacht, und meine Stirn sinkt gegen seine Brust. »Sicher, dass es dir gut geht? Ich glaube, du hast dir was eingefangen. Klingt, als würdest du mich nicht mehr allzu sehr hassen«, flüstert er.

Seine Stimme ist so leise, dass ich ihn am liebsten darum bitten würde, es zu wiederholen, doch als ich aufblicke, hat Heath die Kamera auf uns gerichtet.

»Als Nächstes werde *ich* mir eine Verletzung zuziehen, wenn ihr euch nicht ein bisschen beeilt«, ruft Griffin.

Heath schwenkt die Kamera in seine Richtung. Auch Denver verlässt mich und geht zu ihm. Und ich sitze im Schnee und beobachte mal wieder, wie Denver den Helden spielt. Ja, ich habe mir was eingefangen. Es nennt sich Gefühle.

Kapitel 17

DENVER

Die Nacht ist hereingebrochen. Wir sitzen am Lagerfeuer. Inzwischen hat sich Cleo ein wenig entspannt. Ein paarmal haben wir uns heute in die Haare gekriegt, doch Heath und Griffin scheinen es zu lieben. Wir haben uns darüber gestritten, wer den Fisch ausnehmen muss, und als ich Griffin gezeigt habe, wie man ihn filetiert, musste sie würgen. Sie ist definitiv keine Überlebenskünstlerin, aber dafür ist sie viel witziger als ich.

»Wir könnten uns Gruselgeschichten erzählen«, schlägt sie vor und wickelt die Decke fester um ihre Beine.

»Wir sollten uns lieber darüber unterhalten, was wir tun, wenn wir von wilden Tieren angegriffen werden. Das macht das Ganze echter«, erwidere ich, setze mich zu ihr und reiche ihr eine heiße Schokolade.

Stattdessen beginnt sie eine Unterhaltung mit Griffin, was wahrscheinlich genau das ist, was die Zuschauer sehen wollen.

»Wo bist du aufgewachsen?«, will sie von ihm wissen.

»Georgia«, antwortet er.

»Und warum stehst du auf solche Survival-Exkursionen?«

Griffins Gesicht erhellt sich, und er erzählt, wie anders es hier oben sei. Hier verspürt er nicht den Erfolgsdruck, den er in L. A. hat. Wenn er nach Alaska kommt, erkennt ihn kaum jemand. Dann fühlt er sich endlich wieder wie Griffin Thorne. Nicht wie Griffin Thorne, der Musikproduzent.

»Könnt ihr über den Unfall mit Denver sprechen?«

Es stimmt, manchmal vergisst man tatsächlich, dass Heath überhaupt hier ist. Griffin sieht mich an, und ich nicke.

»Es war die Hölle«, beginnt Griffin.

»Und trotzdem bist du wieder hier«, erwidert Cleo.

Beide fangen an zu lachen, doch ich habe nur Augen für Cleo. Ihre Wangen sind rosig von der Kälte, ihre Lippen pink von den etlichen Schichten Labello. Endlich hat sie ihren Platz gefunden. Das ist es. Sie kann die Gäste interviewen.

»Denver hat mir das Leben gerettet. Was er für mich getan hat? Das kann ich ihm niemals zurückzahlen. Außerdem schlage ich nie eine Gelegenheit aus, unter den Sternen zu schlafen.« Griffin blickt hinauf in den Nachthimmel.

Sie sprechen über seine Vergangenheit und seinen Durchbruch. Kurz erwähnt er seine Scheidung und erzählt ein bisschen von Maverick. Es ist eine wirklich tiefgründige Unterhaltung. Dafür muss ich mich später unbedingt bei Griffin bedanken.

»Kannst du dir vorstellen, noch mal zu heiraten?«, fragt Cleo.

Griffin stöhnt. »Ich weiß nicht, ob ich für die Ehe gemacht bin. Manchmal muss man an etwas scheitern, um zu wissen, dass man es nicht kann.«

Sie lachen, und Cleo wirft mir einen Blick zu. Ich frage mich, was sie gerade denkt.

»Was hat es nur mit all den Männern auf sich, die sich nicht binden wollen?«

Frage beantwortet.

»Es gibt auch viele Frauen, die sich nicht binden wollen«, bemerke ich.

»Aber viel mehr Männer«, widerspricht sie.

»Okay, Leute, diskutiert ihr mal weiter. Ich gehe jetzt ins Bett.« Griffin steht auf.

Heath tut es ihm gleich. »Für heute können wir Schluss machen. Das war eine tolle und ehrliche Unterhaltung. Hast du die Fragen vorbereitet, Cleo?«

Sie sieht zuerst mich an und dann wieder ihn. »Wir haben uns nur unterhalten.«

»Super gemacht. Griffins Fans werden es lieben, einen Einblick in sein Leben zu bekommen.«

Dann verschwinden die beiden in ihrem Zelt. Ich werfe noch ein Stück Holz ins Feuer und hoffe, es wird uns die Nacht über warm halten.

»Bereit zum Schlafengehen?«, frage ich Cleo, und sie nickt.

Auch wir klettern in unser Zelt. Die Schlafsäcke habe ich schon bereitgelegt. Sie schlüpft aus ihren Stiefeln und zieht den Schneeanzug aus, bevor sie sich mit Mütze in den Schlafsack legt. Ich tue es ihr gleich.

Es ist seltsam, ihr so nahe zu sein, aber auch aufregend. Der Duft ihres Parfums, das ich vorhin erwähnt habe, umhüllt uns. Ich wünschte, wir müssten uns gegenseitig Wärme spenden. Dann hätten wir eine Entschuldigung, uns komplett auszuziehen.

»Denver?«, flüstert sie. Wahrscheinlich, damit die Jungs uns nicht hören.

»Ja?«

»Gehörst du zu den Typen, die sich niemals binden wollen? Ich weiß, dass du nicht auf der Suche nach was Festem bist. Aber meinst du, du wirst immer so bleiben?«

Hui, sie ist aber direkt. Ich bin nicht blind. Ich merke, was gerade zwischen uns passiert. Wahrscheinlich will sie wissen, ob sie ihre Zeit verschwendet. Sie will, dass ich sage: »Ja, ich werde immer so sein. Ich werde mich niemals auf eine Frau festlegen.« Aber ich glaube, das kann ich nicht.

»Schwierige Frage. Ich bin ein wenig verkorkst«, erwidere ich. »Ich habe nichts gegen was Festes. Ich weiß nur nicht, ob ich es könnte, selbst wenn ich wollte.«

»Oh ... Okay.« Sie kuschelt sich tiefer in ihren Schlafsack.

Auch wenn sie meine Antwort wahrscheinlich beschissen findet – so ehrlich bin ich noch nie zu jemandem gewesen. Während ich darauf warte, dass sie einschläft, lausche ich den Naturgeräuschen. Aber ich habe mehr Angst vor der Frau neben mir als vor irgendwelchen Tieren, die uns töten könnten.

•••

Wir haben nun zwei Tage lang im Freien gelebt. Inzwischen stinke ich und fühle mich eklig, aber wir sind jetzt fertig mit den Dreharbeiten. Der andere Pilot hat Griffin und Heath zurück nach Anchorage gebracht, und ich werde uns wieder nach Lake Starlight fliegen. Cleo schläft während des gesamten Flugs. Wenn ich uns eine Note geben müsste, würde ich uns eine Zwei geben. Wir haben beide unsere Talente, und ich finde, wir haben einander gut ergänzt.

Bevor er gegangen ist, hat mich Griffin beiseitegezogen, um mir zu sagen, dass ich ein Idiot sei, wenn ich mit Cleo nicht bald Nägel mit Köpfen mache. Mir ist nicht entgangen, wie er sie angesehen hat, doch als ich ihn darauf angesprochen habe, meinte er, er würde eher auf Brünette stehen.

Nachdem wir gelandet sind und das Flugzeug und die Ausrüstung verstaut haben, ist es bereits dunkel.

»Wo schläfst du heute?«, frage ich Cleo.

Ich weiß, dass sie eigentlich nur im Haus ihres Dads übernachten kann. Bevor wir geflogen sind, hat mich Wyatt angerufen, um mir zu sagen, dass sie nicht länger im Glacier Point wohnen würde, obwohl er ihr ein kostenloses Zimmer angeboten habe. In den meisten Fällen bringt einem der Tratsch in einer Großfamilie nichts Gutes, in seltenen Fällen aber schon.

»Ich werde bei meinem Dad schlafen.«

Wir stehen im Vorraum von Lifetime Adventures, und das Licht ist an, deshalb kann ich sehen, dass sie nervös ist. Ihre zitternden Hände. Dass sie den Blickkontakt meidet.

»Du kannst gern mit zu mir kommen. Wir haben noch ein freies Zimmer. Und Phoenix liebt dich.«

»Ich muss hingehen«, sagt sie.

»Okay. Ich kann dich hinbringen.«

»Ich habe den Mietwagen.«

»Wir haben ein paar lange Tage hinter uns. Und du bist müde. Lass mich fahren.«

Kurz zögert sie und nickt dann.

»Du solltest das Auto einfach zurückgeben. Ich kann dich morgens mit ins Büro nehmen.« Ich spiele gern ihren Chauffeur.

»Hm, vielleicht. Ich muss noch schnell meinen Koffer holen. Ich habe ihn im Büro stehen lassen.« Sie schlüpft an mir vorbei.

In den letzten Wochen ist mir klar geworden, dass Cleo eine Fassade aufgesetzt hatte, als sie in die Stadt kam, ganz erpicht darauf, mich schmoren zu lassen. Und jetzt trägt sie wieder dieselbe Maske. Die Frau, die sich vor zwei Wochen noch nicht getraut hat, das Haus ihres Dads zu betreten, hat jetzt plötzlich genug Mut, um dort zu schlafen?

So ein Blödsinn.

Ich hätte sie schon längst darauf angesprochen, aber wir haben viel gemeinsam. Wir verstecken unsere verletzliche Seite, damit keiner sie sehen kann. Sie überspielt sie, indem sie gemein wird, während ich sie mit Humor kaschiere.

Sie rollt ihren Koffer aus dem Büro, schenkt mir ein knappes Lächeln und geht an mir vorbei. »Ich bin fix und fertig. Können wir uns bitte beeilen?«

»Komme ja schon, Prinzessin.«

Nachdem ich das Büro abgeschlossen und alles noch

mal überprüft habe, folge ich ihr zu meinem Truck. Sie sitzt bereits drin, den Koffer hat sie hinten verstaut.

»Ich hätte das für dich machen können.«

»Nicht nötig. Ich weiß, es ist dir nicht bewusst, aber ich bin stärker, als du denkst.«

Ich starte den Motor und sage mir immer wieder, dass ich einfach den Mund halten und losfahren sollte. Aber noch bevor wir den Schotterweg verlassen haben und auf die Straße aufgefahren sind, halte ich das Schweigen nicht länger aus. »Mein Angebot steht.«

»Ich habe dir schon gesagt, dass ich klarkomme. Danke. Es ist an der Zeit, endlich erwachsen zu werden.« Sie starrt aus dem Fenster.

Das Radio läuft leise, und Van Halen füllt den Innenraum des Trucks.

Als ich den Blinker setze, um zu Chips Haus abzubiegen, drückt sie ihre Handtasche fester an ihre Brust. Die Reifen des Wagens berühren den Feldweg, und ich höre, wie sie tief Luft holt. Ist es denn wirklich so schlimm, bei mir zu übernachten?

»Alles okay?«, frage ich.

Als Antwort bekomme ich nur ein Räuspern.

Wie vor zwei Wochen fallen auch jetzt die Scheinwerfer auf Chips Haus, das dringender Reparaturen bedarf. Cleo springt aus dem Truck, öffnet die Hintertür und zerrt ihren Koffer heraus, bevor ich überhaupt die Chance habe, ihr zu helfen. Wir treffen uns neben dem Fahrzeug.

»Soll ich dich begleiten?«

Es ist so dunkel, dass ich ihren Gesichtsausdruck nicht

sehen kann, aber ihr Schweigen sagt mir, dass ihre Antwort Nein lautet.

»Kannst du mich dann morgen abholen?«, fragt sie.

»Ja, klar.«

»Danke.«

Sie zieht den Koffer über die Kieselsteine und auf die hölzerne Veranda. Vor der Haustür bleibt sie stehen. Ich lag total falsch. Anscheinend hat sie doch kein Problem damit, das Haus ihres Dads zu betreten. Hm. Habe ich irgendwas falsch gemacht, dass sie sich jetzt wieder so zickig verhält?

»Tschüss, Denver«, sagt sie und winkt zum Abschied.

»Ich warte noch, bis du drin bist.«

Es ist so leise, dass ich hören kann, wie sie den Schlüssel ins Schloss steckt und den Türknauf dreht, bevor sie im Haus verschwindet. »Siehst du? Alles gut. Gute Nacht.«

Dann fällt die Tür zu, und ich versuche zu begreifen, was gerade passiert ist. Vor drei Wochen konnte sie das Haus nicht betreten, und jetzt ist sie ohne zu zögern hineingegangen.

Als sie nicht in Tränen aufgelöst aus dem Haus stürmt, setze ich mich in meinen Truck und wende. Während ich den Weg hinabfahre und sie mir allein in diesem Haus vorstelle, wird mir flau im Magen. Ich muss an den Tag denken, an dem ich das Grab meiner Eltern besucht habe. Wie schwer sich mein Körper angefühlt hat. Als wollte er mich davon überzeugen, es nicht zu tun.

Dann erinnere ich mich daran, wie erleichtert ich war, als Rome dort stand und auf mich wartete. Als hätte er gewusst, dass ich kommen würde. Dass ich das Grab noch nie besucht hatte. Vielleicht Zwillingstelepathie. Wir setzten uns auf eine Bank und erzählten uns Geschichten, wie Dad uns im Baseball trainiert hatte und wie Mom immer gewusst hatte, wenn wir etwas im Schilde führten. Wir erzählten einander ehrlich, wie sehr wir sie vermissten.

Als ich die Hauptstraße erreiche, reiße ich das Lenkrad herum, rase den Schotterweg wieder hinab und trete vor Chips Haus auf die Bremse. Ich renne zur Haustür, bleibe aber abrupt stehen, als ich sie mit gesenktem Kopf und schluchzend auf den Holzplanken der Veranda sitzen sehe, die Knie an die Brust gezogen.

Ich hätte auf mein Bauchgefühl hören sollen.

»Schhh, alles gut.« Sie protestiert nicht, als ich sie hochhebe, in meinen Truck setze und anschnalle.

Nachdem ich ihren Koffer geholt und sichergestellt habe, dass die Haustür verschlossen ist, fahre ich dorthin, wo ich sofort hätte hinfahren sollen – zu mir.

Kapitel 18

CLEO

Ich wische die Tränen weg und bin froh, dass es so dunkel ist. »Es geht mir gut. Wirklich«, versichere ich, bevor ich wieder zu schluchzen beginne.

»Es geht dir nicht gut. Und du kommst jetzt mit zu mir. Wir werden zusammen hingehen, wenn du dazu bereit bist.«

Wir schweigen während der gesamten Fahrt. Bei ihm angekommen, ist ein Fenster leicht erhellt, ansonsten ist das Haus stockdunkel. Anscheinend ist Phoenix noch wach.

»Ich bin siebenundzwanzig. Ich sollte kein Problem damit haben, in diesem Haus zu schlafen.«

Denver löst zuerst seinen Gurt, dann meinen. Dann steigt er aus, öffnet die Hintertür und hievt meinen Koffer heraus. Bevor ich einen klaren Gedanken fassen kann, öffnet er meine Tür und hält mir seine Hand hin.

»Vielleicht bringst du mich besser zurück ins Hotel?« Eine Nacht im Glacier Point kann ich mir sicher noch leisten.

»Keine Widerrede. Du bleibst hier«, protestiert er und

streckt mir weiter seine Hand entgegen. »Komm schon. Ich verspreche dir, die Hände bei mir zu lassen.«

Ich atme laut aus. Bevor ich etwas erwidern kann, erscheint Phoenix in der Tür.

»Wie war's mit Griffin? Ich nehme an, er weiß noch immer nichts von mir?« Sie trägt einen süßen Pyjama. Ich hätte vermutet, dass sie nachts T-Shirt und Boxershorts trägt, aber da habe ich mich wohl geirrt.

Denver hebt die Hand. »Nicht jetzt. Wir sind gerade beschäftigt.«

Phoenix späht in den Truck und winkt.

»Hey, Phoenix. Frag deinen Bruder ruhig aus, aber wenn du nichts dagegen hast, übernachte ich heute bei euch.«

»Oh.« Sie sieht Denver an, und sie führen eine stille Unterhaltung unter Geschwistern, die ich nicht verstehe. Meine Augen brennen von den vielen Tränen. Bestimmt sieht sie, dass ich geweint habe. »Klar doch. Ich richte das Gästezimmer her.«

Sie geht ins Haus, und ich steige aus dem Truck, ohne Denvers Hilfe anzunehmen. Er hilft mir sowieso schon viel zu viel. Er scheint aber nicht beleidigt zu sein und folgt mir zum Haus. Phoenix hat die Gittertür nicht abgesperrt, und auch die Innentür steht offen. Als ich eintrete, sehe ich, wie sie mit einer Decke und einem Kissen den Flur im ersten Stock überquert.

»Ich bringe das ins Gästezimmer«, sagt Denver und deutet auf den Koffer. »Hast du Hunger?«

Ich gebe es nur ungern zu, aber ich bin am Verhungern. Nachdem ich das ganze Wochenende nur Fisch gegessen habe, sehne ich mich nach Fast Food. »Ja, aber wahrscheinlich sollte ich einfach ins Bett gehen.«

»Wir haben bestimmt noch was da. Ich habe auch Hunger.« Er geht die Treppe hinauf und in dieselbe Richtung wie Phoenix.

Ich höre, wie die beiden irgendwas murmeln, und beschließe, lieber in die Küche zu gehen, damit ich nicht mitbekomme, was Denver Phoenix erzählt. Dass ich ein kompletter Psycho bin, der seine Gefühle nicht im Griff hat.

Dann höre ich Denvers Schritte.

Ohne mich anzusehen, steuert er direkt auf den Kühlschrank zu. »Leider haben wir nicht mehr viel da. Und so spät hat nichts mehr geöffnet. Wie wäre es mit Müsli?«

Er öffnet den Vorratsschrank, nimmt fünf Packungen Müsli heraus und stellt sie auf die Küchentheke. Alles Zuckerbomben, aber ich will mich nicht beschweren. Keine Minute später hat jeder eine Schüssel – er mit Fruit Loops, ich mit Lucky Charms -, und man hört nur noch Kauen. Phoenix kommt nicht herunter. Obwohl ich sie sehr mag, bin ich gerade froh um die Ruhe.

»Weißt du, nachdem meine Eltern gestorben sind, habe ich fünf Jahre gebraucht, um ihr Grab zu besuchen.« Er spült seine Schüssel aus. »Chip ist erst vor Kurzem verstorben. So was braucht Zeit. Vielleicht setzt du dich zu sehr unter Druck.«

Dann setzt er sich mir wieder gegenüber, und ich leere meine Schüssel. Zum Glück kann ich mich jetzt damit beschäftigen, sie zu spülen, so muss ich ihn wenigstens nicht ansehen. Er gibt sich Mühe, und ich weiß, was er vorhat. Ich weiß nur nicht, ob ich ausgerechnet Denver meine Ängste anvertrauen und ihm erzählen will, was ich bereue. Sollte er es tatsächlich schaffen, dass es mir besser geht, macht ihn das nur noch mehr zum Helden. Dann wird es zwischen uns kompliziert. Aber vielleicht wäre es auch gut, mich jemandem anzuvertrauen.

Ich setze mich wieder hin und beginne, am Tischset herumzufummeln. »Willst du wissen, warum ich dich nicht mochte?«

»Soll das heißen, du magst mich inzwischen?« Er grinst arrogant.

Ich erwidere das Lächeln. »Zu fünfzig Prozent Ja, zu fünfzig Prozent Nein.«

»Oh, ich glaube, es sind mehr als fünfzig Prozent.« Als er sich mit der Zunge über die Unterlippe fährt, schlägt mein Magen einen Purzelbaum.

Ja, es ist mehr.

»Chip war im besten Fall ein Teilzeit-Dad.« Jetzt, da mein Vater nicht mehr hier ist, habe ich ein schlechtes Gewissen, so etwas zu sagen, aber ich kann die Vergangenheit nun mal nicht ändern.

Denver erwidert nichts. Ich weiß nicht, was man in Lake Starlight über meinen Dad und mich weiß, aber er hat Alaska nie verlassen, um mich zu besuchen.

»Bis ich achtzehn wurde, kam ich jeden Sommer für zwei Wochen hierher. Und jedes Mal, wenn ich mit ihm gesprochen habe, hat er nur von dir erzählt.«

»Von mir?« Er deutet auf seine Brust.

»Er hat dir das Fliegen beigebracht, nicht wahr?«

Er nickt.

»Und wie man in der Wildnis überlebt?«

Er nickt erneut, und ich merke, wie es ihm langsam dämmert. Dann ergreift er meine Hand. »Er hat dich sehr geliebt.«

Ich ziehe die Hand nicht zurück. »Er hat mich geliebt, weil ich seine Tochter war. Sein Fleisch und Blut. Aber ich hatte immer das Gefühl, dass er sich gewünscht hat, du wärst sein Sohn.«

Er drückt meine Hand. Als ich nicht aufblicke, drückt er sie noch fester. »Und mir hat er immer stolz von seiner Tochter erzählt, die aufs College geht. Wie klug und hübsch sie doch sei. Dass sie es mal zu etwas bringen würde.«

Ich lächle ein wenig. Als ich meine Abschlussfeier hatte, wusste ich zwar, dass er stolz war, aber er war nicht da.

»Dann hat er dir die halbe Firma vermacht. Ich war so wütend, weil er davon ausgegangen ist, dass ich dich brauchen würde. Das hat mich getroffen und so viele Gefühle hochgeholt. Die Wahrheit ist, dass du ihm näherstandst als ich.«

»Das stimmt nicht.«

Das ist nett von ihm, aber wir wissen beide, dass es stimmt. »Doch. Und jetzt, da er nicht mehr hier ist, ist es noch schlimmer, weil ich diese Tatsache niemals ändern kann.«

»Ich hatte noch nie das Gefühl, dass wir Konkurrenten sind.«

»Weil du ...« Was ich jetzt sagen werde, wird vielleicht einen Streit auslösen. In letzter Zeit haben wir uns jedoch so gut verstanden, dass ich nicht weiß, ob ich das aufs Spiel setzen will.

»Was? Sag es einfach.«

»Du bist der Gewinner. Du hattest seine volle Aufmerksamkeit. Mich hat er nur ab und zu beachtet. Und das auch nur, weil wir uns dieselben Gene geteilt haben.«

Denver legt die Stirn in Falten. »Tut mir leid, dass du so denkst. Und ich will dir deine Gefühle nicht absprechen. Nichts, was ich sage, wird daran etwas ändern. Aber du solltest wissen, dass er immer nur von dir gesprochen hat, wenn wir campen waren. Dass du Dinge erlebst, die er niemals erleben würde.«

Als sein Handy piept, ergreife ich die Chance und stehe auf. Es ist verrückt, dass ich all diese Dinge ausgerechnet dem Mann erzähle, auf den ich die ganze Zeit so eifersüchtig gewesen bin.

»Darf ich dich was fragen?«, fragt Denver, steckt das Smartphone weg und geht zum Gefrierschrank.

Ich gehe ins Wohnzimmer und beobachte, wie er eine Packung Eis herausholt.

Er hält den Becher in die Höhe. »Phoenix muss dich sehr mögen. Sie bietet dir sogar ihr Pfefferminzeis mit Schokostückchen an.«

»Sie ist süß.«

Als Nächstes folgen das Geräusch einer Schublade und das Klappern von Besteck. »Ich glaube, du bist die Erste, die das sagt.«

Ich kichere. Er kommt ins Wohnzimmer und gibt mir mit einer Kopfbewegung zu verstehen, dass ich mich zu ihm aufs Sofa setzen soll. Also tue ich, wie mir geheißen. Er reicht mir einen Löffel und hält mir den Becher hin.

»Ich hätte nicht gedacht, dass du so ein Gentleman sein kannst.«

»Hast du noch nie darüber nachgedacht, dass das der Grund sein könnte, warum sich die Frauen so zu mir hingezogen fühlen?«

»Ich dachte immer, du würdest dich zu *ihnen* hingezogen fühlen.«

Er tut beleidigt und zieht den Becher in dem Moment weg, als ich meinen Löffel in das Eis tauchen will.

»Ich bin unwiderstehlich«, bemerkt er und hält den Becher wieder zwischen uns.

Da muss ich ihm zustimmen. Er ist tatsächlich unwiderstehlich. Und ich habe ganz schön lange gebraucht, um es zu merken.

»Warum hast du dich dazu entschieden, zu bleiben und die halbe Firma zu übernehmen, obwohl du dich noch nie dafür interessiert hast?« Anscheinend verziehe ich das Gesicht komisch, denn er fügt schnell hinzu: »Das hat gar nichts mit der Tatsache zu tun, dass uns die Firma gemeinsam gehört. Oder mit der Sache mit dem Ausbezahlen. Ich bin nur neugierig, weil du bisher nie Interesse gezeigt hast. Und auf einmal bist du Feuer und Flamme.«

Ich hebe eine Augenbraue. Aber er hat recht. Was will ein Mädchen, das in der High Society aufgewachsen ist, mit einem Survival-Unternehmen in Alaska? Die Antwort ist einfach, aber so tiefgründig, wie ich es mit Denver bisher nicht gewesen bin.

Ich nehme mir einen großen Löffel Eis. Als ich aufblicke, sieht er mich so aufrichtig an, dass die Worte nur so aus mir herauspurzeln. »Ich habe sonst nichts.«

Falls ihn meine Worte überraschen, lässt er sich nichts anmerken. Stattdessen löffelt er weiter Eis. »Darf ich dir noch eine Frage stellen?«, fragt er leise, als wüsste er, dass er gleich eine Grenze überschreiten wird.

»Ja.«

»Glaubst du, du könntest hier glücklich werden?« Fragend sieht er mich an, als würde er in meinen Augen nach einer Antwort suchen.

»Ja, vielleicht.«

Er lächelt. Es ist ein Lächeln, das ich noch nie an ihm gesehen habe. Fast, als hätte er die Luft angehalten und gespannt auf meine Antwort gewartet.

Kapitel 19

DENVER

Cleo und ich sitzen im schummrig beleuchteten Wohnzimmer und teilen uns einen Becher Eis. Mir ist jetzt klar geworden, dass wir viel gemeinsam haben, auch wenn ich schon etliche Jahre länger mit meinen Problemen zu kämpfen habe als sie – was mich auf dem Gebiet zu einem alten Hasen mit Erfahrung macht.

Wahrscheinlich sollten wir einander eine gute Nacht wünschen und nach oben gehen – und zwar in getrennte Schlafzimmer –, doch stattdessen stelle ich ihr immer mehr Fragen. Ich muss wissen, wie diese Frau tickt. »Dann willst du also bleiben und Lifetime Adventures leiten?«

Sie zuckt mit den Schultern. »Irgendwie gefällt es mir, die Firma von Grund auf neu aufzubauen. Und irgendwann werde ich dich davon überzeugen, dass wir auch Familien ansprechen sollten.«

Als ich den Kopf schüttle, fängt sie an zu lachen. Darüber diskutieren wir seit Tag eins. Ich glaube, sie hat Chips

Sturheit geerbt, was bedeutet, dass sie wahrscheinlich irgendwann gewinnen wird.

»Was ist mit dir?« Sie pikst mich in die Brust und klaut den Eisbecher.

»Was soll mit mir sein?«

»Wonach suchst du?«

Ich überlege, wie ich diese Frage am besten beantworte. Mir macht es auch Spaß, Lifetime Adventures zu führen. Und die Dreharbeiten am Wochenende haben mir auch gefallen. Es war das Beste aus beiden Welten. Ich war draußen in der Wildnis und habe gleichzeitig Geld verdient.

»Ich bin noch nie auf der Suche nach was Bestimmtem gewesen.« Das ist die ehrlichste Antwort, die ich ihr geben kann. Ich habe schon vielen Frauen Quatsch erzählt, aber bei Cleo habe ich das nicht vor.

»Gar nichts?«

Ich schüttle den Kopf. »Nicht, seit meine Eltern gestorben sind. Ich lebe mein Leben gern einen Tag nach dem anderen. Welchen Sinn hat es, Pläne zu schmieden, die vielleicht nie in Erfüllung gehen werden?«

Sie zieht die Mundwinkel nach unten, gibt mir den Eisbecher zurück und starrt mich an, als wären wir bei einem Starrwettbewerb. Ich blinzle zuerst. Sie erhebt sich vom Sofa und leckt ihren Löffel ab. »Ich sollte jetzt besser ins Bett.«

Als sie sich an mir vorbeiquetscht, packe ich sie am Handgelenk. »Habe ich was Falsches gesagt?«

Sie lächelt gekünstelt. Es ist dasselbe Lächeln, das sie im Büro des Anwalts aufgesetzt hat. »Nein, ich bin nur müde.«

Ich lasse sie los und höre, wie sie den Löffel in die Spülmaschine steckt.

»Gute Nacht«, murmelt sie.

Will sie jetzt wirklich so sein? Es könnte alles zerstören, was sich in den letzten Wochen zwischen uns entwickelt hat.

»Willst du mir vielleicht eine konkretere Frage stellen?«

Sie antwortet nicht, doch da ich keine Schritte höre, weiß ich, dass sie stehen geblieben ist. »Nein.«

»Sicher?«

»Du hast schon genug gesagt. Ich kann mir die Antwort denken.«

»Vielleicht gehe ich der Antwort nur aus dem Weg«, erwidere ich, stehe auf und drehe mich zu ihr.

»Ja?«

Ich fahre mir durchs Haar und senke den Blick. »Ich will dich. Das kann ich nicht leugnen. Ich will dich, wie ich noch nie eine Frau gewollt habe.«

Sie errötet. »Aber?«

»Aber wir bauen die Firma gemeinsam auf, und ich tendiere dazu, Dinge zu vermasseln. Wenn ich mit dir schlafe, wird es die zarte Freundschaft zerstören, die sich zwischen uns entwickelt hat. Und ich glaube, wir brauchen beide den Erfolg. Deshalb werde ich zum ersten Mal in meinem Leben nicht auf meinen Schwanz hören, sondern auf meinen Verstand.«

Unsere Blicke treffen sich, und keiner sieht weg.

»Dann sollten wir vielleicht ein paar Regeln aufstellen,

denn ich will auch nicht lügen. Ich will dich auch. Und zwar auf die schlimmste Art, die man sich vorstellen kann.«

Fuck. Mir haben schon oft Frauen gesagt, dass sie mich wollen. Cleo ist nicht die Erste. Aber sie ist die Erste, von der ich glaube, dass ich sie mehr will als sie mich. Ich weiß, dass mein Verlangen nach ihr erst gestillt werden kann, wenn ich tief in ihr bin und sie meinen Namen schreit.

»Dann lass uns ein paar Regeln aufstellen«, erwidere ich.

Sie kommt zurück ins Wohnzimmer, setzt sich jedoch in den Sessel, während ich wieder aufs Sofa plumpse.

»Erstens kann ich unmöglich hier wohnen«, sagt sie.

»Sobald wir Regeln aufgestellt haben, kannst du hier wohnen.«

Wenn ich will, kann ich stark sein. Im Zuge einer Wette habe ich mal ein halbes Jahr lang keinen Alkohol getrunken. Ich war sogar schon mal drei Monate lang enthaltsam – zum Glück hat meine Hand nicht gezählt. Danach war ich ganz schön wund gescheuert.

»Okay. Regel Nummer eins: keine sexuellen Anspielungen mehr.« Sie starrt mich durchdringend an, denn ich bin der König der sexuellen Anspielungen.

»Wenigstens eine am Tag?«

Sie amtet genervt aus. »Eine pro Woche?«

»Das wird niemals funktionieren. Wir müssen uns Ziele setzen, die ich auch erreichen kann. Und wenn ich den ganzen Tag mit dir verbringen muss, genügt eine nicht.«

Ihr Gesicht erhellt sich. Vielleicht habe ich doch nicht genug Willenskraft, denn im Moment würde ich alles dafür geben, sie küssen zu können.

»Na schön«, entgegnet sie.

»Wir laufen nicht nur in Handtücher gewickelt durchs Haus«, platzt es aus mir heraus.

»Das mache ich sowieso nicht«, antwortet sie.

»Das heißt, du nimmst deine Klamotten mit ins Badezimmer und ziehst dich da drinnen an?«

Sie lacht. »Okay. Und keiner läuft barfuß herum.«

Ich hebe eine Augenbraue. »Barfuß?« Dann muss ich an ihre süßen rosafarbenen Zehen denken, und mir wird klar, dass sie meine Füße genauso heiß findet wie ich ihre. »Deal.«

»Und wir sind nicht nett zueinander«, fährt sie fort und richtet den Zeigefinger auf mich.

»Nett?«

»In letzter Zeit bist du beinahe süß zu mir gewesen. Das, gepaart mit deinen Überlebensfähigkeiten, macht es unrealistisch, dass ich dich nicht eines Tages besteigen werde.«

Ich stelle mir vor, wie sie über mich herfällt. Wie wir uns wild küssen und uns gegenseitig die Klamotten vom Leib reißen. Ich verändere meine Position, um meinen Ständer zu verstecken.

»Und nicht beim Masturbieren an den anderen denken«, fordert sie.

Das ist ja interessant. »Du hast beim Masturbieren an mich gedacht?«

Jetzt wird sie knallrot. Wahrscheinlich sollte ich mich geschlagen geben, denn alle Regeln, die sie aufstellt, habe ich bereits gebrochen.

»Ja«, erwidert sie leise. »Nicht jede Nacht oder so. Bilde dir also bloß nichts darauf ein.«

Ich mache einen Schritt auf sie zu. Mein Ständer drückt sich gegen meine Hose. »Erzähl mir, was ich mache.«

Sie schubst mich weg. »Das widerspricht den Regeln. Ab jetzt werde ich mir Pornos ansehen.«

»Das ist unfair.« Stöhnend presse ich die Handballen auf meine Augen.

»Was?«

»Jetzt stelle ich mir vor, wie du die Hand in deine Hose schiebst und dabei Pornos guckst.«

»Sorry.«

Ich versuche, das Bild aus meinen Gedanken zu vertreiben, doch als ich die Augen aufschlage und sie vor mir sehe, ist alles sofort wieder da. »Hast du dir vorgestellt, wie ich mit nacktem Oberkörper Holz hacke?«

Sie richtet den Blick zur Zimmerdecke und schürzt die Lippen. »Nope.«

Dann überkreuzt sie die Beine, wahrscheinlich, um sich ein wenig Erleichterung zu verschaffen. Wenn wir nach dieser Unterhaltung nicht zusammen in der Kiste landen, grenzt es an ein Wunder.

»Wenn wir einmal miteinander schlafen würden ... Ich meine, nur einmal, um den Kopf wieder frei zu kriegen?« Ich dachte, ich werfe die Idee einfach mal in den Raum.

»Sei still. So was funktioniert nie. Es ist besser, wenn wir uns an die Regeln halten. Irgendwann wird es zwischen uns rein platonisch sein.« Sie lächelt. Fast habe ich das Gefühl, sie glaubt die Grütze, die sie da von sich gibt. Ich hoffe, sie ist tatsächlich schlauer als ich.

»War ja nur ein Vorschlag.« Ich zucke mit den Schultern.

»Ein ziemlich dummer Vorschlag.«

»Also ... Keine sexuellen Witze, wir ziehen uns im Badezimmer an, denken nicht an den anderen, wenn wir uns selbst befriedigen, und ich darf nicht nett zu dir sein, weil dich das anmacht?«

»Vor allem nicht, wenn wir auf Exkursion sind.«

Ich nicke. »Dann bin ich auf Exkursionen ab jetzt ein Arschloch.«

»Jep.«

»Fürs Fernsehen ist das bestimmt super. Die Zuschauer werden mich hassen.«

»Aber wir werden nicht miteinander schlafen. Mission erfolgreich ausgeführt.«

Ich lache. »Sonst noch was?«

Sie überlegt eine Weile. Alles, was ich sehe, ist ihr langer Hals. Wie gern ich ihn küssen würde, um ihren Puls zu spüren.

»Wir können nach Bedarf weitere Regeln hinzufügen.« Sie streckt mir ihre Hand entgegen. »Auf die Freundschaft, Denver Bailey.«

Ich schüttle ihre Hand. »Ich bin noch nie mit einer Frau befreundet gewesen.«

»Nun, dann fühle ich mich geehrt, die Erste zu sein.«

Mir fallen so viele Sprüche ein, doch ich schlucke sie herunter. »Nun, Freundin, hast du Lust, dir einen Film anzusehen?« Einen Versuch ist es wert. Ja, wir haben beide gesagt, dass wir jetzt duschen und dann ins Bett gehen, aber ich würde gern noch ein bisschen Zeit mit ihr verbringen.

Sie steht auf. »In einem dunklen Raum? Mit dir? Das kann ich noch nicht.«

»Man kann mir nur schwer widerstehen.«

Sie lacht. »Es wird eine Weile dauern, bis wir normal miteinander umgehen können.« Dann tätschelt sie mir die Schulter. »Gute Nacht.«

Dann sitze ich im Dunkeln. Lediglich das Küchenlicht hinter mir brennt. Ich weiß nicht, ob ich mich jemals wieder in einem normalen Zustand befinden werde. »Gute Nacht. Und denk daran. Leg deine Hand nicht an Stellen, wo sie nicht hingehört.«

»Genau genommen«, erwidert sie hinter mir, »ist das erlaubt. Ich darf dabei nur nicht an dich denken.«

Mein Kopf schnellt herum, doch sie verschwindet bereits kichernd den Flur hinab. »Denk daran. Wenn du schmutzige Spielchen spielst, spiele ich noch schmutzigere.«

Ihr Lachen verstummt. Wahrscheinlich stellt sie sich gerade vor, *wie* schmutzig ich werden kann. Die Wahrheit ist: Dieser Deal ist vollkommener Schwachsinn. Wenn wir so weitermachen, wird sie spätestens in einer Woche unter mir liegen.

Kapitel 20

CLEO

Inzwischen ist eine ganze Woche vergangen. Denver und ich haben uns nicht mal an die Hälfte der Regeln gehalten, die wir aufgestellt haben. Ständig machen wir Witze darüber, wie wir uns den anderen nackt vorstellen oder wie es wäre, wenn wir miteinander schlafen würden. Ständig erzählen wir einander, wie wir gestern Nacht beim Masturbieren an jemand anderen gedacht haben, obwohl wir beide nur zu genau wissen, dass wir uns den jeweils anderen vorgestellt haben.

Selma hat angerufen. Wir werden erst in vier bis sechs Wochen Bescheid bekommen, wie es weitergeht, denn die erste Folge muss erst noch geschnitten werden, bevor sie dem Testpublikum gezeigt wird. Aber für unsere bisherige Arbeit haben wir eine ordentliche Summe bekommen. Jetzt können wir endlich Nancy bezahlen.

»Das Wetter soll nächste Woche umschlagen. Und sobald sich Selma gemeldet hat, werden wir wahrscheinlich total beschäftigt sein. Vielleicht sollten wir Chips Asche besser früher als später verstreuen.« Denver lehnt sich auf seinem Bürostuhl zurück und faltet die Hände vor dem flachen Bauch.

»Oh.« Ich dachte, wir hätten dafür noch ein bisschen Zeit.

»Wir können auch warten, wenn es dir lieber ist.«

»Nein. Lass es uns tun. Was hat er gesagt? Wo sollen wir sie verstreuen?« Es tut ein bisschen weh, dass Denver es weiß und ich nicht. Aber er kennt nun mal Chips Lieblingsorte.

Er seufzt. Inzwischen weiß ich, dass es eine seiner Angewohnheiten ist. So seufzt er immer, wenn er etwas nicht sagen will. »Kannst du dich noch an die Briefe erinnern, die er uns geschrieben hat?«

Mein Blick fällt auf meine Handtasche. Darin bewahre ich den Brief immer noch auf. »Ja.«

»Er hat geschrieben, er wolle, dass ich mich mit dir ins Flugzeug setze und ...«

Ich hasse es, dass er nicht schneller mit der Sprache herausrückt, weil ich vielleicht wütend werden könnte – denn es heißt, dass ich ihm etwas bedeute. Und wenn ich ihm etwas bedeute, heißt das, dass zwischen uns mehr ist als nur Lust. »Was?«

»Er will, dass du den Platz aussuchst.«

»Ich?«, kreische ich, rücke auf meinem Stuhl nach hinten und ziehe die Knie an die Brust.

Denver steht auf und setzt sich vor mich auf die Schreibtischkante. »Er will, dass ich dich herumfliege und du die

Stelle aussuchst, die dir am besten gefällt. Seine Anweisungen waren ganz klar. *Du* bestimmst seine letzte Ruhestätte.«

Ich stütze das Kinn auf die Knie. »Warum? Ich habe das Gefühl, ihn kaum gekannt zu haben.«

Denver legt die Hand auf mein Knie. »Natürlich hast du ihn gekannt. Ich glaube, das war seine Art, sich verbundener mit dir zu fühlen.«

»Der Druck ist aber ziemlich hoch.«

Leise lachend rückt er näher und legt den Finger unter mein Kinn. »Ich werde bei dir sein. Sobald du die richtige Stelle siehst, wirst du es wissen. Versprochen. Du musst lediglich den Ort aussuchen, den *du* am schönsten findest.«

»Okay«, erwidere ich leise.

Lächelnd nimmt er den Finger weg. »Wir reisen am Mittwoch ab und kommen am Sonntag zurück.« Dann setzt er sich wieder an seinen Schreibtisch und richtet den Blick auf den Computermonitor.

»Warum um alles in der Welt müssen wir so lange weg sein?«

Überrascht blickt er auf. Ich hätte höchstens mit zwei Tagen gerechnet. »Wir fliegen hoch in den Norden, was bedeutet, dass wir ab und zu zwischenlanden müssen. Entspann dich. Das wird lustig.« Er zwinkert und widmet sich wieder seinem Computer.

Vier Nächte. Vier Nächte mit Denver. Allein.

»Ich will aber mein eigenes Zelt«, platzt es aus mir heraus.

Er lacht. »Keine Sorge. Wir übernachten in Hütten. Ich

wollte es dir nicht noch schwerer machen, als es ohnehin schon ist.«

»Ich habe dir gesagt, dass du nicht nett sein sollst.«

Sein Lächeln verrät, dass es ihm Spaß macht, mich zu reizen. »Sorry, aber bei dir kann ich einfach nicht anders.«

Er tut, als würde er nicht bemerken, wie ich ihn anstarre, was gut ist. Ansonsten würde ich ihn jetzt wahrscheinlich bespringen. Ich muss dringend mit jemandem reden. Jemandem, der mir einen guten Rat geben kann, denn allmählich verliere ich den Verstand.

Bridget ist noch in Dallas. Sie sagt jetzt das Wetter an. Ich könnte sie anrufen, aber ich glaube, sie würde mir nur dazu raten, einmal mit ihm zu schlafen und ihn dann zu vergessen. Seine Schwestern will ich nicht in die Sache hineinziehen, also beschließe ich, mich an die Frauen zu wenden, die die Bailey-Männer für sich gewonnen haben.

Phoenix hat mich dem Familienchat hinzugefügt. Ich habe schon öfter versucht auszutreten, werde jedoch jedes Mal wieder eingeladen. Colton ist auch in der Gruppe, obwohl er mit keiner Bailey zusammen ist. Also dachte ich mir: Was soll's? Ich schreibe Harley und Holly und frage sie, ob wir uns diese Woche mal zum Mittagessen treffen. Wir verabreden uns für Dienstag im Nachbarort Greywall. In Lake Starlight gibt es zu viele Augen.

• • •

Ich betrete das Café, das Harley ausgesucht hat. Sie sitzt allein in einer etwas abgelegenen Sitzecke.

»Holly sollte auch gleich hier sein«, sagt sie, steht auf und umarmt mich zur Begrüßung.

»Super.«

»Rome und ich haben dieses Café vor ein paar Monaten entdeckt. Die Sandwiches sind großartig. Und Calista liebt die Cookies. Rome versucht immer wieder, sie nachzubacken, denn er liebt die Herausforderung. Aber Calista sagt immer wieder: ›Nope, Daddy, das ist es nicht.‹« Sie lacht.

Ein Anflug von Eifersucht trifft mich mitten ins Herz. Ihr Leben ist so erfüllt, so glücklich, so friedlich. Nun ja, friedlich nicht. Vielleicht ist »beständig« das passendere Wort. »Das ist ja süß.«

Sie nippt an ihrem Tee. »Ja, und sie veranstalten auch niedliche Teepartys für Kinder. Wenn Calista älter ist, sollten wir alle zusammen herkommen.«

»Alle?«

Sie lacht erneut. »Was die Baileys angeht, sind es immer *alle*, nicht nur *ein paar*. Das wirst du schon noch merken.« Dann wandert ihr Blick zur Tür. »Oh, da ist Hol.« Sie hebt die Hand. Ich werfe einen Blick über die Schulter und sehe Holly auf uns zukommen.

»Tut mir leid. Sie ist mir gefolgt. Und Sheriff Miller hat nicht mitbekommen, wie sie die Stadtgrenze überquert hat.« Sie setzt sich.

»Wer denn?«, frage ich.

Holly und Harley wechseln einen Blick. »Dori«, erwidern sie wie aus einem Mund.

»Aber ich habe gar nicht …«

Holly lacht. »Das musst du auch nicht. Ich hätte es wissen müssen. Neuerdings ist sie mir ständig auf den Fersen. Letztens habe ich sie sogar beim Arzt getroffen. Sie hat behauptet, sie habe auch einen Termin. Meint ihr, sie versucht auch, schwanger zu werden?« Sie verdreht die Augen. Doch als Harley nicht lacht, sacken ihre Schultern zusammen. »Hör auf, dich schuldig zu fühlen.«

»Aber ...«

Sie können sich nicht weiter darüber unterhalten, denn in diesem Moment betritt Dori mit einer weiteren Dame das Café und tut, als wäre sie zufällig hier.

»Seht nur, wie gerissen sie ist«, flüstert Harley.

Wie aufs Stichwort wirbelt Dori herum und deutet auf uns. »Mädchen!« Sie stößt ihre Freundin mit dem Ellbogen an, und sie kommen auf uns zu. »Cleo! Hi, Schätzchen. Das ist meine Freundin Ethel.«

Lächelnd streckt mir die rothaarige Dame ihre Hand entgegen. »Dich kenne ich schon von Buzz Wheel.«

»Danke.« Ich schenke ihr ein kleines Lächeln. »Auf den Fotos wirkt es, als wäre ich in Not und Denver mein Ritter in glänzender Rüstung.«

Harley und Holly lachen.

»Oh, wir können dir ein paar Geschichten erzählen«, sagt Harley.

»Sollen wir uns an einen Tisch für fünf setzen?«, fragt Dori und lässt das Thema Buzz Wheel fallen.

Ich frage mich, ob man auch schon mal über sie geschrieben hat. Doch irgendwas sagt mir, dass die Herausgeber aus Angst um ihr Leben die Finger von ihr lassen. Dori scheint zu diesen Menschen zu gehören, bei denen man

Schutz sucht. Sie ist wie eine Hundemama. Aber wenn man Hand an ihre Welpen legt, beißt sie zu – und zwar fest.

»Nun ja, Cleo wollte …«

Doch Holly wird unterbrochen, als Dori die Kellnerin herbeiwinkt. »Wir brauchen einen Tisch für fünf Personen.«

Die Kellnerin sieht uns unsicher an.

»Sorry«, flüstert Harley.

»Der Herr dort drüben hat sicher nichts dagegen, sich woanders hinzusetzen.«

Der Mann am Tisch nebenan blickt von seiner Suppenschüssel auf. Nachdem ihn die beiden älteren Damen eine Weile angestarrt haben, wischt er sich den Mund an der Serviette und steht auf. »Aber natürlich.«

»Perfekt. Was für ein Gentleman.« Dori strahlt. Sie und Ethel schieben den Tisch des armen Mannes an unseren heran. »Kommt schon, Mädels.«

Die Kellnerin schenkt uns einen missbilligenden Blick, legt uns die Speisekarten hin, nimmt die Getränke auf und flüchtet – wahrscheinlich, um sich in der Küche über uns zu beschweren.

»Warum habt ihr euch denn getroffen? Und dann auch noch in Greywall?«, will Dori wissen.

»Warum seid *ihr* in Greywall?«, stellt Harley die Gegenfrage.

»Rome hat mir von dem Café erzählt. Wir wollten mal etwas anderes. Nicht wahr, Ethel?«

Unglaublich, wie überzeugend ihre Geschichte ist.

»Ja.« Ethel lehnt sich weiter zu mir. »In echt bist du noch viel hübscher.«

Das ist aber ein nettes Kompliment. Meine Wangen beginnen zu glühen. »Danke.«

»Jetzt verstehe ich, warum Denver so verzaubert ist«, fährt sie fort.

»Darf ich Sie küssen?«, frage ich, und Harley lacht.

»Oh, Süße. Ich bin doch keine Lesbe«, erwidert sie, ohne eine Miene zu verziehen. Ich muss mir das Lachen verkneifen, denn ich will sie nicht blamieren.

»Zurück zum Thema. Warum seid ihr hier?« Dori wird also nicht lockerlassen.

»Wir wollten Cleo ein bisschen besser kennenlernen«, erklärt Holly.

Harley nippt schweigend an ihrem Eistee.

Ich weiß es zu schätzen, dass die Mädels nicht verraten wollen, warum wir wirklich hier sind, aber ich habe beschlossen, Doris Köder zu schlucken. Sie wird mir eine ehrliche Antwort geben. »Ich habe sie gebeten, sich mit mir zu treffen, weil ich Probleme mit Denver habe.«

Seufzend zieht Dori die Mundwinkel herunter.

Ethel lässt den Blick von einer zur anderen schweifen. »Warum sind alle so still? Wir wissen alle, dass Denver Probleme hat.«

»Ethel, halt den Mund«, schimpft Dori.

»Was entgeht mir hier?«, frage ich.

Dori sieht die Mädchen an. »Was war euer Plan? Was wolltet ihr Cleo erzählen?«

Holly zuckt mit den Schultern. Ich habe ihnen nicht gesagt, warum ich mich mit ihnen treffen wollte, aber sie sind kluge Frauen. Ich bin sicher, sie hatten bereits eine Ahnung.

»Wir wollten ihr von unseren Erfahrungen berichten. Das ist alles.«

»Genau. Dass es manchmal schwer sein kann, sich in einen Bailey zu verlieben«, fügt Harley hinzu.

Zum Glück tritt in dem Moment die Kellnerin an unseren Tisch, um die Bestellung aufzunehmen.

Doch als sie weg ist, richtet Dori sofort ihre Aufmerksamkeit auf mich. »Magst du Denver?«

Mir wird schlecht. Als würde mich eine Welle nach der anderen überrollen.

»Bitte entschuldigt mich kurz.« Ich stürze den Flur hinab in Richtung Damentoilette.

Kapitel 21

CLEO

Es klopft an die Toilettenkabine.

»Cleo?«, fragt Holly. »Ich bin's nur. Harley erzählt ihnen gerade von Calista und Dion. Wir haben also ein bisschen Zeit.«

Ich öffne die Tür. Ich habe mich nicht übergeben. Ich weiß nicht mal, warum ich plötzlich den Drang verspürt habe.

Holly legt die Hand an meine Stirn. »Bist du schwanger?«

»Wenn ich nicht auf wundersame Weise empfangen habe, nein.«

»Dann hast du also nicht mit Denver …?«

Ich schüttle den Kopf.

Ich bin sicher, Holly will nicht erleichtert wirken, aber man sieht ihr deutlich an, was sie denkt. »Tut mir leid. Es geht mich überhaupt nichts an. Ich freue mich sehr für Rome und Harley, aber ich weiß nicht, ob ich es verkraften würde, wenn noch jemand schwanger wäre.«

Ich lege die Hand auf ihre Schulter. »Das verstehe ich.

Aber was mich angeht, musst du dir keine Gedanken machen.«

Wir gehen zum Waschbecken, damit ich mir die Hände waschen kann.

»Dori hat einen großen Beschützerinstinkt, wie man gut nachvollziehen kann.« Holly lehnt sich gegen die Wand. »Es hat sie alle auf unterschiedliche Weise getroffen, als ihre Eltern gestorben sind. Ich glaube, Dori versucht zu verbergen, wie sehr sich Denver vor dem Unbekannten fürchtet.«

Ich nicke. Das habe ich auch schon gemerkt.

»Was ihr mit Lifetime Adventures macht ... Die Familie ist begeistert, dass er sich darauf eingelassen hat.« Dann hebt sie die Hände, als wollte sie sagen: *Streich das.* »Nicht, dass ich ihn für unfähig halten würde. Aber so etwas hat er noch nie ausprobiert. Ich sage auch nicht, dass er sich nicht ändern kann. Ich will nicht, dass du mich falsch verstehst.«

Ich schüttle den Kopf, auch wenn ich zu wissen glaube, in welche Richtung das Gespräch gehen soll.

»Als mir Austin erzählt hat, dass die Firma euch beiden gehört, und nachdem ich dich bei der Beerdigung gesehen habe, dachte ich, einer von euch hätte inzwischen das Handtuch geworfen. Aber dass ihr zusammenarbeitet und noch nicht miteinander geschlafen habt, schockiert mich.«

»Warum?«

Ihre Gesichtszüge werden weicher. »Warum was?«

»Warum dachtest du, dass es mit uns beiden nicht funktionieren würde?«

Holly lächelt sanft. Als ich nichts mehr sage, erwidert sie schließlich: »Weil ihr auf ähnliche Arten trauert.«

Ich schweige, denn ich weiß nicht, was ich sagen soll.

»Ihr tendiert beide dazu, Dinge einfach zu ignorieren, statt sie anzugehen. Denver ignoriert den Tod seiner Eltern seit Jahren. Vielleicht merke ich es nur, weil ich selbst Probleme mit meinem Vater habe. Du hast deine Gefühle bei der Beerdigung gut versteckt. Du hast kein einziges Mal geweint. Als mir Austin ein bisschen mehr von dir erzählt hat, habe ich gemerkt, dass wir viel gemeinsam haben.«

»Ich glaube, du hast gerade meine Frage beantwortet.«

Sie legt den Kopf schief. »Und wie lautete die Frage?«

»Ich glaube, ich sollte mich von Denver fernhalten.«

Sie drückt sich von der Wand ab und macht einen Schritt zurück. »Das würde ich niemals sagen. Niemals. Du hörst gerade nur das Negative. Was ich ursprünglich sagen wollte, war, dass er in deiner Gegenwart anders ist. Er ist ... So habe ich ihn noch nie erlebt.«

»Ich habe keine Ahnung, was ich machen soll.«

»Magst du ihn?« Sie legt in dem Moment die Hand auf meine Schulter, als die Toilettentür auffliegt.

Eine Dame mittleren Alters kommt herein, und wir machen ihr Platz. Ich beantworte Hollys Frage mit einem Nicken.

Holly schließt mich fest in die Arme. »Warum wühlt dich das so sehr auf?«

Gegen ihre Brust murmelnd, spreche ich meine größte Angst aus. »Er wird mir das Herz brechen.«

Während wir dastehen und uns umarmen, habe ich zum ersten Mal das Gefühl, dass mich jemand versteht. Sie versucht nicht, ihn mir auszureden oder mich umzustimmen. Sie hält mich einfach schweigend fest.

Wieder geht die Tür auf. »Ihr habt noch ungefähr zehn Sekunden. Dori meinte eben, dass ich zu viel von den Kindern erzähle.« Harley huscht in eine der Kabinen. »Ich muss pinkeln. Eine von euch muss einspringen.«

Anscheinend hat sie gar nicht bemerkt, dass wir uns umarmen. Kichernd lassen wir einander los. Holly sieht mich an, als wollte sie fragen, ob alles in Ordnung ist, und ich nicke.

»Wir gehen raus. Lass dir Zeit«, ruft Holly Harley zu.

Doch wir hören lediglich ein erleichtertes Seufzen, gefolgt von Plätschern. »Holt mich einfach ab, wenn ihr fertig seid. Die Kellnerin soll mir das Essen auf die Toilette bringen.«

Die andere Dame starrt auf Harleys Tür, als wollte sie fragen: *Was zum Teufel ist denn mit der los?*

»Sie ist schwanger«, erklärt Holly, und die Dame nickt lächelnd.

Wir gehen zurück ins Restaurant. Unser Essen steht bereits auf dem Tisch. Gott sei Dank. Dann sind wir hier umso schneller fertig.

»Alles in Ordnung?«, fragt Ethel.

Ich starre auf mein Truthahn-Sandwich und die Pommes. »Ja. Danke der Nachfrage.«

»Ich sage dir jetzt was. Und dann kannst du mit der Info machen, was du willst«, setzt Dori an. »Ethel und ich werden unsere Suppe essen, und danach kannst du dich weiter mit

Holly und Harley unterhalten. Ich weiß, dass ich für euch nur eine alte Frau bin.«

»Das stimmt überhaupt nicht«, widerspricht Holly. »Ich glaube nur, dass Cleo die Meinung eines Nicht-Baileys hören wollte.«

»Du und Harley seid aber Baileys«, bemerkt Dori beinahe beleidigt.

Dori liebt Holly und Harley. Sie nimmt jeden, den ihre Enkelkinder heiraten, unter ihre Fittiche. Das ist süß.

Holly legt die Hand auf Doris. »Ich weiß. Ich wollte damit auch nicht sagen ...«

Doch Dori unterbricht sie. »Denver ist mein wilder Enkel. Aber er ist nie abgehauen. Ich dachte, er wäre mit achtzehn weg aus Lake Starlight.«

Harley setzt sich auf ihren Platz, ohne die Unterhaltung zu unterbrechen.

»Rome wiederum ist abgehauen.« Doris Blick wandert zu Harley. »Er ist förmlich gerannt. Und ich glaube, das hat Denver sehr verletzt und eine Narbe bei ihm hinterlassen.«

»Wie meinst du das?«, frage ich und nehme einen Schluck von meinem Getränk.

»Als Denver fünf oder sechs war, wollte er unbedingt ein Haustier haben. Seine Eltern haben ihm einen Fisch gekauft, weil sie keine Tiere wollten, denn ihr Haus war schon voller Kinder.« Sie isst einen Löffel Suppe und trinkt einen Schluck, während wir geduldig darauf warten, dass sie fortfährt. »Er wollte ihn unbedingt anfassen, also hat er ihn ständig gefüttert und das Wasser gewechselt. Innerhalb von drei Tagen war er tot.«

Holly zieht die Mundwinkel herunter. Ich stelle mir einen traurigen kleinen Jungen mit braunem Wuschelkopf vor.

»Als Nächstes bekam er eine Katze. Er hat das arme Vieh fast erstickt. Er hat sie an die Leine genommen, weil er sie überallhin mitnehmen wollte. Er hat sie immer so fest gedrückt, dass ihr beinahe die Augen aus dem Kopf quollen. Als sie dann größer wurde, hat sie sich vor ihm versteckt.«

»Denver und Haustiere sind nicht kompatibel«, bestätigt Ethel.

Ich frage mich, wie lange sie schon befreundet sind.

»Am schlimmsten war es mit Glacier.« Dori schüttelt den Kopf. »Es war nicht Denvers Schuld, aber alle haben ihn damit aufgezogen und behauptet, es sei seine gewesen.«

Jetzt mischt sich auch Ethel ein. »Sie haben einen Hund aus dem Tierheim geholt. Der Hund konnte nicht pinkeln, wenn Denver nicht bei ihm war. Nach einem Monat ist er abgehauen. Keiner hat ihn je wiedergesehen.«

Ich denke über jede einzelne Geschichte nach. Wenn man jetzt noch bedenkt, dass seine Eltern gestorben sind, versteht man, wovor Denver solche Angst hat. Er will sich auf nichts und niemanden einlassen, weil er – wie ich – Angst hat, dass ihm das Herz gebrochen wird. Wir haben dieselbe Angst. Das war es, was mir Holly auf der Damentoilette mitteilen wollte.

»Mein Denver liebt von ganzem Herzen. Zumindest früher. Doch inzwischen tut er so, als wäre Liebe eine tödliche Krankheit. Als ich dich gefragt habe, ob du ihn magst, wollte ich wissen, ob du bereit bist, um ihn zu kämpfen. Mir entgeht nicht, wie er dich ansieht«, sagt Dori. »Er kümmert sich um dich wie damals um den Goldfisch und die Katze. Und um Glacier, den Hund. Aber ohne ein wenig Hilfe wird er es wahrscheinlich nicht zugeben.«

Ich schiebe das Sandwich von mir. Das ist nicht das, was ich hören wollte. Ich wollte wissen, ob ich mit ihm schlafen soll. Ich wollte mich mit Frauen unterhalten, die sich auch irgendwann mal innerlich zerrissen gefühlt haben. Ich weiß, zwischen Harley und Rome ist es ganz anders und mit viel mehr Verpflichtung verbunden, aber auch sie musste sich irgendwann dafür entscheiden, ihm zu vertrauen. Und Austin und Holly mussten lernen, Berufliches und Privates unter einen Hut zu bekommen.

Ich wollte ganz sicher nicht erfahren, dass Denver wie ein Hund aus dem Tierheim ist, der immer wieder zurückgegeben wurde und jetzt niemandem mehr vertrauen kann. Das hilft mir kein bisschen mit meiner Entscheidung, *nicht* mit ihm zu schlafen. Im Gegenteil. Am liebsten würde ich ihn jetzt in den Arm nehmen, ihn küssen und ihm sagen, was für ein toller Kerl er doch ist.

»Hast du dich deshalb bisher bei den beiden rausgehalten?«, will Holly von Dori wissen.

Holly hat schon irgendwie recht. Seit dem Familiendinner hat sich Dori nicht mehr blicken lassen. Von Phoenix weiß ich, dass sie bisher bei jedem Bailey-Paar die Finger im Spiel hatte. Zuerst hatte ich das Gefühl, dass sie mich mit Denver verkuppeln will. Doch ich habe einen Rückzieher gemacht, weil ich nicht die Richtige für ihren Enkel bin.

Dori legt den Löffel neben ihre Schüssel. »Jedes Paar

braucht etwas anderes.« Sie berührt Hollys Hand. »Ich frage dich also noch mal, Cleo. Magst du Denver?«

Ich schlucke schwer. Alle Blicke sind auf mich gerichtet. »Ich glaube schon.«

»Du glaubst?«, hakt Ethel nach.

»Ja. Ja, ich mag ihn«, korrigiere ich mich, und Holly und Harley müssen lachen.

Harley greift über den Tisch. »Ich weiß, dass du etwas anderes erwartet hast, als du hergekommen bist. Aber ich glaube, es beantwortet trotzdem deine Frage.«

Zum Glück hält Dori in dem Moment die Kellnerin auf, um nach Desserts zu fragen.

Harley senkt die Stimme. »Mit ihm zu schlafen und danach zu überlegen, wie es weitergeht, ist bei Denver keine gute Idee. Zumindest nicht, was dich angeht.«

Das ist ein Schlag in die Magengrube. Wie kann ich den Schmerz eines anderen lindern, wenn ich doch selbst so verletzt bin?

Kapitel 22

DENVER

Ich sitze im Büro, als Cleo mit einer braunen Schachtel in der Hand hereinprescht. »Ich habe dir Mittagessen mitgebracht.«

Ich blicke auf von den neuen Logos, die uns der Grafikdesigner geschickt hat. Wir werden nicht sofort alle Beschilderungen austauschen können, aber der Vorschuss von *Uncovering America's Beauty* hilft auf jeden Fall. »Danke.«

»Und ich will ins Haus meines Dads. Würdest du mich begleiten?« Anscheinend blicke ich überrascht drein, denn sie fügt schnell hinzu: »Wenn nicht, ist es auch okay. Eigentlich sollte ich dich gar nicht fragen. Es ist nur ...«

Ich stehe auf und umrunde den Schreibtisch. »Wie viel Kaffee hast du heute schon getrunken?«

»Gar keinen. Ich hatte Eistee.«

»Wenn du fährst, kann ich auf dem Weg essen. Dann können wir direkt los.« Ich nehme meine Jacke vom Haken an der Tür, und sie lächelt.

»Du lässt mich mit deinem Truck fahren?«

»Klar. Warum nicht?«

Sie schüttelt den Kopf. »Nur so. Hat dir schon mal jemand gesagt, dass du ein guter Kerl bist?«

Skeptisch lege ich die Stirn in Falten. »Was ist los?«

Sie gibt sich große Mühe, so zu tun, als wäre alles normal, aber sie ist total hibbelig. »Ich will endlich heilen. Ich habe es satt, dass mich das so runterzieht. Ich muss ihn wieder spüren statt nur den Verlust.«

»Okay.« Ich greife nach der braunen To-go-Box und werfe ihr die Schlüssel zu. Dann schließen wir das Büro ab. Nancy ist gerade beim Mittagessen, also werde ich ihr während der Fahrt schreiben. »Ich habe ganz vergessen, es dir zu erzählen. Nancy hat uns heute Morgen Cold Brew gemacht.«

»Tatsächlich?«

»Na ja, sie hat den Kaffee über Eiswürfel gekippt.« Ich schüttle den Kopf.

Cleo lacht. »Sie gibt sich wirklich große Mühe.«

»Ja. Ich glaube, sie vermisst ihre Rolle. Wobei ich nie verstanden habe, was genau ihre Rolle war.«

Wir steigen in den Truck. Cleo wirkt auf dem Fahrersitz wie ein Kind. »Brauchst du ein Buch oder so was zum Draufsitzen?«

»Haha.« Sie startet den Motor und schaltet in den Rückwärtsgang. Fast verschlucke ich mich an meinem Sandwich, als sie aufs Gas tritt. »Das ist aber ein empfindliches Gaspedal.«

Ich hebe die Augenbrauen, als wollte ich sagen: *Wenn du meinst.*

Fünfzehn Minuten später stehen wir zum dritten Mal vor

Chips Haus, doch diesmal wirkt Cleo entschlossen. Wir steigen aus, und ich folge ihr zur Tür seiner Blockhütte.

Sie schiebt den Schlüssel ins Schloss. Als ich die Hand auf ihren Rücken lege, hält sie inne. »Bist du sicher?«

Sie sieht mich an. Wie gern ich sie jetzt küssen und ihr versichern würde, dass ich da bin, wenn sie fällt. »Ich bin sicher.«

Ich lege die Hand auf ihre, und gemeinsam drehen wir den Schlüssel. Der Knauf dreht sich, und die Tür springt auf. Der Geruch von abgestandenem Zigarettenrauch schlägt uns entgegen, doch Cleo scheint es gar nicht zu bemerken.

Sie steht im Eingangsbereich, der quasi auch das Wohnzimmer ist. Vor dem Fernseher stehen ein rot-grün kariertes Sofa und ein dazu passender Sessel. Auf dem Couchtisch neben dem Sessel liegen Zeitungen, obendrauf seine Lesebrille. Auf dem Küchentisch steht eine Vase mit Kunstblumen. Die kleine Küche wirkt ordentlich und gut organisiert. So aufgeräumt war es hier drin noch nie.

»Glaubst du, es ist schon jemand hier gewesen?«, frage ich.

Cleo sieht mich an. »Warst du noch mal hier, nachdem er ins Hospiz gekommen ist?«

Ich schüttle den Kopf.

»Ich war mal hier, als er im Hospiz war, um die Küche aufzuräumen. Aber da war der Küchentisch voller Bücher über Alaska und Flugzeuge.« Sie geht weiter ins Haus hinein. Inzwischen ist ihre Neugier größer als ihre Angst. Sie öffnet den Kühlschrank. Darin befinden sich ein Kuchen und ein Milchkarton. Sie steckt die Hand hinein. »Er ist kalt.« Dann schließt sie den Kühlschrank, öffnet das Gefrierfach und zieht einen Eiswürfelbehälter heraus. »Die sind noch nicht mal ganz gefroren. Seltsam.«

Sie geht nach hinten, wo sich das Schlafzimmer und das Bad befinden. »Das Bett ist auch gemacht. Ich weiß genau, dass ich es nicht war. Ich habe noch darüber nachgedacht, die Bettwäsche zu waschen, habe es aber nicht fertiggebracht.«

Mein Blick fällt auf zwei übereinandergestapelte Behälter auf der Küchentheke. Auf der oberen Box klebt ein Zettel, auf dem in Chips Handschrift »Wichtige Dokumente Box Nummer eins« geschrieben steht. Wie es wohl sein muss, zu wissen, dass man nicht mehr lange auf der Welt sein wird?

Ich habe mich schon oft gefragt, was meine Eltern gedacht haben, kurz bevor das Schneemobil gegen den Baum geprallt ist. Haben sie sich aneinandergeklammert? Haben sie an uns gedacht? Dachten sie darüber nach, ob es wehtun würde? Wussten sie, dass sie sterben würden? Oder kam es aus dem Nichts? Haben sie vielleicht gelacht, und plötzlich war alles vorbei?

In der Lage zu sein, wie Chip Vorkehrungen treffen zu können … Ich weiß nicht, was besser ist. Sosehr ich Chip auch bewundert habe – seine Tochter sucht immer noch ihren Platz in der Welt. Sie hat mit der Beziehung zu ihrem Vater nie Frieden geschlossen. Und jetzt muss sie es tun, indem sie seine Habseligkeiten durchgeht. Versucht man nicht *vor* seinem Tod, die Menschen, denen man Unrecht getan hat, um Verzeihung zu bitten, damit man in Frieden sterben kann?

Cleo kommt aus dem Hinterzimmer. »Irgendjemand ist hier gewesen. Der Badvorleger ist neu und die Handtücher auch.«

»Die sind beschriftet.« Ich deute auf die Kisten.

Sie lässt die Schultern hängen. »Ich verstehe das nicht. Hat er etwa eine Putzkolonne engagiert? Ich bin so verwirrt.« Sie wirkt beinahe enttäuscht, weil sie diese Dinge nun nicht selbst machen kann.

»Willst du die Kisten durchgehen?«

»Ich will wissen, wer noch einen Schlüssel zum Haus hat. Hatte er vielleicht eine Freundin?«, fragt sie. Dann entdeckt sie etwas auf dem Kaminsims und geht hinüber.

Ich kenne das Foto, aber bisher stand es immer im Büro. Es ist eine junge Cleo, die neben einem Flussufer steht und einen Fisch in die Höhe hält, den sie gefangen hat.

Zaghaft berühren ihre Finger den Rahmen. Dann nimmt sie das Bild in die Hand. »Ich erinnere mich noch gut an den Tag. Es war das erste Mal, dass ich einen großen Fisch gefangen habe. Mein Dad hat versucht, mir beizubringen, wie man ihn ausnimmt. Aber ich fand es so eklig.« Sie lächelt traurig. Kopfschüttelnd drückt sie das Foto an ihre Brust.

»Willst du dich setzen?« Ich lege den Arm um ihre Taille, denn sie wird immer blasser.

Sie stellt das Foto zurück auf den Kaminsims. »Denver?«

»Ja?« Ich ziehe sie enger zu mir. Ich will für sie da sein. Egal, in welcher Form sie mich braucht.

»Ich will gehen«, sagt sie leise.

»Okay.«

Wir steigen wieder in meinen Truck, doch diesmal fahre ich.

»Ich finde, das war ein Erfolg«, bemerke ich.

»Ich habe plötzlich keine Luft mehr bekommen«, sagt sie und starrt aus dem Fenster, während ich durch Lake Starlight fahre.

»Du bist bis ins Schlafzimmer gegangen.«

»Nur weil wir wie die drei Bären waren, die herausfinden wollten, wer ihr Porridge gegessen hat.«

»Das ist wirklich seltsam«, erwidere ich. »Vielleicht sollten wir Luther Lloyd fragen.«

Sie reißt die Augen auf, und ich biege ab, um zu seinem Büro zu gelangen. »Er sollte es wissen, oder?«

»Vermutlich.«

Jetzt, da sie die Hoffnung hat, gleich eine Antwort zu bekommen und wenigstens ein Puzzleteil hinzuzufügen, steigt ihre Laune. Cleo mag die Ungewissheit nicht. Und Chips Leben birgt viele Ungewissheiten.

• • •

Zwanzig Minuten später verlassen wir Luther Lloyds Büro ohne Antworten.

Laut Luther hat nur Cleo einen Schlüssel. Keiner sollte ohne ihre Erlaubnis das Haus betreten. Er wollte wissen, ob sie wirklich sicher ist, dass sich irgendwas verändert hat, seit sie das letzte Mal dort gewesen ist. Als wäre sie nicht ganz bei Sinnen. Als wäre sie so sehr in ihrer Trauer versunken, dass sie vergessen haben könnte, dass sie das Bett gemacht und aufgeräumt hat.

»Er hält mich für verrückt«, sagt sie, als wir die Treppe hinuntergehen.

»Ich weiß, dass du nicht verrückt bist.«

»Glaubst du, er hat ... noch ein Kind?«

»Nein!« Aber wie kann ich da so sicher sein? Von Cleo hat er ab und zu erzählt, doch ansonsten hielt er sich mit privaten Angelegenheiten sehr zurück.

»Eine Frau?«

»Nein.«

Ich öffne die Beifahrertür meines Trucks, und sie steigt ein. »Sollen wir die Polizei rufen?«

Ich schließe die Tür, damit ich ein wenig Zeit zum Nachdenken haben. Ich umrunde die Motorhaube. Es ist alles so merkwürdig. Lake Starlight hat nur eine kleine Polizeistation. Vielleicht ziehen wir voreilige Schlüsse. Vielleicht hatte Chip tatsächlich eine Freundin, die aufgeräumt hat und dann aber nicht mehr gekommen ist.

Ich habe mich bereits um die Reservierungen für unseren Trip gekümmert. Morgen reisen wir ab, um Chips Asche zu verstreuen. Ich hoffe, diese neuen Entwicklungen setzen unser Vorhaben jetzt nicht aufs Spiel.

Ich steige ein und starte den Motor. Cleo ist immer noch tief in Gedanken versunken. »Wir fliegen morgen trotzdem. Wenn wir zurückkommen und sich im Haus irgendwas verändert hat, gehen wir zur Polizei.«

Sie nickt. »Okay. Klingt gut. Ich hoffe, es war jemand,

mit dem er sein Leben geteilt hat. Das würde mich sehr glücklich machen, denn ich war eine beschissene Tochter.«

Ich lege die Hand auf ihren Schenkel, ziehe sie aber schnell wieder zurück, denn das überschreitet die Grenze, die wir bisher so gut eingehalten haben. Na ja, wir haben sie ganz okay eingehalten. Eine Eins würde ich uns nicht geben, aber eine gute Drei.

Sie zieht meine Hand wieder zu sich und bedeckt sie mit ihrer. »Das brauche ich jetzt.«

Ich fahre rechts ran, springe aus dem Truck und eile zur Beifahrerseite. Als ich die Tür aufreiße, starrt sie mich an, als wäre ich verrückt geworden. Ich öffne die Arme und winke sie zu mir.

Ohne zu zögern löst sie den Sicherheitsgurt und fällt förmlich in meine Arme. Ich drücke sie fest an mich.

»Wir werden herausfinden, was los ist. Versprochen«, flüstere ich ihr ins Ohr.

Sie weint zwar nicht, doch sie lässt sich gegen mich sinken. Ich könnte sie tagelang so halten. Als sie sich nach ein paar Minuten von mir löst, fühle ich mich leer.

»Jetzt bist du schon wieder nett zu mir.« Lachend klettert sie wieder in den Truck und zieht die Tür zu.

Plötzlich dämmert es mir. Dass ich ihr Leben in Ordnung bringen will. Dass ich sie an erste Stelle setze ... Ich muss ihr dringend mehr Freiraum gewähren, sonst erdrücke ich sie noch. Und dann wird sie abhauen und nie wieder zurückkommen.

Kapitel 23

CLEO

Am nächsten Morgen sind wir zurück bei Lifetime Adventures. Denver belädt gerade das Flugzeug meines Dads. Das einzig Gute daran, dass wir sein Flugzeug nehmen, ist, dass wir dann nebeneinandersitzen können.

»Ich nehme doch ein Zelt mit. Für den Notfall. Dann können wir uns spontan entscheiden«, sagt Denver.

»Okay. Aber die Hütten ... Sind wir ...?«

Er dreht sich um. Ich hatte nichts dagegen, auf seinen Hintern zu starren. »Ja, wir teilen uns die Hütten. Sorry. Ich kann auf dem Boden oder in der Badewanne schlafen. Leider haben wir kein Geld für zwei ...«

Ich hebe die Hand. »Nein, natürlich nicht. Wir lassen uns einfach ein paar neue Regeln einfallen.«

Um ehrlich zu sein, habe ich genug von den Regeln. Nach dem, was Dori gesagt hat, will ich nicht länger leugnen, dass ich Denver mag. Bleibt nur noch die Frage, was er für mich empfindet. Anziehung ist eine Sache. Sich auf jemanden einzulassen, eine andere.

Dass er sich so um mich kümmert, sagt mir eigentlich, dass er nicht nur auf meinen Hintern steht. Aber was, wenn er es nur tut, weil er sich eben gern um andere kümmert? Dann erinnere ich mich an Doris Worte. Will er sichergehen, dass es mir gut geht, weil er mich auch mag? Uff, vielleicht war mein Leben doch besser, als ich noch in Dallas gelebt, die Farm meines Stiefvaters ruiniert habe und mich jeder angesehen hat, als wäre ich nicht gut genug.

»Gib mir rechtzeitig Bescheid, denn ich muss mich mental auf die neuen Regeln vorbereiten.« Seine Augen funkeln frech, und in meinem Bauch breitet sich ein warmes Gefühl aus.

»Hey, ihr zwei.« Nancy betritt den Hangar. »Ich habe euch einen Cold Brew zum Mitnehmen gemacht.« Sie reicht mir eine Thermoskanne, die nicht aussieht, als könnte man sie für heiße *und* kalte Getränke verwenden.

Ich nehme sie entgegen und reiche sie an Denver weiter, damit er sie verstaut. »Vielen Dank.«

»Du bist die Beste«, fügt Denver hinzu.

»Kann ich kurz mit dir sprechen?«, flüstere ich ihr zu, nachdem Denver im Flugzeug verschwunden ist, um die Ausrüstung vorzubereiten.

Skeptisch sieht mich Nancy an, geht dann aber in Richtung Ausgang.

»Wir sind gleich wieder da«, rufe ich.

Denver nickt und winkt.

In sicherer Entfernung bleibe ich stehen. »Ich würde gern das Büro neu gestalten. Nichts Großes. Aber ich will wenigstens zwei Schreibtische für uns besorgen. Ich habe es satt, keinen Platz für meine Beine zu haben.«

Nancy lacht.

»Könntest du …? Bitte sag mir, wenn ich dir zu nahe trete.« Beschwichtigend hebe ich die Hände.

»Cleo, ich sterbe vor Langeweile. Was auch immer es ist. Ich mache es gern.«

Ich kichere. »Danke. Ich hatte gehofft, dass es kein Problem sein würde. Ich habe zwei Schreibtische bestellt. Sie sollten eigentlich passen. Am wichtigsten wäre es, dass die Sachen von meinem Dad wegkommen. Du sollst sie nicht wegwerfen, aber vielleicht steckst du sie in Kartons, und wir gehen sie dann zusammen durch?«

»Klar.« Sie berührt meinen Oberarm. »Wenn ihr zurückkommt, ist alles erledigt.«

»Danke.«

»Es ist großartig, was ihr mit Lifetime Adventures macht. Ihr zwei habt es verdient, die Firma zu eurer zu machen. Ich bin sehr stolz auf euch.«

Ich kann mich nicht mehr daran erinnern, wann das jemand zu mir gesagt hat. »Das bedeutet mir sehr viel.«

Sie schließt mich in die Arme. »Ich hoffe, du bleibst.«

Ich habe noch nicht final entschieden, was ich tun werde. Im Moment nehme ich alles so, wie es kommt. Außerdem ist vieles davon abhängig, wie es mit der Show weitergeht. Alles in Lake Starlight fühlt sich richtig an. Mein Blick fällt auf Denver, der gerade aus dem Flugzeug steigt. Mit ihm fühlt sich auch alles richtig an.

»Mir gefällt es hier«, gebe ich zu.

Nancy löst die Umarmung, hält aber weiter meine Oberarme fest. »Du bist deinem Dad so ähnlich.« Dann deutet sie auf mein Herz. »Pass immer gut darauf auf.« Ihr Blick wandert zu Denver und wieder zu mir. »Ich wünschte, jeder könnte einfach lieben, ohne Spielchen zu spielen.«

»Vielleicht in einer perfekten Welt.« Ich tue, als würde ich nicht begreifen, dass sie Denver und mich meint.

»Bereit, Cleo?«, ruft Denver und wischt seine Jeans ab.

»Ja.«

»Wie viele von diesen hässlichen Retro-Schneeanzügen hast du denn dabei? Dein Koffer war megaschwer.« Er lacht und Nancy auch.

Ich umarme sie noch mal. »Wir sehen uns dann am Montag.«

»Gute Reise.«

Denver kommt zu uns und küsst Nancys Schläfe. »Danke, Nance. Aber du weißt ja, dass ich ein Profi bin.«

»Verfluch uns jetzt nicht«, schimpfe ich.

Vor der Tür bleibt er stehen, bevor er sie aufdrückt. »Wenn man mit mir zusammen ist, gibt es keinen Fluch.«

Nancy schürzt die Lippen und reißt die Augen auf, als wollte sie fragen: *Wie kannst du dich bitte nicht in diesen Mann verlieben?*

Zehn Minuten später sitzen wir im Flugzeug. Jetzt kann ich beobachten, wie Denver das tut, was er liebt, ohne über seine Schulter spähen zu müssen. Wieder schlagen meine Eierstöcke Purzelbäume und beschließen, dass Denver unser Mann Nummer eins ist.

• • •

Wir fliegen in Richtung Norden. Diesmal erzählt Denver viel mehr. Fast, als würde er eine Tour machen. Ich bin immer noch hin und weg, mit welcher Leichtigkeit er das Flugzeug steuert. Er fliegt tief über das Tal zwischen zwei Gebirgszügen und zieht die Maschine wieder nach oben, als würde er sich mit den Bergen und der Landschaft bewegen. Alles wirkt fehlerfrei. Als würde ich auf einer Wolke schweben.

»Hier werden wir die erste Nacht verbringen.« Seine Stimme beruhigt mich wie Honig einen gereizten Hals.

In der Ferne entdecke ich ein paar Hütten. Unter uns liegt ein blauer See. »Da übernachten wir?«

»Ja. Ich dachte, wir sehen uns zuerst die Eishöhle an und essen dann zu Abend.«

»Perfekt.«

Er landet und stellt sich neben die anderen Flugzeuge. Unsere Hütte ist zwar klein, aber gemütlich. Wenn er nicht bei mir im Bett schläft, bleibt ihm nur die Badewanne, denn neben dem Bett ist kein Platz.

»Es ist ziemlich klein«, bemerke ich.

»Ja. So klein hatte ich es gar nicht in Erinnerung.« Lachend verstaut er seine Taschen im Schrank und lässt sich aufs Bett fallen. »So. Dann erklär mir mal die Regeln.«

Bei seinem Anblick ziehen sich mein Herz und auch meine weiblichen Teile zusammen. »Ähm.«

»Bist du auch so müde?« Er wechselt genau in dem Moment das Thema, als ich die Karten auf den Tisch legen will.

Sein T-Shirt ist ein wenig hochgerutscht, die Arme hat er hinterm Kopf verschränkt.

»Nicht wirklich. Aber ich bin auch nicht geflogen. Ich durfte den Flug genießen.« Ich öffne meinen Koffer und nehme meinen Kulturbeutel heraus, um ihn ins Badezimmer zu bringen, damit ich nicht weiter auf Denvers Haarspur starre, die zu seinem Bauchnabel führt.

»Lass uns ein Nickerchen machen«, murmelt er müde.

Komm schon, Cleo. Du hast dir alle Szenarien ausgemalt. Du bist auf alles vorbereitet. Rede einfach mit ihm.

»Ich habe über etwas nachgedacht ...« Ich komme zurück ins Zimmer.

Er schlägt die Augen auf und lächelt. »Du denkst immer über etwas nach.«

»Das stimmt.«

Er tätschelt das Bett, und ich setze mich. »Was ist los? Soll ich lieber im Flugzeug schlafen?«

Ich schüttle den Kopf. »Ich weiß nicht, ob ich mich länger an die Regeln halten will.«

Er setzt sich auf. Ich dachte, er wäre müde, doch da lag ich wohl falsch. Er ist hellwach, seine Augen auf mich gerichtet. »Heißt?«

»Na ja, ich werde nicht mit dir schlafen, ohne dass es etwas bedeutet.«

Er nickt.

»Ach, vergiss es. Das ist dumm. Wie alt sind wir? Dreizehn? Und ich frage dich, ob du mit mir gehen willst?« Ich stehe auf, doch er ergreift meine Hand und zieht mich wieder aufs Bett.

»Mach das nicht«, bittet er.

»Was machen?«

»Ignorier nicht deine Gefühle und das, was du willst.«

Er hält immer noch meine Hand fest. Mein Bauch fühlt sich gerade an wie ein Flipperautomat. Die silberne Kugel rast wild umher und kommt nicht zum Stillstand. »Ich bin nur …«

Er legt den Finger auf meine Lippen. »Rede es jetzt nicht klein. Sag mir einfach, was du willst.«

Als ich nichts erwidere, nimmt er den Finger von meinem Mund und wartet. Jetzt oder nie. »Ich will dich. Aber nicht nur für eine Nacht. Ich weiß, wir sind Geschäftspartner, und es ist eine dumme Idee, sich aufeinander einzulassen. Aber inzwischen kommt es mir noch dümmer vor, dass wir es nicht tun. Dass wir … *das* zwischen uns ignorieren.«

»Und mit *das* meinst du …?«

Ich beiße mir auf die Unterlippe. »Muss ich das jetzt wirklich sagen?«

»Ja.« Er grinst.

Ich schnaube. »Ich will mit dir zusammen sein.« Mit dem Gesicht voran lasse ich mich auf die Matratze fallen. Dafür wird er büßen.

Er dreht mich auf den Rücken, sodass er nun halb auf mir liegt. »Ist das eine Frage?«

Als ich ihn von mir schiebe, fängt er an zu lachen. »Ich fasse nicht, dass du mich gerade gezwungen hast, das zu sagen!«

»Willst du denn nicht meine Antwort wissen?« Er dreht sich auf den Rücken und zieht mich auf sich. Es fällt mir schwer, mich nicht von seinem starken Körper unter mir ablenken zu lassen.

»Ich glaube nicht.« Ich will mich aus seinem Griff winden, doch er hält mich nur noch fester.

Schließlich gebe ich den Kampf auf, und er nimmt mein Gesicht zwischen die Hände. »Ja, Cleo Dawson. Ich will auch mit dir zusammen sein.«

Ich schüttle den Kopf, weil die Situation inzwischen so lächerlich geworden ist. Ich komme mir vor wie eine Idiotin. Doch dann zieht er mich wieder zu sich und streicht mein Haar aus meinem Gesicht. Er sieht mich mit so viel unterdrückter Begierde an, dass ich komplett vergesse, dass ich mich eigentlich gerade schäme.

»Ich mag dich wirklich sehr«, flüstert er, bevor er mich küsst. Unsere Lippen berühren sich nur leicht, doch ich habe das Gefühl, in mir würde sich ein Flächenbrand ausbreiten. »Ich will dich schon so lange.« Diesmal drückt er seinen Mund ein wenig fester auf meinen. »Und nicht nur deinen Körper.« Seine Finger gleiten über meine Rippen. »Dich. Ich will dich. Ich will, dass du mir gehörst.«

Wo kommt diese Seite an ihm denn plötzlich her? Ich sollte nicht allzu viel darüber nachdenken und es einfach genießen, doch als wir uns kennengelernt haben, war er kein Kerl für eine feste Beziehung. Aber ich sehe, spüre und höre, dass er es ernst meint. Also gebe ich mich unserem Kuss hin. Bevor es jedoch zu wild wird, reißt er den Mund von meinem los.

»Ich werde jetzt nicht mit dir schlafen«, flüstert er mir

ins Ohr, bevor sein Mund mit seiner Erkundung fortfährt, seine Zunge vorsichtig tastend. »So gern ich auch würde.«

»Warum nicht?«, presse ich hervor. Ich stehe förmlich in Flammen, und er will das Feuer nicht löschen? Was zum Teufel?

Am liebsten würde ich schreien, dass ich ihm gerade grünes Licht gegeben habe. Das ganze Geflirte. Die sexuellen Anspielungen. Die Berührungen. Die innigen Gespräche. Und jetzt tritt er auf die Bremse?

Er kniet sich auf die Matratze und zupft mein Shirt zurecht. »Weil ich dich jetzt auf ein Date ausführe.«

»Ein Date?« Ich seufze.

Er lacht. »Ja. Zuerst die Eishöhle, dann Abendessen. Und danach gibt es Dessert.«

Ich setze mich auf. »Du genießt das gerade, nicht wahr?«

Er krabbelt auf mich zu und streicht eine Haarsträhne hinter mein Ohr, bevor er mich erneut küsst. »Ich halte mich seit Wochen zurück. Ich will eine Nacht mit dir ohne Regeln. Ich werde dir zeigen, was es bedeutet, mit mir zusammen zu sein.«

Wie kann eine Frau dazu Nein sagen? Denver Bailey ist ein Romantiker? Das wusste bisher nicht einmal Buzz Wheel.

Kapitel 24

CLEO

Denver nimmt die Sache mit dem Date so ernst, dass er sich sogar umzieht und draußen vor der Hütte wartet, während ich mich fertig mache. Wir besuchen eine Eishöhle, es ist also nicht so, als würde ich ein Kleid und High Heels tragen. Ich werde komplett verhüllt sein.

Ich ziehe die engsten Jeans an, die ich dabeihabe, dazu das kurze Sweatshirt, von dem ich sicher bin, dass es ihm gefällt, darunter ein Top. Ich vervollständige das Outfit mit meinem Parka und den Stiefeln, die mir Denver geschenkt hat. Dann schnappe ich mir noch Mütze, Schal und Handschuhe und überprüfe ein drittes Mal mein Spiegelbild, bevor ich die Hütte verlasse. Ein wenig Eyeliner und Wimperntusche habe ich auch noch aufgetragen.

Als ich aus der Hütte trete, unterhält sich Denver gerade mit einem großen Kerl, der einige Jahre älter ist als er. Er sieht mich und winkt, als hätte er mich bereits vermisst. Dann schüttelt er dem Mann die Hand und kommt auf mich zu.

Er küsst meine Wange. »Du hättest für dein Geständnis einen günstigeren Zeitpunkt wählen sollen. Aber ich werde es später umso mehr genießen, dich von den ganzen Schichten zu befreien.«

Hitze überkommt mich von Kopf bis Fuß. Wenn es so mit Denver sein wird, bereue ich schon jetzt, so lange gewartet zu haben.

Ich verlagere das Gewicht auf ein Bein und schiebe die Hüfte vor. »Du hättest mich schon längst daraus befreien können.«

Er setzt mir die Mütze auf den Kopf, wickelt den Schal um meinen Hals und hält mir die Handschuhe hin, damit ich hineinschlüpfe.

»Das ist ja so romantisch«, bemerke ich sarkastisch. Aber das ist es tatsächlich. Ich hätte nie gedacht, dass Denver so aufmerksam ist.

»Warte, bis ich dich in der Eishöhle küsse.« Er wackelt mit den Augenbrauen.

»Versprechungen über Versprechungen«, necke ich ihn. Er hält mir seinen Arm hin, und ich hake mich bei ihm unter. »Du bist mir einer.«

»Du neigst dazu, in meiner Gegenwart hinzufallen.«

Ich verdrehe zwar die Augen, erlaube ihm aber, mich zu führen.

Die Hüttenvermietung hat einen Shuttlebus, der uns zur Eishöhle bringt. Eine halbe Stunde später kommen wir an. Ich muss zugeben, dass ich ein wenig Angst habe. Das blaue Eis ist atemberaubend, aber ich werde gleich einen eisigen

Abgrund betreten, um mir den Kuss zu holen, den mir Denver versprochen hat.

In der Höhle angekommen, bleiben wir abseits der Gruppe stehen und sehen uns um. Meine Angst ist verschwunden. Hier drin ist es ruhig und friedlich. Als würde die Welt da draußen gar nicht existieren. Als würde die Welt hier drin nur uns gehören.

Ich hoffe inständig, dass ich nicht nur eine von vielen Frauen bin, die er hier schon geküsst hat. Dieser Gedanke belastet mich.

Denver schiebt mich in eine abgelegene Ecke und zieht den Schal von meinem Mund. »Es ist wunderschön, nicht wahr?«, flüstert er. Seine Hände liegen auf meinen Hüften, doch durch die vielen Klamotten kann ich ihn kaum spüren.

»Ja«, erwidere ich.

»Aber lange nicht so schön wie du.« Er senkt den Kopf.

Ich hebe meinen, und mein Herzschlag beschleunigt sich. Seine Lippen berühren meine wie eine sanfte Umarmung. Seine Fingerknöchel streichen über meine Wange. Wie kann es sein, dass er so perfekt ist? Ich sage ihm, dass ich mit ihm zusammen sein will, er sagt mir, dass er es auch will, dann weigert er sich, mit mir zu schlafen, und gibt mir in einer Eishöhle einen Kuss, den ich nie vergessen werde.

Seine Zunge gleitet in meinen Mund, und mein ganzer Körper entspannt sich. Ich hatte beim Küssen noch nie das Gefühl, dass meine Beine gleich nachgeben könnten. Aber mit Denver scheint mein Körper zu schmelzen. Er kribbelt von Kopf bis Fuß. Denver nimmt mein Gesicht zwischen die Hände, als wäre ich das Wertvollste auf der Welt. Als seiner Kehle ein leises Stöhnen entweicht, ist es endgültig um mich geschehen. Er hat mir alle Männer verdorben, die nach ihm kommen werden.

Er legt die Stirn an meine, und wir blicken einander tief in die Augen. Ein kleines Lächeln erhellt sein Gesicht.

»Bin ich die Erste?«, bricht es aus mir hervor. Wie dumm bin ich eigentlich, ihm jetzt diese Frage zu stellen?

Denver macht einen Schritt rückwärts. Das Lächeln verschwindet so schnell, als wäre es nie da gewesen. »Ich kann meine Vergangenheit nicht ändern. Das ist dir klar, oder?«

Ich bin so dumm. Warum ist es überhaupt möglich, in solchen Momenten zu sprechen? »Ja, das ist mir klar. Und ich will deine Vergangenheit nicht ungeschehen machen. Du bist, wer du bist, aufgrund deiner Erfahrung. Das war eine dumme Frage. Es tut mir leid.«

Denver nickt.

Doch dann packt mich der Mut. Ich habe das Recht, es zu erfahren. Ich will nicht diesen tollen, einzigartigen Kuss erleben, nur um später herauszufinden, dass er alle Frauen hierherbringt. Ich muss wissen, was das zwischen uns ist.

»Weißt du was? Ich muss es doch wissen. Tut mir leid, wenn es dir nicht passt, aber alles, was ich bisher über dich weiß, gefällt mir sehr. Tatsache ist aber, dass du einen gewissen Ruf hast. Ich muss wissen, warum es bei mir anders ist. Warum du dich so leicht auf eine Beziehung einlässt. Vielleicht, weil es für dich keine große Sache ist und du schon eine Million Frauen hierhergebracht hast.«

Er stößt laut die Luft aus, setzt seine Mütze ab und kratzt

sich den Nacken. »Vielleicht bin ich es zu schnell angegangen.«

»Zu schnell? Bist du verrückt? Ich habe mich dir förmlich entgegengeworfen, und du hast die Handbremse angezogen.«

Denver sieht sich um, denn ich bin ein wenig laut geworden. Dann zieht er mich weiter weg von der Gruppe. »Was soll ich sagen? Bisher hatte ich nur was mit Frauen, ohne eine Verpflichtung einzugehen. Sie wussten alle, was Sache ist, auch wenn einige so taten, als wüssten sie es nicht. Ich habe noch nie zu einer Frau gesagt, dass ich mit ihr zusammen sein will. Ich habe noch nie mit einer Frau eine Eishöhle besucht. Die meisten habe ich nur mit ins Bett genommen. Aber, Cleo ... Ich wollte nicht sofort mit dir schlafen, weil du anders bist. Du hast ein Date in einer Eishöhle verdient und dass wir uns beim Dinner besser kennenlernen. Dass ich mit dir im Bett lande, ohne zu viel getrunken zu haben. Du verdienst die zarten Küsse, die sanften Berührungen, dass ich dich langsam entkleide. Das alles verdienst du. Und das will ich dir auch geben.« Er holt tief Luft, und ich muss gegen meine Tränen ankämpfen. »Du verdienst alles, was ich habe, und noch viel mehr. Ich werde dir alles geben, was ich geben kann, und hoffe, dass es dir genügt.«

Ich schnappe nach Luft, denn ich habe total vergessen, zu atmen. »Es tut mir leid.«

Kopfschüttelnd senkt er den Blick, bevor er mich wieder ansieht. »Es sollte dir niemals leidtun, für dich selbst einzustehen. Das alles hätte ich dir schon heute Nachmittag sagen sollen, als du dich mir so geöffnet hast. Aber Worte sind eine Sache. Ich wollte dir durch Taten beweisen, dass ich nicht der bin, für den du mich hältst.«

Als ich kichere, sieht er mir direkt in die Augen. »Du hast ja keine Ahnung.«

»Wie bitte?« Er klingt beinahe gereizt.

»Ich finde dich perfekt, so wie du bist. Wie du mir mit meinen Problemen bezüglich meines Dads geholfen hast? Du bist schon die ganze Zeit mein Fels in der Brandung. Obwohl dich meine Probleme an den Verlust deiner Eltern erinnern. Und was du für Lifetime Adventures tust ... Du bist der Erste, der morgens da ist, obwohl du am Anfang keine Lust auf Verantwortung hattest. Ich bekomme mit, wie du sogar nachts noch recherchierst. Und jetzt sagst du mir, dass du mit mir zusammen sein willst. Denver, ich sehe, dass du dich geändert hast. Und ich liebe es.«

Er tritt näher und legt die Hände an meine Wangen. »Es liegt an dir. Du hast mich verändert.«

»Denver?«

Er drückt seinen Mund auf meinen. »Ja?«

»Kannst du morgen wieder romantisch sein?«, murmle ich gegen seine Lippen und spüre, wie er lächelt.

»Warum fragst du das?«

Ich ziehe den Kopf zurück und sehe ihm direkt in die Augen, damit er merkt, wie ernst es mir ist. »Weil ich dich brauche. Nur dich und mich und nichts zwischen uns.«

»Alles, was du willst, Prinzessin.«

Dann eilen wir zurück zum Shuttle. Während der gesamten Fahrt können wir nicht aufhören, uns zu küssen.

• • •

Denver steckt den Schlüssel ins Schloss. Wir stolpern in die Hütte und ziehen schnell unsere Mützen, Schals und Handschuhe aus.

Als ich den Reißverschluss meiner Jacke öffnen will, hält er meine Hände fest. »Lass mich das machen.«

Er setzt sich aufs Bett. Er will es langsam angehen lassen. Während er meinen Reißverschluss öffnet, blickt er mir tief in die Augen.

»Mein Lieblingsoutfit«, raunt er, als er mein Sweatshirt sieht. Dann streift er die Jacke über meine Schultern und lässt sie zu Boden fallen.

»Als ich den Pullover das letzte Mal anhatte, hast du besonders viel mit mir geflirtet.«

Er legt den Kopf auf meinen Bauch und schlingt die Arme um mich. Nachdem er meine Jeans aufgeknöpft und über meine Beine gestreift hat, gibt er mir zu verstehen, dass ich den Fuß heben soll. Langsam öffnet er die Schnürsenkel meiner Stiefel und zieht einen nach dem anderen aus.

»Du hast ein bisschen was aufzuholen«, bemerke ich. Er sitzt immer noch komplett angezogen auf dem Bett. Ich entkleide ihn ebenso langsam, wie er es bei mir getan hat.

Als wir beide nackt sind, betrachten wir einander. Ich könnte mir keinen perfekteren Körper als Denvers vorstellen. Lange, sehnige Muskeln, ein Sixpack mit einem perfekten V und eine Haarspur, die zu seiner großen Erektion führt, die nach oben zu seinem Bauchnabel zeigt.

Komischerweise fühle ich mich kein bisschen unsicher.

Im Gegenteil. Er gibt mir das Gefühl, die schönste Frau auf der Welt zu sein. Seine braunen Augen sind noch dunkler als gewöhnlich. Sie glühen nahezu.

Denver zieht mich aufs Bett und küsst mich. Mir fällt auf, dass er auf dieselbe Weise rummacht, wie er einen neckt. Er reizt mich, steigert mit jeder Berührung die sexuelle Spannung zwischen uns. Er steht definitiv auf Brüste. Auch wenn er nie lange an einer Stelle bleibt, kehrt er immer wieder zu meinen Brüsten zurück. Er saugt, knabbert und zupft an meinen Nippeln, bis ich es kaum noch aushalte, mehr von ihm zu bekommen. Ich lasse die Finger durch sein Haar gleiten und drücke mich ihm entgegen.

Er sagt, was er will. Wie ich mir gedacht habe. Anweisungen geben, die Führung übernehmen, um Bestätigung bitten – das ist es, was er tut, um mich an den Rand des Abgrunds zu treiben. Irgendwie ist es vertraut, seinen Körper an meinem zu spüren, obwohl ich ihn überhaupt nicht kenne.

Am besten gefällt mir der Wechsel zwischen schnell und langsam. Zwei Extreme. Nichts dazwischen. Aber genau das ist Denver. Tastend und ziehend oder streichelnd und gleitend. Er hat innerlich zu kämpfen. Dass er Mühe hat, sich zu kontrollieren, macht mich nur noch mehr an.

»Ich muss ein Kondom holen.« Er stemmt sich hoch.

Es ist sofort seltsam, ihn nicht mehr bei mir zu haben. Ich beobachte, wie er in seiner Tasche herumwühlt. »Hast du damit gerechnet, dass wir miteinander schlafen werden?«

Er schnappt sich ein Kondom und krabbelt wieder zu

mir aufs Bett. »Ich habe es gehofft. Zwischen uns ist es in letzter Zeit immer intensiver geworden. Ich wollte vorbereitet sein.«

Ich küsse seinen Hals, und seine kurzen Bartstoppeln kitzeln mich.

»Zum Glück bist du ein Überlebenskünstler«, flüstere ich, als ich seine Spitze an meinem Eingang spüre. »Allzeit bereit.«

»Du kannst dich später bei mir bedanken.« Langsam dringt er in mich ein, Zentimeter um Zentimeter, bis er mich voll und ganz ausfüllt.

Ich umklammere ihn mit Armen und Beinen, fühle mich erfüllter denn je. Und an dieses Gefühl möchte ich mich für immer erinnern können.

Bisher hat mich Denver wie ein kostbares Juwel behandelt, doch jetzt ist er nicht mehr langsam und vorsichtig. Er hat das Gesicht an meinem Hals vergraben und raunt mir liebkosende Worte ins Ohr, während er mich immer wieder stößt. Ich schlinge die Beine fester um seine Taille, kaum noch imstande, meinen Orgasmus zurückzuhalten. Alles passiert so schnell. Schweiß bedeckt unsere Körper. Ich klammere mich an seine Schultern. Es ist, als wären wir eins.

Als meiner Kehle ein ersticktes Geräusch entweicht, hebt er den Kopf. Er muss merken, dass ich fast so weit bin, denn er beginnt, mich schneller zu stoßen, und verändert ein wenig den Winkel, sodass er direkt meinen G-Punkt erwischt. Mein Körper spannt sich an und zieht sich zusammen, während mich eine Mischung aus Erleichterung und

Ekstase überkommt. Laut stöhnend zerspringe ich in eine Million Stücke. Wie Sternenstaub, der durchs All schwebt.

Er beobachtet, wie ich unter ihm meine Erlösung finde. »So verdammt schön.«

Er stützt sich auf die Ellbogen und küsst mich, während er die Geschwindigkeit erhöht. Als er seine eigene Erlösung findet, kommt mein Name über seine Lippen. Das Gefühl seines Gewichts auf mir ist etwas, das für immer bei mir bleiben wird, denn es ist, als hätte es schon immer so sein sollen. Er küsst mich, bis er nicht mehr anders kann, als das Kondom loszuwerden.

Ich gehöre jetzt Denver Bailey – und das sollte mir mehr Angst machen, als es tatsächlich tut. Aber ich hatte noch nie das Gefühl, zu jemandem zu gehören. Und ich frage mich, wie das ist.

Kapitel 25

DENVER

Cleo ist genau so, wie ich sie mir vorgestellt habe, als ich mir mitten in der Nacht einen runtergeholt habe, weil der Druck einfach zu hoch wurde.

»Ich muss gestehen, dass ich eine unserer Regeln gebrochen und beim Masturbieren an dich gedacht habe.« Unter der Bettdecke rücke ich näher an sie heran. Sie spießt ein Stück Steak auf die Gabel und hält es mir vor den Mund.

»Schon okay. Ich habe es auch getan«, erwidert sie grinsend.

Dann sind wir erst mal mit Kauen beschäftigt. Nach zwei Runden haben unsere Bäuche beschlossen, dass wir erst etwas zu essen brauchen, bevor es weitergeht. Also habe ich mich angezogen und einen Teenager, der hier arbeitet, dafür bezahlt, zum nächstgelegenen Restaurant zu fahren, um uns etwas zu essen zu besorgen.

Als ich zurückkam, hat mich Cleo nackt und in sexy Pose auf dem Bett begrüßt, eine von den Kunstblumen aus der Vase auf der Badarmatur zwischen die Zähne geklemmt. Total klischeehaft, aber ich habe sofort das Essen abgestellt und mich auf sie gestürzt. Ich war so kalt, dass sie aufgeschrien und versucht hat, sich herauszuwinden.

Jetzt sind wir beide wieder aufgewärmt und essen nackt im Bett. Ohne Fernseher und Handyempfang habe ich sie ganz für mich allein. Könnte das Leben noch schöner sein?

»Wir hätten das schon vor Wochen tun sollen«, bemerke ich.

Sie spießt ein Stück Bratkartoffel auf, hält mir wieder die Gabel vor den Mund, und ich nehme einen Bissen. »Kann sein. Aber die Warterei hat sich gelohnt.«

»Das sagst du so lässig. Aber ich könnte jetzt genauso gut in der Badewanne pennen.«

Sie grinst kauend. »Ich muss zugeben, dass ich dich lieber bei mir habe als in der Wanne.«

»Das ist mir auch lieber. Ich wollte ein Gentleman sein. Aber verdammt, am Ende des Trips hätte ich wahrscheinlich nicht mehr stehen können.«

Sie lacht, und ihr Kopf landet auf meiner Brust. Ich nutze die Gelegenheit und küsse ihre weiche Schulter. Ich bin überrascht, wie leicht es mir gefallen ist, ihr meine Gefühle zu gestehen. Keine Ahnung, wie mich Cleo so schnell verändern konnte. Doch sie ist die Einzige, die dazu in der Lage gewesen wäre. Aber eins kann ich euch sagen: Ich werde alles tun, was in meiner Macht steht, um sie zu behalten. Das mit uns beiden fühlt sich einfach richtig an.

»Dann hast du ja noch mal Glück gehabt«, erwidert sie.

Ich nehme die Schale und stelle sie auf den Nachttisch. »Du erntest viel Dank in Form von Orgasmen.«

Ich senke ihren Oberkörper auf die Matratze, unfähig, dem Drang, sie unter mir zu spüren, länger zu widerstehen. Wir blicken einander tief in die Augen. Ihr Grinsen verrät mir, dass sie genießt, was gerade zwischen uns passiert. Und ich muss zugeben, dass es echt ganz schön spektakulär ist. Ich kriege nicht genug von ihr. Ich kann nicht aufhören, sie zu berühren, kann es kaum erwarten, zu erfahren, was als Nächstes aus ihrem Mund kommen wird. Ich bin total euphorisch und ertrage den Gedanken nicht, dass es irgendwann vorbei sein könnte.

»Lass uns den Trip vergessen und einfach bis Sonntag hierbleiben«, flüstert sie.

Ich küsse ihre Stirn, ihre Nase, ihren Mund. »Es gibt so viele schöne Orte, die ich dir zeigen will.«

»Okay. Aber ich glaube, die meiste Zeit werden wir sowieso in den Hütten verbringen.«

Leise lachend schiebe ich den Schenkel zwischen ihre Beine. Sie spreizt sie bereitwillig. »Geht klar. Wir könnten eine Nacht im Zelt verbringen. Dann sehen wir mal, ob du lauter bist als die Wölfe.« Sie schlägt mir gegen die Brust, und ich lache erneut. »Du bist tatsächlich laut. Und ich liebe es.«

Mein Schwanz findet sich zwischen ihren Schenkeln wieder, doch leider muss ich den Jungen diesmal enttäuschen, denn ich habe noch etwas zu erledigen. Ich gleite ihren Körper hinab und sauge ausgiebig an ihren Brustwarzen. Ihre Brüste sind unglaublich, und ich lasse mir keine Chance entgehen, sie zu liebkosen. Sanft vergräbt sie die Finger in meinem Haar. Ich bedecke ihren Bauch mit Küssen, arbeite mich immer weiter nach unten und positioniere mich zwischen ihren Schenkeln.

Sie seufzt meinen Namen, als bräuchte ich einen weiteren Anreiz, um ihr zu beweisen, dass mein Mund nicht nur zum Späßemachen gut ist. Ich habe auch eine ziemlich talentierte Zunge.

• • •

Während wir auch noch die Reste des inzwischen kalten Essens verspeist haben, ist es draußen dunkel geworden. Ihr Kopf liegt auf meiner Brust, und mein Zeigefinger streichelt immer wieder über ihre Wirbelsäule.

»Was ist deine Lieblingsfarbe?«, fragt sie.

Wir spielen dieses Spiel, als würden wir uns nach der Hochzeit für eine Greencard bewerben.

»Blau.« Sie nickt. »Lieblingsfilm?«, will ich wissen.

Sie denkt eine Weile nach. »*Der Zauberer von Oz*.«

»Ah, es ist nirgends besser als daheim.«

Sie drückt mich noch fester. »Ja. Ich hatte auch schon immer das Gefühl, nach etwas zu suchen. Ich konnte mich mit Dorothy gut identifizieren.«

Ich streichle ihr seidenes Haar. Es ist genauso weich, wie es aussieht. Dann hebe ich ihren Kopf, damit ich ihr in die Augen sehen kann. »Und jetzt?«

Sie zuckt mit den Schultern. »Ich mag Lake Starlight. Sehr sogar.«

»So sehr, dass du denkst, du könntest dort hingehören?« Es würde mir schwerfallen, nach Dallas zu ziehen. Dort könnte ich meinem Beruf als Buschpilot nicht nachgehen. Aber für sie würde ich es tun.

Dieser Gedanke schockiert mich ein wenig, doch es steigt keine Panik in mir auf.

»Ich fühle mich dort mehr zu Hause als sonst wo. Ob es an dir liegt?«, fragt sie.

»Das hoffe ich irgendwie. Manchmal geht es viel mehr darum, zu wem man gehört, nicht wohin.«

Sie denkt kurz nach, bevor sie auf mich klettert. »Nun, du passt jedenfalls ziemlich gut«, scherzt sie, und ich erkenne sofort, was es ist: ein Schutzmechanismus. »Lieblingsstellung?«

Jep, sie will definitiv das Thema wechseln. Da alles noch so frisch ist, lasse ich es erst mal gut sein. Aber wir haben noch drei Nächte. Bis Sonntag wird sie wissen, wohin sie gehört – zu mir.

Ich streichle über ihre Rippen und lege die Hände auf ihre Hüften. Sie reibt sich an meinem Ständer. »Ich will deine Brüste in meinem Gesicht, während du mich reitest.«

Als sie sich nach vorn lehnt, kriege ich ihren Nippel mit den Zähnen zu fassen und knabbere daran. Seufzend drückt sie sich mir entgegen, und ich sauge mit meinem ganzen Mund an einer Brust, während ich die andere knete. Cleo greift nach einem Kondom auf dem Nachttisch.

Ich muss dringend Nachschub besorgen, doch es gibt Schlimmeres.

...

Ein paar Tage später bedanken wir uns bei unserem Gastgeber Gene und steigen ins Flugzeug. Diesmal fliegen wir zwischen Bergen hindurch und beobachten, wie der tauende Schnee in die Flüsse unter uns stürzt. Die ganze Zeit höre ich über die Kopfhörer ihre »Ohhs« und »Ahhs« und habe Mühe, meinen Schwanz im Zaum zu halten.

Es wird unsere letzte gemeinsame Nacht sein. Obwohl wir schon zwei Packungen Kondome vernichtet haben, will ich sie trotzdem jedes Mal, wenn ich sie ansehe. Doch ich glaube, ihr geht es genauso, denn sie kann auch nicht die Finger von mir lassen.

Ich will nicht zurück in die Realität. Heute werden wir die Nacht im Zelt verbringen. Ich kann es kaum erwarten, ein wenig mit meinen Outdoor-Fähigkeiten zu prahlen. Letztes Mal hat ihr das gefallen.

Wir landen und schlagen unser Camp auf. Als ich das Feuer vorbereite und über die Schulter blicke, sehe ich, wie sie mit Chips Urne in der Hand dasitzt und sie anstarrt. Bisher haben wir seine Asche nicht verstreut.

Ich stochere im Feuer herum, bis eines der Holzscheite so liegt, wie ich es haben will. »Hast du dir schon überlegt, wo wir sie verstreuen sollen?«

»Ich glaube, irgendwo hoch oben.«

»Wenn du willst, können wir während des Flugs ein Fenster öffnen.«

Sie hält nach wie vor die Urne in der Hand. Nicht fest umklammert oder so. Sie hält sie einfach. »Ich habe immer noch das Gefühl, ihn kaum gekannt zu haben.«

Ich setze mich neben sie auf den Baumstumpf, lege den

Arm um ihre Taille und küsse ihre Schläfe. »Du machst dir zu viel Druck.«

»Weil wir ihn für immer hierlassen werden.«

»Glaubst du wirklich, dass er das ist?«

Sie starrt auf die Urne, als würde sie darauf warten, dass er daraus hervorspringt wie einer von diesen Schachtelteufeln. »Nein. Aber warum wollte er, dass *ich* entscheide?«

Ich wünschte, ich könnte ihr eine Antwort geben. »Wir müssen es nicht auf dieser Reise machen. Wir können zurückkommen.«

Sie lässt die Schultern hängen. »Dann wäre alles umsonst gewesen.«

»Ich fand unseren Trip bisher ziemlich toll. Ich hätte nichts gegen eine Wiederholung.«

Sie lächelt. »Vielleicht kann *ich* nächstes Mal fliegen.« Dann stößt sie mir den Ellbogen in die Rippen.

Ich verdrehe die Augen. Sie will lernen zu fliegen – und sie will, dass ich es ihr beibringe. Dagegen habe ich eigentlich nichts. Aber Rome hat mich auch schon mal darum gebeten – und dann haben wir uns auf einer Höhe von zehntausend Fuß in die Haare gekriegt und uns fast geprügelt. Manchmal ist es besser, nicht der Lehrer derer zu sein, denen man nahesteht.

»Vielleicht«, erwidere ich.

»Dann können wir also noch warten?«, fragt sie.

»Wir können warten.« Ich drücke ihr Knie und stehe auf. »Bereit fürs Bett?«

»Wann bin ich jemals nicht bereit gewesen, mit dir ins

Bett zu gehen?« Sie erhebt sich und steckt die Urne zurück in die Kiste. »Wo sollen wir sie aufbewahren?«

»Sorry, aber er kommt nicht mit ins Zelt«, protestiere ich.

»Dann glaubst du also, dass er da drin ist?«, stellt sie mir die Gegenfrage.

»Jedenfalls werde ich nicht mit seiner Tochter vögeln, wenn seine Asche bei uns im Zelt ist.«

Sie lacht, und ich bin froh, dass die Stimmung jetzt wieder lockerer ist. »Im Flugzeug?«

»Jep.« Ich nehme die Kiste und gehe hinüber zum Flugzeug. »Sorry, Chip. Aber irgendwie glaube ich, du wolltest, dass Cleo und ich zusammenkommen. Das habe ich zumindest aus deinem Brief herausgelesen. Falls ich falschliege und du jetzt sauer bist, tut es mir leid. Aber ich gebe sie jetzt nicht mehr her.«

Nachdem ich die Urne im Flugzeug eingeschlossen habe, eile ich zurück zum Zelt, denn ich kann es nicht erwarten, zu Cleo zu kommen. Ich ziehe mich bereits aus, bevor ich überhaupt drin bin. Sie fängt an zu lachen.

»Ich hoffe, du bist nackt da drin.« Ich schließe den Reißverschluss des Zelts und schlüpfe zu ihr in den Schlafsack.

»Von dir habe ich gelernt, immer vorbereitet zu sein.«

Als sie später in meinen Armen liegt, startet sie eine neue Fragerunde. Inzwischen weiß ich ziemlich viel über sie und was sie am liebsten mag. Sie mag Three Musketeers, doch ich habe ihr erklärt, dass das gar kein richtiger Schokoriegel sei. Sie mag pures Schokoeis, was der reinste Hohn ist, wenn es doch Toppings wie Karamellsoße und Nüsse gibt. Ihr liebstes Pastagericht ist Lasagne. Das geht klar. Inzwischen könnte ich einen kompletten Fragebogen über sie ausfüllen. Es gefällt mir, so viel über sie zu wissen.

»Wovor hast du am meisten Angst?«, fragt sie.

Ich schlage die Augen auf, denn ich war schon halb eingeschlafen. Anscheinend kommen jetzt die ernsteren Fragen. Kurz denke ich nach und beschließe, ehrlich zu sein. »Ehrliche Antwort? Ich habe Angst davor, noch einmal so am Boden zerstört zu sein wie damals, als meine Eltern gestorben sind. Ich habe Angst, dass mich jemand verlässt, den ich liebe.«

Sie hebt den Kopf und legt die Hand an meine Wange. Mein Bart ist voller als sonst, weil ich mich nicht mehr rasiert habe, seit wir unterwegs sind. »Ich fasse nicht, dass du so jung warst, als du sie verloren hast. Aber du hast deine ganze Familie.«

Ich nicke. Die Müdigkeit droht, mich zu übermannen. Immer wieder wegdösend, küsse ich ihre Stirn. »Bin gleich weg, Prinzessin.«

»Schlaf ruhig.« Sie küsst meine Brust, und ich ziehe sie enger zu mir. Ich weiß nicht, ob ich träume oder nicht, doch ich könnte schwören, dass sie flüstert: »Ich werde dich niemals verlassen, Denver Bailey. Nicht freiwillig.«

Kapitel 26

CLEO

Wir waren noch keine fünf Minuten in der Stadt, als sich die Neuigkeit von Denver und mir verbreitet hat. Die Gerüchteküche hat schon gebrodelt, als wir weg waren. Es wurde herumerzählt, wir seien auf einem romantischen Trip, obwohl wir in Wirklichkeit die Asche meines Vaters verstreuen wollten. Dass wir es letztendlich nicht getan haben, spielt keine Rolle.

»Buzz Wheel liegt zum ersten Mal falsch.« Phoenix schiebt mir das iPad zu. »In all den Jahren hat es immer gestimmt.«

Ich beiße mir auf die Unterlippe und stehe auf. Denver und ich haben nicht darüber gesprochen, ob wir es den anderen erzählen oder unsere Beziehung lieber verheimlichen sollen.

»Hey, Juno und ich fahren am Wochenende nach Sunrise Bay. Komm doch mit, dann machen wir ein Mädelswochenende.« Phoenix schiebt sich einen Löffel von ihrem Schoko-

Minz-Eis in den Mund. Wieder trägt sie einen Pyjama, obwohl es gerade mal sechs Uhr abends ist.

»Okay, ich werde darüber nachdenken.«

»Und mach dir keine Sorgen. Denver kommt nicht mit. Die Jungs gehen auch aus.«

»Denver trifft sich am Wochenende mit den Jungs?«

»Ja. Kingston und sein Arschloch-Kumpel Owen haben irgendwas geplant. Denver muss wahrscheinlich dafür sorgen, dass die zwei sich nicht in die Haare kriegen.«

Ich schüttle den Kopf. »Wie bitte, was?«

Sie nickt, als wollte sie sagen: *Weißt du das denn nicht?* »Kingston und Owen haben eine merkwürdige Beziehung zueinander. Sind immer im Wettstreit. Sie sind die besten Freunde, aber zwischen ihnen ist schon immer alles ein Wettkampf gewesen.«

»Klingt ziemlich kindisch«, bemerke ich.

»Klar. Es ist ja auch Kingston.«

Kingston ist Denvers einziger Bruder, mit dem ich bisher kaum Zeit verbracht habe. Er scheint nett zu sein, aber ein wenig reserviert. Zumindest mir gegenüber.

»Jedenfalls kommst du mit«, sagt sie und steckt wieder den Löffel in das Eis.

»Wohin mitkommen?« Denver betritt das Zimmer, stellt seine Laptoptasche ab und beäugt das iPad. »Anscheinend hast du auch schon gesehen, dass sie herausgefunden haben, was wir am Wochenende gemacht haben.«

Während er sich eine Flasche Wasser aus dem Kühlschrank nimmt, erstarre ich zur Salzsäule. Doch Phoenix lacht. »Genau. *Du* planst ein romantisches Wochenende? Ich habe Cleo schon gesagt, dass es das erste Mal ist, dass Buzz Wheel falschliegt.«

Mit der Flasche am Mund sieht mich Denver an. Ich versuche, ihm zu verstehen zu geben, dass ich nicht weiß, wie wir mit der Situation umgehen sollen.

»Stimmt, ich bin kein bisschen romantisch. Nicht wahr, Cleo? Während ich in der Hütte übernachtet habe, musste sie im Freien schlafen.« Er sieht mich so durchdringend an, dass ich auf meinem Stuhl herumrutsche.

Phoenix muss die Veränderung in seiner Stimme bemerkt haben, denn sie blickt immer wieder von mir zu Denver und wieder zurück. »Hört auf!«

Ich atme laut aus. »Ich wusste nicht, ob du willst, dass es die anderen wissen«, erkläre ich Denver.

Kopfschüttelnd stellt er die Flasche auf die Küchentheke, schlingt die Arme um meine Taille und küsst meinen Hals. »Natürlich will ich das.«

»Ihr seid zusammen?« Phoenix hat die Augen aufgerissen, und ihr Mund steht sperrangelweit offen.

Sie blickt so ungläubig drein, dass ich lachen muss.

»Warum ist das so schwer zu glauben?« Denver küsst mich auf den Mund. »Ich bin ein ziemlich guter Fang.«

»Cleo ist der gute Fang«, erwidert Phoenix trocken. »Was um alles in der Welt findest du an ihm?«

Denver greift nach der Flasche und bespritzt sie mit Wasser. Sie lacht. Ich muss zugeben, dass es immer wieder lustig ist, ihn mit seinen Geschwistern zu beobachten.

»Hoff lieber, dass sie in Sunrise Bay keinen Besseren findet«, sagt Phoenix.

»Ich habe gehört, du triffst dich am Wochenende mit den Jungs«, bemerke ich. Nicht dass es mich stören würde. Kein bisschen.

Er starrt mich an, als könnte er sich nicht daran erinnern. »Scheiße, ja. Ich habe zugesagt, bevor du mich besprungen hast.«

Ich boxe ihn in den Bauch und verdrehe die Augen.

»Cleo, was muss ich dir bieten, damit du ihm den Sex verweigerst, bis er mich Griffin vorgestellt hat?«, fragt Phoenix.

Ich lache. Dieses Mädchen hat immer einen Hintergedanken. Von hinten schlingt Denver die Arme um mich und drückt mich an seine Brust. Er küsst meinen Hals und wandert hinauf zu meinem Kiefer. »Sorry, aber *sie* ist die Nymphomanin. Nicht ich.«

Hitze überkommt mich von Kopf bis Fuß. Wird es in Zukunft so mit Denver sein? Denn es gefällt mir.

Phoenix knipst ein Foto. »Das schicke ich jetzt an Buzz Wheel.«

»Was?« Ich sehe Denver an. Die Situation droht außer Kontrolle zu geraten.

Doch Denver lässt mich nicht los. »Nur zu. Dann wissen alle Typen, dass sie die Finger von Cleo lassen müssen. Sonst trete ich ihnen in den Arsch.«

Es gefällt mir, dass er sich so auf die Beziehung eingelassen hat. Die lästigen bösen Gedanken, die ich bisher hatte, rücken immer mehr in den Hintergrund.

»Da fällt mir wieder ein, dass wir noch zu meinem Dad müssen«, sage ich. Ich muss mich endlich um das Haus kümmern. Nach der Zeit mit Denver fühle ich mich nun besser vorbereitet. Außerdem müssen wir herausfinden, ob »der Gast« wieder da war.

Er nickt. »Gehen wir. Und unterwegs können wir etwas zu essen besorgen.«

»Hallo?« Phoenix schließt den Deckel ihres Eisbechers. »Mir ist langweilig. Ich komme mit.«

Denver ergreift meine Hand, und ich schnappe mir meine Handtasche. Ich bin ziemlich sicher, dass er mehr machen will, als nur küssen, sobald wir in seinem Truck sitzen.

»Du trägst schon deinen Schlafanzug.« Er wirft einen Blick auf die Mikrowellenuhr. »Um sechs Uhr. Vielleicht solltest du zu G'ma D in die Seniorenresidenz ziehen.«

»Ich bin arbeitslos. Hab ein wenig Nachsicht.« In ihrem Pyjama folgt sie uns, schlüpft in ihre UGGs und zieht eine große Jacke über.

»Du funkst mir total dazwischen«, schimpft er und öffnet mir die Haustür.

Phoenix klettert auf den Rücksitz. »Cleo ist auch *meine* Freundin. Und bald wird sie zur Familie gehören.«

Denver schließt die Haustür ab. Ich weiß nicht, ob ihn das, was Phoenix gesagt hat, irritiert, denn nachdem er in den Truck gestiegen ist, startet er sofort den Motor und fährt los.

»Je schneller wir loskommen, desto schneller sind wir sie wieder los«, sagt er.

Ich grinse, und Phoenix schnaubt auf dem Rücksitz. »Ich

weiß nicht, ob ich länger hier wohnen kann, wenn ihr ab jetzt den ganzen Tag vögelt.«

»Nicht den ganzen Tag. Versprochen«, erwidere ich.

»Aber vielleicht solltest du besser die Augen schließen und nachfragen, bevor du ins Zimmer kommst.« Denver zwinkert mir zu, ergreift meine Hand und drückt sie.

Verdammt, die Schmetterlinge flattern wie verrückt in meinem Bauch umher.

Fünfzehn Minuten später erreichen wir das Haus meines Dads. Mir fallen sofort die Metallsterne auf, die letztes Mal noch nicht vor der Haustür hingen.

»Ähm ...« Ich deute auf sie. Magensäure steigt in mir auf und tötet die Schmetterlinge, die eben noch da waren.

»Ich weiß.«

Phoenix folgt uns zum Haus. »Was ist hier los? Glaubt ihr, Chip hatte eine Affäre?«

Ich reiche Denver die Schlüssel, denn ich habe zu viel Angst.

»Das frage ich mich auch langsam.« Denver dreht den Schlüssel, stößt die Tür auf und knipst das Licht an.

»Die Blumen sind auch frisch«, bemerke ich mit weit aufgerissenen Augen, nachdem ich die Vase auf dem Küchentisch entdeckt habe.

Denver nickt und verschwindet hinterm Haus. Fünf Sekunden später kommt er zurück. »Wir sind allein.«

Ich greife nach der Häkeldecke auf dem Sofa. »Die ist auch neu!«

Phoenix benimmt sich, als hätte sie gerade eine Spinne

gesehen. »Das ist unheimlich. Warum bin ich nur mitgekommen?«

Ich ignoriere sie, denn Denver sagt ihr bereits, dass sie im Truck warten solle. Doch Phoenix erwidert, sie wolle nicht allein gehen.

Auf dem Tisch neben dem Sessel entdecke ich noch etwas. Energisch deute ich darauf.

Denver verdreht die Augen, als würde ich übertreiben. Wenn er meint. Er nimmt das Buch in die Hand – ein Bestseller, der *nach* dem Tod meines Dads erschienen ist.

»Wir müssen die Polizei rufen«, sage ich.

»Und was sollen wir dann sagen? Goldlöckchen saß in meinem Sessel, hat gelesen und Blumen und eine Decke mitgebracht?« Denvers Sarkasmus ist gerade völlig fehl am Platz.

»Nein! Wir sagen ihnen, dass jemand in *mein* Haus eingebrochen ist.« Ich zücke mein Handy und wähle die Nummer der Polizeistation.

Denver stöhnt. »Ich bin am Verhungern.«

»Wir essen danach. Wir müssen jetzt herausfinden, was hier los ist.«

Er plumpst aufs Sofa.

»Denver, steh sofort auf. Fingerabdrücke!«, zische ich.

Doch er bewegt sich nicht. »Wir sind hier nicht bei CSI, Babe. Sie werden nicht nach Fingerabdrücken suchen. Und selbst wenn. Ich glaube nicht, dass sie in ihrer Datenbank einen Einbrecher haben, der das Haus verschönert, während er es ausraubt.«

Phoenix geht im Zimmer auf und ab. »Vielleicht nicht

CSI, sondern *Paranormal Activity*. Wir müssen hier weg.« Sie zittert am ganzen Körper.

»Jetzt beruhigt euch mal«, schimpft Denver.

Endlich geht jemand ran. Sheriff Miller wird auf dem Heimweg später vorbeikommen. So etwas passiert auch nur in einer Kleinstadt. Wären wir in Dallas, stünden schon längst fünf Polizeiwagen vor dem Haus.

• • •

Sheriff Miller lässt sich ganz schön viel Zeit. Denver vertilgt gleich seinen eigenen Arm, weil ich ihm verbiete, im Haus zu essen. Phoenix weigert sich, sich zu setzen, und schlägt die ganze Zeit nach imaginären Dingen, weil sie sich einbildet, eine kühle Brise zu spüren.

Ich öffne die Tür, und Sheriff Miller schlendert herein. »Cleo Dawson, richtig?«

»Ja, Sir. Das ist das Haus meines Dads.«

Er streckt mir seine Hand entgegen, und ich schüttle sie. »Ah, Denver Bailey.«

Träge erhebt sich Denver vom Sofa. »Sheriff.« Er tippt sich an die Schläfe, als würde er einen unsichtbaren Hut tragen. »Haben Sie auf dem Weg hierher noch zu Abend gegessen?«

Ich werfe ihm einen *Was-zum-Teufel-treibst-du-da*-Blick zu.

»Hi, Sheriff. Habt ihr eine Abteilung für paranormale Aktivitäten?«, will Phoenix wissen.

»Hallo, Phoenix. Nein, haben wir nicht.«

Er kommt mir vor wie ein Kerl, mit dem nicht zu spaßen

ist. Er hat die Daumen in seinem Gürtel eingehakt und das Gewicht auf die Fersen verlagert.

»Ich bin diejenige, die angerufen hat. Denver und ich waren letzte Woche schon hier und haben festgestellt, dass einige Sachen umgestellt wurden. Und heute Abend schon wieder. Plötzlich lagen diese Decke und das Buch hier.« Ich deute auf die Gegenstände. »Wir haben mit Luther Lloyd gesprochen. Er meinte, ich habe den einzigen Schlüssel.«

Als ich nichts mehr sage, richtet der Sheriff den Blick auf Denver. »Ihr zwei seid eine Einheit, wie ich gehört habe?«

Ungläubig schüttelt Denver den Kopf. Keine Ahnung, was zwischen den beiden vorgeht. »Ja, sind wir.«

Sheriff Miller sieht mich an und dann wieder Denver. »Spielst du deiner Freundin etwa einen Streich?«

Ich reiße den Kopf zurück. »Er ist doch keine fünfzehn.«

Phoenix lacht, nachdem sie einen Satz nach rechts gemacht und auf eine bestimmte Stelle gestarrt hat.

»Oh, Denver liebt Streiche. Erst vor zwei Jahren hat er mit Rome und Liam ein Auto mit Post-its beklebt und bei Lard Have Mercy ein Plakat aufgehängt, auf dem stand, es sei Keine-Hose-Tag.«

Jetzt lacht Phoenix noch lauter. »Oh, das habe ich wohl verpasst.«

Ich sehe Denver an. Er zuckt mit den Schultern, doch sein Grinsen verrät, dass der Sheriff die Wahrheit sagt.

»Aber mit der Sache hier habe ich nichts zu tun«, versichert Denver.

»Rome?«

»Der ist damit beschäftigt, Kinder großzuziehen. Sie bekommen ein drittes, wissen Sie?«

Der Sheriff lächelt. »Richtet ihnen meine Glückwünsche aus.«

»Klar.«

»Liam?«

»Glauben Sie, Savannah würde ihm so viel Auslauf geben?«

So geht es hin und her, als wäre es ein Spiel, das sie öfter spielen.

Der Sheriff denkt über den Savannah-Kommentar nach und nickt schließlich. »Nun, ich kann höchstens ein paarmal am Tag vorbeifahren und schauen, ob ich jemanden erwische. Ihr könntet Kameras installieren. Fehlt irgendwas?«

»Nur die Kunstblumen, die durch echte Blumen ersetzt wurden«, erwidert Denver und sieht mich an, als wollte er sagen: *Ich hab's dir doch gesagt*.

Der Sheriff beäugt die Tür. »Es wurde nicht gewaltsam eingebrochen. Ich schätze, wer auch immer es ist, hat einen Schlüssel. Denver, ihr solltet das Grundstück bewachen. Du, Rome und Liam habt früher auch immer gern gewartet, bis es spät genug war, um Ärger zu machen. Jetzt könnten euch eure Fähigkeiten von Nutzen sein.« Er sagt es, als würde er es tatsächlich ernst meinen.

Denver lacht leise. »Die Zeiten sind vorbei. Inzwischen habe ich Besseres zu tun.«

Phoenix muss so heftig lachen, dass sie aufhört, ihre Kung-Fu-Schläge zu machen.

Ich sehe Denver mit großen Augen an und frage ihn

schweigend: *Was zum Teufel ist nur los mit dir?* Doch er sieht mich nicht mal an.

Der Sheriff verdreht nur die Augen. »Ich muss jetzt los. Ich werde einen Officer vorbeischicken. Aber denkt mal über Kameras nach. Meldet euch, falls etwas geklaut oder die Tür gewaltsam aufgebrochen wird.«

»Danke, Sheriff«, sage ich, obwohl ich nicht weiß, wofür ich mich überhaupt bedanken soll. Dann begleite ich ihn zur Tür.

»Schön, Sie kennenzulernen, Cleo. Denver. Phoenix.«

»Sheriff.« Denver nickt.

Ich schließe die Tür und beobachte durchs Fenster, wie er in seinen Wagen steigt und davonfährt.

»Können wir jetzt gehen?« Wieder schlägt Phoenix in die Luft und bewegt sich bereits in Richtung Tür.

»Ich bin schon halb verhungert.« Denver ergreift meine Hand. Jetzt fühle ich mich wieder sicher und warm.

»Scheint, als wären der Sheriff und du nicht gerade die besten Freunde?«, frage ich, während Denver die Tür abschließt.

»Nicht unbedingt. Als ich noch jünger war, habe ich ganz schön viel Scheiße gebaut, um ehrlich zu sein.« Er zuckt mit den Schultern, während wir zum Truck gehen. Phoenix sitzt bereits drin.

»Dann bist du also ein Bad Boy?«

Er öffnet mir die Beifahrertür. »Ich kann alles sein, was dich anmacht. Aber ja. Ich war ein ganz schön schlimmer Finger. Wahrscheinlich habe ich es verdient, bestraft zu werden.«

Ich schiebe ihn von mir, und er lacht. Ich weiß nicht, wann meine Wangen zum letzten Mal vor lauter Lachen geschmerzt haben, aber daran könnte ich mich gewöhnen.

Kapitel 27

DENVER

Am Samstagabend sitze ich in Junos und Kingstons Apartment und warte darauf, dass wir endlich losziehen. Das ist doch scheiße. In der Zwischenzeit hätte ich Cleo fünfmal vögeln können. Okay, das ist vielleicht ein bisschen übertrieben.

»Owen wird in ungefähr zehn Minuten hier sein. Dann können wir los«, erklärt Kingston, der gerade aus dem Badezimmer kommt und aussieht, als hätte er sich beim Fertigmachen viel zu viel Mühe gegeben.

»Nur, damit du's weißt. Ich werde heute Abend keinen Streit schlichten. Ihr dürft kein Dart spielen, kein Billard, und ihr dürft auf keinen Fall Wetten abschließen, wer das Mädchen kriegt«, warne ich Kingston, denn ich habe keine Lust, ihretwegen heute Abend im Knast zu landen.

Kingston sieht Colton an, der auf dem Sofa sitzt. Kingston weiß genau, dass es passieren wird. Sie werden sich definitiv in die Haare kriegen.

»Nein, verdammt. Mich brauchst du gar nicht anzusehen«, schimpft Colton. Wie ich hat sich auch Colton mit seinem Outfit nicht sonderlich viel Mühe gegeben.

»Wie ist das Leben als Tierarzt?«, frage ich ihn.

»Wie immer. Und Lifetime Adventures?«

Colton und ich sind zusammen zur Schule gegangen. Da wir nur ein Jahr auseinander sind und er Junos bester Freund ist, ist er für mich wie ein weiterer Bruder.

»Irgendwelche Frauen in deinem Leben?«, will ich wissen.

Er zuckt mit den Schultern. »Eher nicht. Das ist ganz schön schwierig bei meinem Arbeitspensum.«

»Und bei deinem Juno-Pensum. Du verbringst deine gesamte Freizeit mit ihr.« Kingston hebt die Augenbrauen und reicht uns jeweils ein Bier.

Ich lehne ab, denn ich bin heute Abend der Chauffeur. Außerdem will ich nicht besoffen zu Cleo ins Bett krabbeln. Ich werfe einen Blick auf meine Armbanduhr. Vier Stunden maximal.

»Wir sind Freunde«, erwidert Colton abwehrend.

»Mann, du wirst für immer und ewig in der Friendzone bleiben. Das ist dir schon klar, oder?« Kingston nimmt einen Schluck von seinem Bier.

»Das ist für mich in Ordnung.«

»Denver, starrst du deine platonischen Freundinnen auch so an wie Colton Juno?« Kingston hat diesen trockenen Humor, der immer alle zum Lachen bringt.

Lachend schüttelt Colton den Kopf.

»Das habe ich getan. Und jetzt bin ich mit ihr zusammen …« Wieder werfe ich einen Blick auf die Uhr. Drei Stunden und achtundfünfzig Minuten.

»Ganz genau.« Kingston sieht Colton an, als wollte er sagen: *Komm schon. Gib endlich zu, dass du meine Schwester willst.*

Colton dreht die Bierflasche in seinen Händen und wirkt erleichtert, als es laut an der Tür klopft.

»Owen«, sagen wir wie aus einem Mund.

Colton trägt den gleichen Gesichtsausdruck wie ich. »Das ist doch scheiße. Ich würde jetzt lieber was anderes machen.« *Ich versteh dich, Kumpel.*

Owen platzt herein und erzählt die »krasseste Story aller Zeiten«, die ihm gerade auf dem Weg hierher widerfahren ist. Wahrscheinlich übertreibt er total. Ich ziehe mein Smartphone aus der Hosentasche.

ICH: Mach ein Foto von deinen Brüsten und schick es mir.

Die drei Punkte erscheinen. Ich hoffe, die schnelle Antwort bedeutet, dass sie mich genauso sehr vermisst wie ich sie.

CLEO: Zuerst ein Dickpic.

ICH: Willst du mich herausfordern?

CLEO: Ich weiß, dass man dich nicht herausfordern sollte.

Ich stehe auf und gehe in Richtung Badezimmer.

ICH: Wenn du mir zuerst ein Nacktfoto schickst, zeige ich ihn dir in all seiner Pracht.

Kurz darauf schickt sie mir ein Foto von ihren Brüsten, aber mit BH.

Ich packe meinen Schwanz aus und massiere ihn ein wenig, damit er sich von seiner besten Seite zeigt, bevor ich ein Foto knipse und es ihr schicke.

CLEO: Ich weiß nicht, was ich zu einem Dickpic sagen soll.

ICH: Keine Sorge, Babe. Du kannst zuerst sabbern und dann antworten.

CLEO: Ich vermisse dich. Und ihn auch. Sehr.

ICH: Ich vermisse euch auch. Um eins in meinem Bett?

CLEO: Ich werde vor dir da sein.

Als Owen gegen die Tür hämmert, stopfe ich meinen Schwanz zurück in die Hose.

CLEO: Die Mädels rufen schon nach mir. Bis später.

ICH: Wir sehen uns.

Ich öffne die Tür. Owen hat dieses dämliche Grinsen auf dem Gesicht, das ich so sehr hasse. Ich habe keine Ahnung, warum Kingston diesen Typen überhaupt mag.

»Owen.« Ich strecke ihm die Hand entgegen. Er drückt sie so fest, als würde er versuchen, mir die Knochen zu brechen.

Ich werde heute Abend eine Prügelei schlichten müssen. Ich weiß es genau.

»Lass uns gehen. Ich muss dringend raus. Es ist schon Monate her.«

»Was machst du inzwischen?«, frage ich und folge ihm ins Wohnzimmer.

Colton verdreht schon jetzt die Augen.

»Ich habe Lachse geangelt. Aber jetzt führe ich den Betrieb.« Er setzt sich neben mich aufs Sofa. Owen ist breiter und größer als Kingston und alle anderen Baileys, aber lange nicht so gut aussehend.

»Ich dachte, Jed Lear würde die Firma leiten?«, fragt Colton.

Zum Glück kennt Colton jeden in der Stadt. Ich liebe es, dass er kein Problem damit hat, Leute darauf anzusprechen, wenn sie Scheiße labern. Von ihm selbst und Juno einmal abgesehen.

»Ähm, ja, Jed ist noch da. Aber wenn er in Rente geht, übernehme ich den Laden«, erklärt Owen.

»Ist er nicht erst fünfundvierzig oder so?«

Verdammt, ich liebe Colton.

Owen ringt nach einer Antwort und fängt an zu stottern. »Wie auch immer, Stone. Hast du Juno endlich gefickt?«

Colton springt auf.

Kingston tritt vor ihn und legt die Hand auf seine Brust. »Hey! So redest du nicht über meine Schwester«, warnt er Owen.

»Das würde ich aber auch sagen. Bei Liam und Savannah hat keiner so eine Scheiße von sich gegeben.« Ich funkle Owen böse an.

Owen lacht, doch Colton sieht aus, als würde er gleich durchdrehen.

»Das ist es nicht wert«, raune ich, und Colton lässt von Owen ab. »Lasst uns endlich gehen.«

»Gute Idee«, murmelt Colton.

Je schneller wir loskommen, desto schneller bin ich wieder zu Hause.

Nachdem alle ihr Bier geleert und die Flaschen weggeworfen haben, legt Owen die Hand auf meine Schulter. »Ich habe gehört, du bist inzwischen sesshaft geworden? Früher hast du eine nach der anderen geknallt, und jetzt lässt du dich festnageln? Die muss ich unbedingt kennenlernen. Sie muss eine Granate sein im Bett.«

Ich sehe Kingston an, und er zuckt mit den Schultern. Inzwischen stehen sie sich nicht mehr so nahe wie früher. Ich weiß nicht, ob es zwischen ihnen jemals wieder so sein wird wie vor der Highschool, als sie sich um Stella gezofft haben.

»Das geht dich einen Scheiß an«, erwidere ich. »Und wenn ich herausfinde, dass du dich mit ihr unterhalten hast, versohle ich dir so den Hintern, wie es Kingston noch nie getan hat.«

Wir verlassen Kingstons Apartment und fahren in Richtung Innenstadt.

Owen hebt die Hände. »Meine Güte, die scheint es dir ja richtig angetan zu haben.«

Ich erwidere nichts, denn ich weiß, wie gern Owen provoziert. Bei Kingston mag das vielleicht noch funktionieren, aber ich werde ihm diese Genugtuung nicht geben.

• • •

Wir landen in einer neuen Bar in Sunrise Bay namens The Merry Moose. Es ist fast wie das Lucky's, nur doppelt so groß, was bedeutet, dass es noch mehr Dartscheiben und Billardtische gibt, von denen ich Kingston und Owen fernhalten muss.

Colton und ich setzen uns an einen Tisch. Ich würde ihn gern mit jemandem verkuppeln. Ich bin ja jetzt vergeben, er aber nicht. Eigentlich sollte er mit Owen und Kingston abhängen und versuchen, Frauen abzuschleppen. Aber es liegt nicht an mir, ihm das zu sagen. Und falls Juno ihn doch mag, wäre das ein ganz schön mieser Zug von mir, ihrem Bruder.

»Wie läuft's mit Lifetime Adventures?«, fragt er.

Ich nicke. »Es wird langsam. Wir warten, bis der Deal für die Sendung durch ist. Sie zeigen die Folge, die wir mit Griffin Thorne gedreht haben, jetzt einem Testpublikum. Wenn es den Leuten gefällt, haben wir grünes Licht für fünf weitere Episoden. Das wäre dann der Lückenfüller zwischen zwei Staffeln. Und dann sehen wir weiter.«

Was die Finanzen der Firma angeht und die Tatsache,

dass wir die Show nur des Geldes wegen machen, sind Cleo und ich bisher sehr diskret gewesen. Wir wollen nicht, dass Chip in Verruf gerät.

»Das ist ja großartig. Ich glaube, ich muss mal eine Tour bei euch buchen. Langsam werde ich neugierig.«

Ich würde ihm gern sagen, dass er sich eine Frau zum Vögeln suchen soll, das würde sein Leben um einiges interessanter machen. Aber wieder die Sache mit Juno. »Wirst du irgendwann die Praxis von Dr. Murray übernehmen?«

»Wahrscheinlich. Ich kann sie ihm auf Raten abkaufen. Das wäre wohl am besten.« Er führt die Flasche an den Mund.

»Aber?«

Schulterzuckend nimmt er einen Schluck von seinem Bier. »Wie ich schon sagte. Ich habe eine gewisse Unruhe in mir.«

»Denkst du darüber nach, Lake Starlight zu verlassen?«

Kurz schweigt er. »Bitte sag es nicht Juno. Aber ich habe darüber nachgedacht.«

Jeder denkt, er würde niemals wegziehen, weil Juno ihre Firma hier nicht aufgeben würde. Aber wer weiß? Es wäre dumm von ihr, ihre Partnervermittlung in eine andere Stadt zu verlegen. Sie müsste noch einmal ganz von vorn anfangen. Außerdem hat sie gern ihre Familie um sich. Und jetzt, da Rome und Harley noch ein Kind bekommen und Austin und Holly bestimmt auch bald folgen werden, wird sie sicher nicht gehen wollen.

»Ich werde nichts sagen.«

Die Kellnerin tritt an unseren Tisch und stellt Colton einen Drink hin. »Von der Brünetten an der Bar.«

Colton blickt auf, um zu sehen, von wem sie spricht. Die Frau ist hübsch. Das mit dem Drink überrascht mich. Sie wirkt eher wie das Mädchen von nebenan, nicht wie eine, die die Initiative ergreift.

Colton nickt lächelnd und hält den Drink in die Höhe. »Ich sollte mich bei ihr bedanken.« Er rutscht vom Barhocker.

»Ja.« Ich beobachte, wie er auf sie zugeht. Falls Juno ihn will, sollte sie sich beeilen, denn er wird nicht ewig auf sie warten.

Ich lasse den Blick durch die Bar schweifen. Kingston und Owen sitzen am Tisch eines Junggesellinnenabschieds. Owen schmeißt sich an die zukünftige Braut ran, deren Schleier und Krönchen mit Penissen übersät sind. Kingston ist ein wenig abseits mit einem anderen Mädchen beschäftigt. Unsere Blicke treffen sich, und er gibt mir mit einem Nicken zu verstehen, dass ich rüberkommen soll. Aber ich habe keine Lust, den Abend mit betrunkenen Frauen mit Plastikpenissen zu verbringen. Die Zeiten, in denen ich an den Lutschern von Junggesellinnen geleckt habe, sind vorbei – es sei denn, es handelt sich um Cleo.

Ich nippe an meiner Limo und denke darüber nach, ihr noch mal zu schreiben. Aber ich will nicht der Freund sein, der sie nie in Ruhe lässt.

»Denver Bailey.« Die Stimme klingt vorwurfsvoll. Wahrscheinlich gehört sie zu einer Frau, die ich mal gevögelt und nie angerufen habe.

Ich drehe mich um. Jep, ich habe sie gevögelt. Und zwar immer wieder über zwei Jahre hinweg. »Polly McAlister.«

Ohne auf eine Aufforderung zu warten, schnappt sie sich einen Barhocker, setzt sich zu mir und stellt ihren Drink mit Schirmchen darin auf den Tisch. Sie lebt in Greywall. Ab und zu begegnen wir uns zufällig. Und ab und zu hatten wir dann was miteinander. So bekifft, wie sie mich ansieht – als wäre ich ein reich gedecktes Büfett –, denkt sie wohl, wir könnten es heute Abend wiederholen.

Nein, können wir nicht. Zu schade – für sie.

»Ist das nicht dein kleiner Bruder?« Sie deutet auf Kingston.

Ich nicke. Es ist irgendwie traurig, aber manche Leute scheinen eine Schwäche für uns Baileys zu haben. Sie schenken uns Aufmerksamkeit wegen der Firma und der Tatsache, dass unsere Eltern gestorben sind. Beschissener Grund. Manchmal drücken sie auch ein Auge zu, wenn wir Scheiße bauen, weil sie Mitleid haben. Wahrscheinlich denkt sie gerade darüber nach, sich jetzt an meinen Bruder ranzuschmeißen.

»Er ist heiß. Was macht er noch mal?«

Jetzt stellt mich Kingston in den Schatten. »Im Herbst und Winter ist er Feuerwehrmann. Und im Frühling und Sommer Feuerspringer.«

Ihre Augen beginnen zu leuchten. Sie mustert ihn von oben bis unten und leckt sich förmlich die Lippen. Dann legt sie die Hand auf meinen Schenkel und lehnt sich weiter zu mir. »Er sieht ja ganz gut aus, aber ich bevorzuge Piloten. Die wissen, wie man steuert.«

Ganz schlechte Anmache.

Ich nehme ihre Hand und lege sie zurück in ihren Schoß, als mir von hinten jemand die Augen zuhält. Doch statt etwas zu sagen, senkt die Person die Hände und schnappt nach Luft.

Ich schließe die Augen, denn ich weiß genau, wer es ist.

Kapitel 28

CLEO

Ich nehme sofort die Hände von Denvers Augen, als ich seine Hand auf ihrem Schenkel sehe.

»Wer ist das?«, fragt die Frau in einem Ton, der mir sagt, dass *ich* hier der Eindringling bin.

Denver dreht sich auf seinem Hocker, steht auf und legt den Arm um mich. »Das ist meine Freundin, Cleo.« Er will meinen Hals küssen, doch ich weiche zurück. Er stöhnt genervt.

Es ist mir scheißegal, was er gerade denkt. Mich würde interessieren, wie *er* sich fühlen würde, wenn *ich* die Hand auf dem Bein eines anderen hätte.

»Freundin? Seit wann?«, fragt sie abfällig.

»Hör zu, Polly«, erwidert er, die Hand noch immer auf meiner Hüfte. »Ich wollte es dir gerade erzählen. Wir sind seit …«

Ich rechne nach. Wie lange sind wir schon ein Paar? Neun Tage. Soll das etwa seine Antwort sein?

»Wir sind seit einer Weile zusammen. Ich gehöre jetzt zu ihr.«

Polly mustert mich von Kopf bis Fuß, schlürft den Rest ihrer Zuckerbombe und rutscht vom Hocker. »Du weißt, wo du mich findest, wenn das hier vorbei ist.« Mit dem Zeigefinger deutet sie zwischen uns hin und her.

Denver drückt mich fester an sich. Ich weiß nicht, ob er es nur tut, weil Polly nicht glaubt, dass er treu sein kann. »Es wird nie vorbei sein.«

Doch diesmal ziehen seine Sprüche nicht. Polly schenkt ihm den gleichen Blick wie ich. Ein Blick, der sagt, dass er verrückt ist.

»Bitte entschuldigt mich«, sage ich, bevor sie die Möglichkeit hat, als Erste zu gehen.

Ich suche nach Juno oder Phoenix, um ihnen zu sagen, dass ich mir ein Uber rufen und nach Hause fahren werde. Ich finde Juno allein an einem Tisch sitzend vor und drehe mich um, um ihrer Blickrichtung zu folgen. Colton sitzt plaudernd und lachend mit einer Brünetten an der Bar. Wahrscheinlich weiß er nicht mal, dass Juno hier ist.

»Cleo.« Denver kommt auf uns zu. »Es war überhaupt nichts. Ich wollte dir gerade schreiben.«

»Wie praktisch.«

»Was ist los?« Juno setzt das Glas an die Lippen und leert ihren Drink, ohne den Blick von Colton abzuwenden.

»Scheint, als hätten sich Denver und Colton zwei Bräute klargemacht«, erwidere ich verbittert.

»Mein Gott.« Denver stöhnt. »Das entspricht nicht mal annähernd der Wahrheit.«

»Ich fahre jetzt zurück nach Lake Starlight. Willst du mitkommen?«, frage ich Juno.

»Ich bringe euch nach Hause«, knurrt Denver.

»Nein, ich glaube, ich bleibe noch ein bisschen.« Sie gleitet von ihrem Hocker, fährt sich durch das Haar und schlendert auf ein paar Jungs zu, die gerade Dart spielen.

»Das wird nicht gut enden.« Denver setzt sich und zieht mich auf seinen Schoß. »Hör zu.«

Stur wende ich den Blick ab.

Er legt die Hände an meine Wangen und dreht meinen Kopf zu sich. »Ich will weder Polly noch irgendeine andere Frau hier. Ich habe die Minuten gezählt, bis ich dich wiedersehe. Wenn du mir nicht vertraust, wird das zwischen uns niemals funktionieren.«

Ich weiß, dass er recht hat. Als ich ihn mit ihr gesehen habe, habe ich versucht, mir einzureden, dass es nichts zu bedeuten hat. Denver kennt viele Leute. Sie könnte eine Freundin von der Highschool sein. Deshalb bin ich auf sie zugegangen. Doch seine Hand auf ihrem Bein hat mich komplett aus der Bahn geworfen.

»Sie hat die Hand auf meinen Schenkel gelegt, und ich habe sie weggenommen. Du bist zum schlechtesten Zeitpunkt aufgetaucht.«

»Aber ...«

Er schüttelt den Kopf. »Es gibt kein Aber. Ich bin verrückt nach dir. Für mich ist das eine völlig neue Situation. Aber das, was wir haben, würde ich niemals wegen irgendeiner Bartussi aufs Spiel setzen. Bei einer anderen würde ich nicht mal mehr einen hochkriegen.«

Ich hebe eine Augenbraue, und er lacht.

»Ich meine es todernst. Bis du gekommen bist, war er total schlaff.« Er nimmt meine Hand und legt sie auf seinen Schritt. Typisch Denver. »Gib ihm ein bisschen Zeit. Er traut sich gerade nicht richtig, weil er um sein Leben fürchtet.«

Ich kann mir das Kichern nicht verkneifen. »Wie kommt's, dass er immer Bestandteil unserer Gespräche ist?«

»Er und sie«, er beäugt meine Brüste, »sind Schlüsselfiguren in unserer Beziehung.«

Ich nicke. Das ist ein ziemlich überzeugendes Argument. »Solltest du mich je betrügen, wird es kein ›er‹ mehr geben. Das ist dir klar, oder?«

»Ist notiert.« Als er aufsteht, überragt er mich bei Weitem. »Lass uns nach Hause fahren. Dann gibt's Versöhnungssex.«

Ich schlinge die Arme um seinen Hals und schmiege mich an ihn.

»Du hast keine Ahnung, wie sehr ich dich vermisst habe. Dabei waren es gerade mal zwei Stunden«, raunt er.

Ich lache gegen seinen Hals. Mir ging es genauso, als ich mit den Mädels zusammen war. Als sie vorgeschlagen haben, ins The Merry Moose zu gehen, habe ich absichtlich nicht erwähnt, dass die Jungs auch dort sein würden, weil ich Denver vermisst habe und ihn sehen wollte.

»Komm. Ich muss mich noch von den Jungs verabschieden.« Er streicht über meinen Arm und verschränkt unsere Finger ineinander. Hand in Hand verlassen wir den Tisch.

Als wir den hinteren Teil der Bar erreichen, hören wir Gezanke.

»Du hast nicht gewonnen«, schimpft Kingston, der neben dem Billardtisch in der Ecke steht.

»Fuck.« Seufzend lässt Denver meine Hand los und geht hinüber zu seinem Bruder.

»Ich habe sehr wohl gewonnen.« Owen hängt schon förmlich in Kingstons Gesicht.

»Du hast die Acht gestreift«, erwidert Kingston.

»Ich habe die Vier gestreift. Wie viel hast du schon gesoffen?«

Sie sind beide angetrunken und streiten sich darüber, wer die verdammte Runde gewonnen hat. Meiner Meinung nach geht es hier um etwas ganz anderes, aber anscheinend will es niemand ansprechen.

»Komm schon.« Denver legt die Hand auf Kingstons Arm, doch der schiebt sie weg. »Das ist es doch nicht wert.«

Kingston nimmt einen Schluck von seinem Bier und bespuckt Owen damit. »Du bist ein verdammtes Arschloch. Das bist du schon immer gewesen.«

»Kingston Bailey, der eifersüchtige Penner aus Lake Starlight, der es nicht geschafft hat, das Einzige zu bekommen, was er wirklich will. Du wirst nie darüber hinwegkommen, dass sie *mich* wollte.« Er deutet auf seine Brust, als wollte er, dass man ihm einen Orden verleiht. Doch den hat er nicht verdient. Es sei denn, es steht »Weltgrößtes Arschloch« darauf geschrieben.

Colton taucht aus dem Nichts auf und zieht Kingston beiseite.

Doch Kingston wehrt sich. »Sie hat dich abserviert. Vergiss das nicht.«

Denver drängt Owen zurück, der erwidert: »Sie ist mir scheißegal. Tatsache ist, dass sie sich für *mich* entschieden hat. Das nagt seit Jahren an dir. Wie könnte sie nicht den Prinzen von Lake Starlight wollen, nicht wahr? Den Star am Baseball-Himmel. Einen Bailey-Bruder.«

Owen drängt nach vorn. Denver und Colton stoßen mit den Rücken aneinander.

»Du denkst, ich wäre eifersüchtig? Du bist schon dein ganzes Leben lang auf *mich* eifersüchtig gewesen. Du wolltest sie nur, damit ich sie nicht kriege. Was für ein bester Freund bist du eigentlich?«

»Sie ist damals zu mir gekommen, Bailey. Schon vergessen?«

Colton stößt Kingston erneut zurück. Phoenix und Juno helfen ihm, indem sie jeweils einen Arm packen.

»Wir gehen jetzt. Los.« Denver schiebt Owen in Richtung Tür. »Ich kümmere mich um Owen, du dich um Kingston, Juno.«

»Alles klar.«

Anscheinend wird The Merry Moose seinem Namen nicht gerecht, denn von uns ist jetzt keiner mehr fröhlich.

• • •

»Ich verstehe nicht, warum wir ihn nach Hause gefahren haben, wenn wir ihn doch gar nicht mögen«, bemerke ich, nachdem wir Owen abgesetzt haben.

»Weil er quasi zur Familie gehört«, erwidert Phoenix.

»Morgen vertragen sie sich wieder. Es ist ein Teufelskreis bei den beiden.«

»Wer ist das Mädchen, von dem sie gesprochen haben?«, will ich wissen.

Denver blickt Phoenix über den Rückspiegel an.

»Ich glaube, du hast sie noch nicht kennengelernt«, antwortet Phoenix. »Ihrer Mom, Selene, gehört das Cozy Cottage B & B. Aber ihre Tochter, Stella, wohnt mittlerweile nicht mehr hier. Sie ist woanders zur Schule gegangen und nicht mehr zurückgekommen. Die meisten glauben, dass es an der Situation zwischen den dreien liegt. Eine typische Geschichte. Zwei beste Freunde, die in dasselbe Mädchen verliebt sind.«

»Dafür, dass es so lange her ist, verhalten sich die beiden aber ziemlich aggressiv.«

»Alkohol und Egos passen nun mal nicht zusammen. Es ist besser, wenn Kingston im Frühling und Sommer Buschbrände löscht und nicht mit Owen zusammen ist«, meint Denver.

»Wie traurig.«

Keiner der beiden erwidert etwas. Die Sache schien damals ziemlich schlimm gewesen zu sein, also lasse ich das Thema lieber ruhen. Wenige Minuten später sind wir wieder zu Hause und ziehen unsere Jacken und Schuhe aus.

»Gute Nacht, Phoenix. Ich muss mich jetzt bei Cleo entschuldigen«, sagt Denver und ergreift meine Hände.

»Igitt! Zu viel Info, Bruderherz.«

»Benutz heute Nacht lieber deine Ohrstöpsel.« Lachend schleppt er mich die Treppe hoch. In seinem Zimmer angekommen, drückt er mich mit dem Rücken gegen die Tür. »Es wird keine Jungs- und Mädelsabende mehr geben, bis wir genug voneinander haben.«

Ich schlüpfe unter seinem Arm hindurch. »Du wirst also irgendwann genug von mir haben, ja?«

Er tritt hinter mich und schiebt die Hände unter mein Shirt. »Nein, aber du von mir.«

Er beginnt, meinen Nacken mit Küssen zu bedecken, und ich drehe mich in seinen Armen zu ihm um. »Wolltest du dich nicht bei mir entschuldigen?«

Er zieht mir das Shirt über den Kopf und wirft es zu Boden. Seine Lippen treffen auf meine, und seine Zunge gleitet in meinen Mund, während er nach hinten greift und meinen BH öffnet.

»Von denen werde ich niemals genug bekommen«, raunt er und umfasst meine Brüste.

Nachdem wir uns komplett ausgezogen haben, schubse ich ihn auf die Matratze. So, wie er dreinblickt, weiß er genau, was jetzt kommt. Vor dem Bett sinke ich auf die Knie.

Er stöhnt. »Nicht heute. Ich will in dir sein.«

»Das kannst du später immer noch.«

Ich umfasse seine harte Länge und lasse die Zunge um seine Spitze kreisen, bevor ich ihn komplett in den Mund nehme.

Er vergräbt die Finger in meinem Haar und macht kehlige Geräusche, die mich nur noch heißer machen. Ich will, dass er an heute denkt, wenn er das nächste Mal masturbiert. Wie ich ihm einen blase. So, wie es wirklich ist. Nicht, wie er es sich vorstellt. Ich will, dass ihn die Realität erregt.

Ich massiere ihn, während ich sauge und lecke. Dann nehme ich ihn so tief wie möglich in den Mund und blicke zu ihm auf. In seinen Augen liegt pure Verzweiflung.

»Scheiße, Baby.« Er streicht mir eine Haarsträhne hinters Ohr.

So etwas Intimes hätte ich nicht erwartet, während ich ihm einen Blowjob verpasse. Jetzt komme ich mir dumm vor, weil ich ihm heute Abend nicht vertraut habe. Er hat nichts getan, was mich an ihm zweifeln ließe. Es ist lediglich sein Ruf, der mir Angst macht. Aber Menschen können sich ändern.

»Ich komme gleich«, presst er hervor.

Ich lasse weiter die Zunge um ihn kreisen und nehme ihn tiefer in den Mund, während ich ihn reibe. Er zieht fester an meinem Haar und stößt die Hüften nach oben. Sein ganzer Körper verspannt sich, kurz bevor er in meinem Mund kommt. Ich schlucke, und ihm entweicht ein langes, zufriedenes Stöhnen.

Nachdem er sich einigermaßen gefangen hat, packt er meine Arme und zieht mich zu sich aufs Bett. »Jetzt bin ich dran.«

Er bedeckt meinen Oberkörper mit Küssen. Bereitwillig spreize ich die Beine, um seinen breiten Schultern Platz zu machen. Jetzt bin ich diejenige, die seufzt und deren Körper sich verspannt, bis sie kommt. Ich muss aufpassen, dass ich Denver nicht zu schnell verfalle. Doch als wir nackt ins Bett schlüpfen, wie wir es bisher jeden Abend getan haben, seit wir zusammen sind, wird mir eins bewusst: Es ist zu spät. Ich bin ihm bereits hoffnungslos verfallen.

Kapitel 29

DENVER

Als ich am Montagmorgen ins Büro komme, lehne ich mich gegen den Türrahmen und begutachte, was sich verändert hat. Cleo lacht.

»Jetzt hat jeder seinen eigenen Schreibtisch, was?«, frage ich.

Als wir von unserem Trip in den Norden zurückgekommen sind, hatte Nancy bereits Chips Sachen aussortiert. Irgendwie hat sie es sogar geschafft, den Zigarettengestank loszuwerden.

Jetzt wirkt das Büro ganz anders. Wir haben nun zwei Schreibtische, die sich gegenüberstehen. Ihrer ist weiß, meiner dunkelgrau. Auf ihrem steht eine Blumenvase, auf meinem eine Uhr. Die Wände wurden hellgrau gestrichen, und an der Wand hängt eingerahmt Chips alte Landkarte des Denali-Nationalparks.

»Hier hast du deinen Muffin, du kleine Planerin.« Ich beuge mich herab und küsse sie.

»Ich habe gehört, die Muffins seien heute heiß begehrt gewesen«, murmelt sie gegen meine Lippen.

»Kein Wunder, wenn man bei Sweet Suga Things zwei zum Preis von einem bekommt.«

Lachend schlingt sie die Arme um meinen Hals. »Ich habe getan, was ich konnte. Bedank dich lieber bei Nancy. Sie hat die Wände gestrichen und die Bilder aufgehängt. Phoenix und Kingston haben gestern gemeinsam die Schreibtische aufgebaut. Ich musste also lediglich ein bisschen dekorieren heute Morgen.«

»Und hat es sich gelohnt, dafür nicht deinen morgendlichen Orgasmus zu bekommen?« Ich küsse sie erneut. Ich muss mich so weit herunterbeugen, dass mir der Rücken schmerzt, aber das ist es allemal wert.

Sie wirft einen Blick auf die Uhr. »Es ist immer noch Morgen.«

Ich trete die Tür zu, packe sie und setze sie auf den Schreibtisch. »Hoffentlich hat Kingston deinen Tisch zusammengebaut und nicht Phoenix.«

Sie spreizt die Beine, um mir Platz zu machen. Ich küsse ihren Hals und schiebe die Hände unter ihr Shirt. Ich kann es kaum erwarten, bis es wärmer wird. Dann muss ich ihr nicht jedes Mal so viel ausziehen. Ich will gerade den Verschluss ihres BHs öffnen, als das Telefon klingelt.

Soll Nancy rangehen. Ich muss jetzt das neue Büro einweihen. Unser Büro. Langsam fügt sich alles zusammen. Dass Cleo das Büro umgestaltet hat, bedeutet bestimmt, dass sie bleibt. Dass es keine Option mehr ist, nach Dallas zurückzukehren.

Das Telefon auf Cleos Schreibtisch beginnt zu vibrieren, und sie drückt den Knopf. »Hey, Nancy.«

Enttäuscht fällt mein Kopf auf meine Brust.

»Cleo, Selma ist am Apparat.«

Ich lehne mich zurück. Cleo sieht mich an, als würden wir gleich das Ergebnis eines Schwangerschaftstests erfahren. Der Zeitpunkt ist gekommen. Gleich werden wir wissen, ob wir die Firma retten können.

Ich setze mich auf den Bürostuhl und ziehe sie auf meinen Schoß.

»Stell sie durch«, erwidert Cleo und küsst meine Wange. »Falls es nicht klappt, werden wir eine andere Lösung finden.«

Ich nicke. Ich bin froh, dass sie so optimistisch ist, aber ich weiß nicht, ob wir die Firma länger halten können, wenn das mit der Show nicht klappt. Wir brauchen das Geld, um Werbung zu machen, neue Ausrüstung zu kaufen und neue Touren anbieten zu können.

Aber dass ich sie bei mir habe, macht es einfacher. Selbst wenn wir jetzt schlechte Neuigkeiten bekommen.

»Selma?«, melde ich mich über den Lautsprecher. »Wie geht's dir?«

»Hey, ihr zwei. Uns geht's gut. Tommy und Glen sind auch hier. Seid ihr beide da?«

»Hi, Leute«, sagt Cleo.

Sie erwidern die Begrüßung.

»Nun, fangen wir damit an, dass ich überrascht war, zu hören, dass ihr jetzt ein Paar seid. Da ihr so frisch zusammen seid, wirkt ihr vor der Kamera sehr harmonisch. Ihr seid noch in der Verliebtheitsphase, und das sieht man. Wie sehr sich Denver um dich kümmert, Cleo. Und wie du ihn um Rat fragst, bevor du etwas tust. Das ist zwar super, aber auf lange Sicht bringt das keine Quote.«

Cleo zieht die Mundwinkel herunter und lässt den Kopf gegen meine Schulter sinken. Wenn ich mich zwischen der Show und Cleo entscheiden muss, entscheide ich mich für Cleo. Zweifelsohne.

»Aber wir haben die Folge dem Testpublikum gezeigt, das ganz anderer Meinung war. Sie fanden euch bezaubernd und haben das Interview mit Griffin Thorne geliebt. Das hast du wirklich großartig gemacht, Cleo.« Selma atmet ein und wieder aus. Bestimmt raucht sie gerade eine Zigarette.

»Machen wir die Show oder nicht?«, will ich wissen.

Cleo kaut auf ihrer Unterlippe herum.

Schweigen. »Ihr bekommt die Show.«

Jubelnd fallen wir uns in die Arme.

»Also noch fünf Folgen?«, fragt Cleo. Ihr Körper vibriert förmlich.

»Zeke will dreizehn. Also eine ganze Staffel.«

Wir reißen die Augen auf, und unsere Kinnladen fallen herunter.

»Ihr macht doch mit, oder?«, hakt Selma nach, als wir nichts erwidern. »Die Dreharbeiten würden sofort beginnen, denn die meisten Gäste wollen bei schönerem Wetter drehen. Wir werden versuchen, noch mehr Promis zu finden, die mit euch auf Exkursion gehen. So wie mit Griffin.«

Ich sehe Cleo an. Wir stimmen nicht nur einer Fernsehsendung zu. Wir lassen uns darauf ein, auch in Zukunft ein fester Bestandteil im Leben des jeweils anderen zu sein. Sie nickt.

»Natürlich sind wir dabei. Das würden wir niemals ablehnen«, erwidere ich.

Cleo setzt sich rittlings auf meinen Schoß und drückt mir breit grinsend ihre Brüste ins Gesicht.

»Super. Ich werde euch die Details und den Vertrag per E-Mail zukommen lassen. Besprecht ihn am besten mit eurem Anwalt. Wir melden uns, sobald wir den Drehplan erstellt haben.«

»Danke, Selma. Tschüss«, verabschiedet sich Cleo, lehnt sich zurück und beendet den Anruf.

Cleo schreit. Ich packe sie und wirble sie durchs Zimmer. »Glückwunsch«, flüstere ich und küsse sie.

Seufzend schlingt sie die Beine fest um meinen Körper. Als ich sie auf den Schreibtisch lege, windet sie sich und zieht einen Locher unter ihrem Rücken hervor.

Ich drücke den Knopf auf dem Telefon. »Nancy, du kannst jetzt schon Pause machen.«

»Aber es ist erst …«

»Jetzt, Nancy.« Ich lege auf und schiebe die Hände unter Cleos Shirt.

Sie stützt sich auf die Ellbogen und öffnet meinen Gürtel. Wir kriegen nicht nur das Geld, um Lifetime Adventures zu retten, nein, wir weihen auch unser neues Büro ein. Ich bin sicher, wir werden Nancy noch oft in eine verfrühte Mittagspause schicken.

• • •

Am Abend betreten wir das Terra & Mare. Da montags Ruhetag ist, haben wir das Restaurant ganz für uns, um mit meiner Familie unseren Erfolg zu feiern.

Cleo küsst meine Wange, bevor sie hinüber zu Harley geht und Dion auf den Arm nimmt. Sie wirbelt ihn herum und schmiegt ihre Wange an seine. Er grinst sie an und macht vor lauter Freude Spuckbläschen. Man kann es ihm nicht verübeln. Er hat ganz schön dicke Beinchen. Doch da Harley ziemlich beleidigt reagiert hat, als ich es mal erwähnt habe, ist das Thema jetzt tabu. Dabei wollte ich ihm nur ein Kompliment machen. Er wird bestimmt mal ein hervorragender Wrestler oder so.

»Bier?« Kingston reicht mir eine Flasche.

Ich hebe eine Augenbraue, denn seit der Sache im Merry Moose habe ich ihn nicht mehr gesprochen.

»Sorry«, murmelt er.

»Du und Owen solltet lieber getrennte Wege gehen. Ihr tut einander nicht gut.«

Doch er schüttelt bereits den Kopf. Ich hasse es, Kingston Ratschläge zu erteilen. Er und Austin liegen altersmäßig so weit auseinander, dass sie eher eine Vater-Sohn-Beziehung haben, aber ich bin meiner Rolle als großer Bruder immer treu geblieben.

»Er ist mein bester Freund«, erwidert er.

»Wirklich?«, frage ich.

Er zuckt mit den Schultern und nimmt einen kräftigen Schluck von seinem Bier. »Deshalb mag ich den Frühling und den Sommer so sehr. Dann muss ich nicht hier sein.«

Ich nicke. Diese Unterhaltung sollte er lieber mit Rome

führen, denn der wollte auch unbedingt weg. Ich bin nie abgehauen. Ich bin zwar häufig Umwege gefahren, damit ich nicht am Friedhof vorbeikomme, aber ich habe nie darüber nachgedacht, Lake Starlight zu verlassen. Hier existieren unsere Erinnerungen, so schmerzhaft manche auch sein mögen. Doch Kingston hat nicht nur an den Tod unserer Eltern schlechte Erinnerungen. Es geht um Stella. Er denkt, keiner wüsste es, aber ich weiß es. Bisher habe ich nur den Mund gehalten, weil es mich eigentlich nichts angeht.

»Warum suchst du dir für den Winter keine Wohnung in Anchorage?«

»Und was ist mit Juno?«

Ich lasse den Blick durch den Raum schweifen. Sie sitzt mit Colton in der Ecke. Sie lacht, und er sieht sie an, als würde er sein Leben dafür geben, sie ein Mal zu küssen. Wie kann es sein, dass meine Schwester, die Partnervermittlerin, so blind ist? »Sie wird ihren Weg schon finden.«

Kingston nimmt einen Schluck von seinem Bier. »An dem Abend, als ich mich mit Owen gestritten habe, hat Colton bei uns auf dem Sofa übernachtet, statt nach Hause zu gehen.«

»Warum?«

Kingston sieht mich an, als wollte er sagen: *Du weißt genau, warum.* »Er meinte, Owen könne vielleicht zurückkommen, und er wolle nicht, dass Juno irgendwas passiert.«

»Aber du warst doch da.«

Kingston nickt. »Genau.«

Ich schüttle den Kopf, als ich Cleos Lachen höre. Sie sitzt jetzt bei Brooklyn, und sie sehen sich irgendwas auf Brooklyns Handy an. Dori geht auf sie zu und gibt Cleo einen Kuss auf die Wange, bevor sie sich Calista widmet. Rome kommt aus der Küche, stellt das Essen auf den Tisch und nickt mir zur Begrüßung zu.

Phoenix bittet alle um Aufmerksamkeit und stellt sich auf einen Stuhl.

»Phoenix, weißt du, wie teuer die Stühle waren?«, schimpft Rome.

»Ich kaufe dir einen Neuen.« Sie hält ihr Smartphone in die Höhe. Doch der Bildschirm ist so klein, dass sich alle nach vorn lehnen und die Augen zusammenkneifen.

»Womit? Du hast nicht mal einen Job.« Rome explodiert gleich.

Harley stellt sich neben ihn, küsst seine Wange und flüstert ihm etwas ins Ohr, das ihn zu beruhigen scheint.

»Es ist Sedona«, erklärt Phoenix. »Sie hat mich über FaceTime angerufen.«

»Hi, Leute!« Sedona winkt. »Jamison ist auch da.«

Phoenix verdreht die Augen.

»Hi!«, rufen alle.

»Jamison ist wiederaufgetaucht?«, frage ich Kingston. Er ist kaum älter als die Zwillinge. Er sollte es wissen.

»Er spielt jetzt in New York Fußball. Anscheinend sind sie wieder zusammen.«

Ich habe dazu keine Meinung, aber dass Phoenix eine zu haben scheint, lässt bei mir die Alarmglocken schrillen. Sedona und Jamison waren in der Highschool zusammen, als er als schottischer Austauschschüler hier war. Ich habe mir über den Kerl nie sonderlich Gedanken gemacht, aber

Rome meinte, er habe sie mal beim Sex erwischt. Doch Jamison hat sich respektvoll verhalten und sich später dafür entschuldigt. Rome gab ihm eine Packung Kondome und meinte, falls Sedona schwanger sein sollte, müsse er ein Hühnchen mit ihm rupfen.

Alle fangen an, Fragen zum Wetter, zur Schule und zu Jamisons Fußballkarriere zu stellen. Doch Phoenix beendet den Anruf relativ schnell und steigt vom Stuhl.

»Phoenix ist nicht gerade begeistert, dass sie wieder zusammen sind, was?«, sage ich zu Kingston.

»Ich glaube, das liegt an diesem Zwillingsding. Vielleicht ist Phoenix ein bisschen eifersüchtig, weil Sedona ihr Leben auf die Reihe kriegt, während sie gerade nicht richtig weiterweiß.« Er tätschelt mir die Schulter. »Ich habe auch mal so einen Zwilling gekannt, als sein Bruder eine Frau und einen Sinn im Leben gefunden und ein paar Kinder gekriegt hat.« Er zwinkert und geht. Dann setzt er sich zu Phoenix und bringt sie zum Lachen. Wahrscheinlich hat er über einen von uns einen Witz gerissen.

»Hey, du.« Cleo kommt zu mir. »Worüber denkst du nach?«

»Was für ein Idiot ich mal war.« Als sich Rome und Harley kennengelernt haben, habe ich mich wie ein Arschloch verhalten. Ich sehe Cleo an. Jetzt ergibt alles Sinn. Rome wollte damals nicht mehr weggehen. Für ihn waren das Restaurant und seine Familie gerade wichtiger.

»Dass du jetzt kein Idiot mehr bist, ist alles, was zählt.«

»Dann stimmst du mir also zu? Ich war mal ein Idiot?«

Sie zuckt mit den Schultern. »Du hast das gesagt. Nicht ich.«

Ich schiebe sie vor mich und lehne mich nach vorn, doch bevor sich unsere Lippen berühren, flüstere ich: »Bist du glücklich, Cleo Dawson?«

Sie beginnt zu strahlen. »So glücklich bin ich noch nie gewesen.«

Ich drücke meinen Mund auf ihren. Als meine Familie zu pfeifen beginnt, lasse ich von ihr ab, denn ich will sie nicht allzu sehr blamieren.

Rome verkündet, dass das Essen fertig sei. Wir setzen uns an den Tisch, reichen die Schüsseln herum und unterhalten uns über unsere Jobs und die Neuigkeiten in Lake Starlight. Nach dem Essen serviert Rome einen Kuchen, der mit einem Buschflugzeug verziert ist, mit den Worten »Glückwunsch, Cleo und Denver«.

Ich beobachte, wie Cleo den Blick über meine Familie schweifen lässt. Ja, manchmal können sie ein wenig anstrengend sein und ihre Nasen in Dinge stecken, die sie nichts angehen, aber sie lieben Cleo schon jetzt. Und wenn ich ehrlich bin, glaube ich, ich liebe sie auch.

Kapitel 30

CLEO

Als ich Hand in Hand mit Denver das Terra & Mare verlasse, schwebe ich auf Wolke sieben. Ich gehe auf Wölkchen, freue mich wie eine Schneekönigin, bin völlig aus dem Häuschen und alles andere, was meine Freude beschreibt.

»Lass uns bei Chips Haus vorbeischauen«, schlägt er vor.

»Okay.« Fast hätte ich vergessen, dass dort merkwürdige Dinge passieren. Ich bin gerade in dieser Glücksblase mit Denver und will nicht, dass sie jetzt zerplatzt.

Bei seinem Truck angekommen, drückt er mich mit dem Rücken gegen die Tür. »Meine Familie liebt dich.«

»Und ich liebe sie.«

Dieses Gefühl hatte ich noch nie. Es ist so ungezwungen. Sie akzeptieren mich so, wie ich bin. Es ist wie ein Sechser im Lotto. Danach habe ich so lange gesucht. Und mein Dad hat es möglich gemacht. Ich hätte bei ihm leben sollen statt bei meiner Mom. Das war reine Zeitverschwendung.

Denvers Fingerknöchel streichen über meine Wange, und seine Augen sagen das, was sein Mund nicht ausspricht.

Ich weiß es, denn ich fühle es auch. Aber wir sind erst knapp über zwei Wochen zusammen. Es wäre absurd, es jetzt zuzugeben, oder?

Während der Fahrt zu meinem Dad halten wir die ganze Zeit Händchen, und er reibt meine Hand mit seinem Daumen. Diesmal wird mir nicht schlecht, als wir den Schotterweg zum Haus hinabfahren.

Bis Denver vor dem Haus hält. Da steht bereits ein Auto. Ein Auto, das wir beide kennen. Ein Auto, das wir jeden Tag sehen.

»Bleib im Wagen«, sagt Denver und lässt den Motor an. »Fahr los, falls irgendwas passiert.«

Ich verdrehe die Augen, weil er so dramatisch ist. Ich stelle den Motor ab und steige aus.

»Cleo, ich habe gesagt, du sollst im Auto bleiben.«

»Es ist doch nur Nancy«, erwidere ich und stürme an ihm vorbei.

Er schließt zu mir auf und packt mich am Arm. »Lass mich wenigstens zuerst hineingehen.«

Ich hebe die Hände. »Alles klar, Bodyguard. Sie könnte dir ja einen Kuchen backen oder so.«

Denver klopft – ein weiterer Beweis dafür, wie lächerlich die Situation ist. Mit einem Buch in der Hand und einer Lesebrille auf der Nase öffnet Nancy die Tür. Sie lächelt nicht, blickt jedoch entschuldigend drein. Denver und ich betreten das Haus. Er geht schnurstracks nach hinten, um sicherzugehen, dass alles in Ordnung ist.

»Hey, Nancy«, begrüße ich sie. Ihr Blick folgt Denver, doch ich winke ab. »Achte nicht auf ihn.«

Er kehrt mit leeren Händen zurück. Natürlich. Ich komme mir ziemlich dumm vor, dass ich nicht gleich auf Nancy gekommen bin.

»Hi, Leute.« Sie schiebt das Lesezeichen ins Buch, legt es neben den Sessel und die Lesebrille obendrauf. Dann faltet sie die Decke zusammen und drapiert sie über die Rückenlehne des Sofas.

»Du hast einen Schlüssel?«, frage ich.

Sie nickt.

»Und du hast es nie erwähnt?«

Denver ist immer noch in Alarmbereitschaft und robbt förmlich an der Wand entlang auf mich zu, als könnte ihn Nancy gleich angreifen.

»Ich habe mitbekommen, als du gesagt hast, du könntest das Haus nicht betreten. Also habe ich beschlossen, mich darum zu kümmern, bis du so weit bist. Außerdem …« Sie plumpst aufs Sofa und lässt den Kopf in die Hände fallen. Sie beginnt, so heftig zu schluchzen, dass ihr Rücken bebt. »Ich vermisse ihn.«

Ich will auf sie zugehen, doch Denver hält mich zurück und schüttelt den Kopf. Als ich ihn ignoriere und mich zu ihr setze, atmet er genervt aus.

Das hier ist Nancy. Die liebe, trauernde Nancy. Ich hätte gleich auf mein Bauchgefühl hören sollen statt auf Denver. Männer sind blind.

»Nancy, du und mein Dad … Wart ihr ein Paar?«

Sie nickt.

»Es tut mir leid«, flüstere ich und lege den Arm um ihre

Schultern, um sie zu trösten. »Warum hast du denn nichts gesagt?«

»Du weißt ja, wie er war.«

Um ehrlich zu sein, weiß ich nicht, ob ich ihn wirklich kannte – eine Tatsache, mit der ich noch meinen Frieden schließen muss.

»Er mochte das Gerede nicht.«

Denver setzt sich in den Sessel. Wahrscheinlich denkt er, er sollte lieber in meiner Nähe bleiben, falls sie plötzlich einen Pfannenwender zückt.

»Dann habt ihr eure Beziehung all die Jahre geheim gehalten?«, frage ich.

Sie zuckt mit den Schultern.

»Wie habt ihr es geschafft, Buzz Wheel zu umgehen?«, will Denver wissen. »Das könnte ein Bestseller werden, Nance.«

Sie lacht, aber es verebbt sofort wieder. Doch Denver kriegt sie irgendwie dazu, den Kopf zu heben und uns anzusehen. »Wir sind viel zu Hause geblieben. Chip hat nie viel Besuch bekommen. Alle hatten Angst vor ihm.«

Ich sehe Denver an, und er nickt.

»Wir haben Lake Starlight oft verlassen und sind auf Reisen gegangen.« Denver reicht ihr die Taschentücherbox vom Tisch, und sie nimmt sich vier auf einmal. »Tut mir leid.«

»Muss es nicht«, versichere ich.

Sie sitzt am äußersten Rand des Sofas, und ich falte die Hände im Schoß. Das habe ich nicht kommen sehen, obwohl ich eine Vermutung hatte.

»Ich hätte es dir einfach sagen sollen. Als ich zum ersten

Mal hier war, habe ich mir gesagt, dass es das letzte Mal sein würde. Ich habe einfach eine Stunde lang hier gesessen, um ihn zu spüren, weißt du?«

Leider nicht.

»Und als ihr mit Griffin Thorne auf Exkursion gegangen seid, wusste ich, ihr würdet nicht herkommen. Ich wollte es einfach hübsch machen. So, wie es gewesen wäre, wenn wir …« Sie beendet den Satz nicht, denn ihr kommen schon wieder die Tränen. Offensichtlich war es Chip, der ihre Beziehung nicht offiziell machen wollte. »Eins kam zum anderen. Mir ist nie aufgefallen, dass ihr hier wart. Deshalb bin ich einfach weiterhin hergekommen und habe gelesen. Und jetzt …«

Ich sehe Denver an. Er zuckt mit den Schultern, als hätte er keine Ahnung, was wir jetzt tun sollen.

»Ich habe mit Sheriff Miller gesprochen«, sage ich.

Sie nickt. »Er ist vorbeigekommen, als ihr im Norden wart. Wenn er will, kann er sehr diskret sein.«

Das beunruhigt mich ein wenig. Er hätte es mir sagen müssen. Das Haus gehört mir. Doch dann sehe ich wieder Nancy an, die um einen Mann trauert, für den ich bisher keine Träne vergossen habe. Vielleicht ist der Sheriff ein guter Kerl, der gesehen hat, dass Nancy trauert, und getan hat, was er konnte.

»Ich habe ihm gesagt, dass ich nicht wiederkommen würde. Aber ich wusste, dass ihr euch heute Abend zum Dinner trefft«, gesteht Nancy.

»Du hast uns aber nicht mit GPS ausgestattet, oder?«, fragt Denver, und ich zucke zusammen. »Was denn? Das ist eine berechtigte Frage. Sie hatte Zugang zu unseren Handys.«

Nancy wirkt verletzt. Kein Wunder.

»Vergiss ihn. Er muss das Ganze immer noch verarbeiten.« Ich stehe auf und greife in meine Handtasche. Als ich mich wieder setze, öffne ich ihre Hand. »Das Haus gehört dir. Dir bedeutet es viel mehr als mir.« Ich gebe ihr meinen Schlüssel.

»Nein. Chip hat sich ganz deutlich ausgedrückt. Er wollte, dass du das Haus bekommst.«

Ich sehe Denver an. Hier könnte ich niemals ein Leben mit ihm beginnen. Falls wir zusammenziehen, dann in ein anderes Haus. »Er hatte unrecht. Dieses Haus ist für dich bestimmt.«

»Nein. Nein. Dann zahle ich wenigstens Miete. Du brauchst das Geld.«

Doch ich schüttle den Kopf. »Nein, wir machen jetzt die Fernsehshow. Wir werden genug Geld haben. Ich hatte sowieso nicht vor, das Haus zu verkaufen. Ich will, dass es dir gehört.«

Nancy starrt auf den Schlüssel in ihrer Hand. Obwohl ich weiß, dass sie auch einen hat, will ich ihr mit dieser Geste beweisen, dass ich es ernst meine. »Er hat dich sehr geliebt, Cleo. Ich weiß, dass du daran zweifelst. Und ich weiß, dass er sich gewünscht hat, er hätte vieles anders gemacht. Die Situation mit deiner Mutter war kompliziert. Er hat mir so oft gesagt, dass er es bereut habe, nicht härter um dich gekämpft zu haben.«

Ich nicke. Ihre Worte bedeuten mir viel. Es ist offensichtlich, dass sie sich sehr nahestanden. Ich lehne mich zurück. »Ich glaube, ich verstehe ihn jetzt ein bisschen besser. Und ich weiß, dass meine Mom ein schwieriger Mensch ist. Erzählst du mir, wie ihr zusammengekommen seid?«

Ihr Gesicht erhellt sich, als hätte ich ihr ein Geburtstagsgeschenk überreicht. Denver sieht mich an, als wollte er fragen: *Müssen wir jetzt wirklich hier sitzen und uns ihre Liebesgeschichte anhören?* Doch als ich nicke, lehnt er sich zurück und nickt ebenfalls.

Irgendwann wird er mir bestimmt mal widersprechen.

Nancy erzählt von ihrem Vorstellungsgespräch bei Lifetime Adventures. Zwischen ihnen knisterte es sofort. Sie fing in der darauffolgenden Woche an, und dann entwickelte sich alles nach und nach.

Irgendwann beginnt sie, über meine Beziehung zu meinem Dad zu sprechen. Wie er sich jedes Jahr zwei Wochen Urlaub nahm, wenn ich zu Besuch kam, damit er so viel Zeit wie möglich mit mir verbringen konnte. Wie sie versucht hatte, ihn dazu zu überreden, offener über die Vergangenheit zu sprechen, aber so war er nun mal nicht. All die Diskussionen, die sie zwischen meinen Eltern mitbekommen hatte. Dass meine Mom eines Sommers sagte, sie würde mir nicht erlauben, ihn zu besuchen, und wie er sich gewehrt hatte. Wie er immer aus dem Büro kam, wenn er mit mir telefoniert hatte, und ihr stolz erzählte, was ich mache.

Jetzt sehe ich die Beziehung zu meinem Dad in einem ganz neuen Licht. Ohne den Groll, den ich die ganzen letzten Jahre hatte. Mir wird klar, dass zwischen seinen Anrufen nie viel Zeit verstrichen ist. Als ich mein erstes Handy bekommen habe, hat er mir sofort geschrieben. Als ich an sein Klapphandy denke und wie lange es gedauert haben muss, bis er eine Nachricht geschrieben hatte, muss ich fast kichern.

»Glaubst du, er hat mich wirklich geliebt?«, frage ich mit erstickter Stimme.

Denver springt auf und setzt sich neben mich.

Nancy richtet sich gerader auf. »Hör zu. Chip Dawson hatte viele Fehler. Ich habe jeden Einzelnen geliebt, aber ich will keinen davon entschuldigen. Aber eins weiß ich mit Sicherheit: Dein Daddy hat dich geliebt. Er konnte es nur nicht richtig zeigen. Er dachte, er würde das Richtige tun, weil du so privilegiert aufwachsen konntest.«

Denver drückt mich an sich, und meine Tränen benässen sein Shirt. Eine Weile sitzen wir schweigend da, bis Nancy schließlich aufsteht.

Sie nimmt ein paar Aufbewahrungsboxen, die mir letztes Mal schon aufgefallen sind, und stellt sie vor meine Füße. »Ich will dich nicht unter Druck setzen, Süße. Aber ich glaube, das, was du suchst, befindet sich in diesen Kisten. Chip hat nie etwas weggeworfen. Falls du mehr über sein Leben erfahren willst, dann werden dir diese Dokumente Antworten geben.«

Ich starre auf die beschrifteten Boxen.

»Denver und ich holen jetzt Eis und geben dir ein bisschen Zeit. Ist das in Ordnung?«, fragt sie.

Ich bekomme Panik. Ich soll allein hierbleiben?

»Wenn du nicht willst …« Bisher macht Denver keine Anstalten, Nancy zu folgen.

Ich hole tief Luft und nehme all meinen Mut zusammen. »Sie hat recht. Ich muss das jetzt machen.« Ich ergreife seine Hand. »Für mich. Und für uns.«

Lächelnd drückt er meine Hand. »Ruf an, falls du mich brauchst. Dann bin ich sofort bei dir. Ich habe keine Angst vor Sheriff Miller.« Er zwinkert. Mein Magen schlägt immer noch jedes Mal einen Purzelbaum, wenn er das macht.

Nachdem ich Denver noch einmal versichert habe, dass ich nicht durchdrehen und in den Wald rennen werde, gehen sie. Ich warte, bis ich seine Reifen auf den Kieselsteinen höre, bevor ich den Deckel der ersten Kiste öffne, um mehr über Chip Dawson zu erfahren.

Kapitel 31

CLEO

Ich bin erst eine halbe Kiste durchgegangen, als mir klar wird, dass ich mindestens zwei Tage brauchen werde. Ich habe sogar die Papiere gefunden von damals, als er sein erstes Buschflugzeug gekauft hat, das er schon längst verkauft hat. Er hat tatsächlich alles aufbewahrt. Dann finde ich einen Ordner mit der Aufschrift »University of Indiana«. Mein College. Warum sollte er dafür einen Ordner haben?

Als ich ihn aufschlage, finde ich haufenweise Rechnungen. Für mein Zimmer im Studentenwohnheim. Meine Studiengebühren. Sogar eine Rechnung für meine Wohnung im ersten Studienjahr. Außerdem finde ich Kopien von Schecks, die er meiner Mom geschickt hat. Ich dachte immer, Phil hätte für mein Studium bezahlt. Aber anscheinend war es mein Dad. Warum hat er mir das nie gesagt?

Ich lehne mich zurück und versuche, die Info zu verarbeiten. Bestimmt hat ihn meine Mom nicht dazu gezwungen. Als Bridget und ich angefangen haben, uns für Colleges zu bewerben, meinte Phil, er würde für meine Studiengebühren aufkommen. Ich hatte darüber nachgedacht, staatliche Hilfe zu beantragen, aber er meinte, es sei ihm eine Ehre, mir das College zu bezahlen.

Chip hatte sein ganz eigenes Ordnungssystem, also gehe ich alle Ordner durch und suche nach Bezeichnungen, die mir etwas sagen.

Nach der ersten Kiste widme ich mich der zweiten, in der sich für jedes Jahr meiner Kindheit ein extra Ordner befindet.

Cleo (erstes Jahr), Cleo (zweites Jahr), Cleo (drittes Jahr).

Ich nehme mir den Stapel, lege ihn auf den Kaffeetisch und schiebe alle anderen Dokumente beiseite. Als ich die Fotos und bezahlten Rechnungen sehe, zieht sich mein Magen zusammen. Der Tanzunterricht, als ich drei Jahre alt war – bezahlt von Chip Dawson. Der Karatekurs mit sechs – bezahlt von Chip Dawson. Mein dreizehnter Geburtstag, zwei Flugtickets nach Hawaii, mit Stornierungsnummer und dem Vermerk »Rückerstattung«. Anscheinend hat meine Mutter da irgendwie dazwischengefunkt. Fotos von mir und ihm, als ich ihn in dem Jahr besucht habe. In Ordner Nummer sieben befinden sich Haare von mir, als ich versucht habe, mir selbst den Pony zu schneiden. Ordner Nummer fünf enthält einen meiner Milchzähne und ein Foto von mir mit Zahnlücke und einem Ein-Dollar-Schein, den mir die Zahnfee gebracht hat.

»Er hat mich tatsächlich geliebt«, flüstere ich.

Die Rechnung für mein Kleid für den Abschlussball, zusammen mit einer Kopie des Schecks an meine Mom. Meine Hände zittern, während ich alles durchgehe, was er aufbewahrt hat. Alle Erinnerungen an die zwei Wochen, die ich jedes Jahr in Lake Starlight, Alaska, verbracht habe.

Jahr vierzehn ist dicker als die anderen Ordner, vollgepackt mit Dokumenten. Er hatte versucht, das alleinige Sorgerecht zu bekommen. Gerichtsprotokolle und Befragungstermine. Ein storniertes Ticket nach Dallas und ein Rückerstattungscode, notiert in seiner Handschrift. Ein Brief von meiner Mom. Getackert. Als wäre der Fall damit erledigt. Sie schreibt, dass es mir gut gehe und ich mich hervorragend entwickle. Dass sie jetzt mit einem Mann zusammen sei, der mir alles bieten könne. Sie fleht ihn an, mich behalten zu dürfen, und verspricht ihm mehr Zeit mit mir. Die Ferien und längere Sommertrips.

Er muss zugestimmt haben. Aber ich habe kein einziges Weihnachten mit Chip verbracht, also hat sie gelogen.

Nach meinem achtzehnten Geburtstag hören die Ordner auf. Doch es gibt noch einen letzten, darauf stehen mein Name und das aktuelle Jahr. Mir wird ganz schwer ums Herz, als ich den Ordner aufschlage.

Sein Testament. Seine Bankkonten. Alles, was mir der Anwalt bereits gegeben hat. Darunter steckt ein Brief mit meinem Namen darauf. Woher wusste er, dass ich seine Sachen durchgehen würde?

Bevor ich den Brief lese, ziehe ich den hervor, den ich von Luther Lloyd bekommen habe, und lese ihn erneut. Seit ich ihn zum ersten Mal gelesen habe, trage ich ihn in meiner Handtasche herum, unfähig, ihn woanders aufzubewahren.

Cleo,

bitte sei nicht sauer auf mich und hör mir zu. Ich weiß, du wirst vielleicht nicht verstehen, warum ich Denver Bailey die halbe Firma vermacht habe. Alles andere gehört dir, denn so war es schon immer: Was mir gehört, gehört auch dir. Aber Denver wird dir helfen, Lifetime Adventures am Leben zu halten. Sein Wissen ist zu groß, um es einfach wegzuschmeißen. Und ich glaube, wenn du ihm eine Chance gibst, wirst du merken, dass ihr tolle Geschäftspartner werden könnt.

Ich weiß nicht, warum du ihn nie mochtest, aber ich bitte dich, deinen Groll abzulegen. Vielleicht siehst du es jetzt noch nicht, aber gemeinsam könnt ihr Großes erreichen. Ich weiß, dass ich deine Geschäftsideen bisher immer abgelehnt habe, aber ich bin nun mal ein alter, festgefahrener Kauz. Erfindet Lifetime Adventures neu. Für dich gibt es keine Grenzen. Mach deinen Flugschein. Geh mit Denver auf Exkursionen. Mit viel Fleiß und Hingabe wirst du Erfolg haben.

Ich habe aus der Ferne beobachtet, wie du zu kämpfen hast. Wahrscheinlich bin ich schuld daran. Du versuchst, deinen Platz im Leben zu finden. Gib Lake Starlight eine Chance, Schätzchen. Die Menschen hier sind freundlich und fürsorglich, nicht wie die Menschen, die dir bisher am nächsten gestanden haben. Bitte flieg nicht zurück nach Dallas. Bleib eine Weile. Gib Lifetime Adventures eine Chance. Wer weiß? Vielleicht wird es das Abenteuer deines Lebens.

Ich werde dich immer lieben, ganz egal, was auch passiert.

In Liebe
Dad

Irgendwie wusste er es. Er wusste, dass ich hierhergehöre. Jetzt, da ich über seinen Brief nachdenke und darüber, wie sich alles zwischen mir und Denver entwickelt hat, frage ich mich, ob das Teil seines Plans war.

Ich lege den Brief beiseite und greife nach dem versiegelten Umschlag. Mein Finger gleitet unter den Falz. Vorsichtig ziehe ich das Blatt Papier heraus, als könnte es zu Staub zerfallen, wenn ich mich zu schnell bewege.

Es ist ein weiterer handgeschriebener Brief von meinem Dad.

Cleo,
wie ich dich kenne, hast du eine Weile gebraucht, um die Sachen durchzugehen. Wahrscheinlich musste dich Denver ein wenig ermutigen. Ich hätte alles wegschmeißen können. Ich hätte einfach schweigend sterben können. Aber ich will, dass du weißt, dass ich mich um dich gekümmert habe. Ich habe jede dieser Rechnungen bezahlt. Ich sage das nicht, um anzugeben, aber ich habe die Befürchtung, dass dir deine Mutter etwas anderes erzählen wird, sobald ich nicht mehr bin. Ich ertrage den Gedanken nicht, dass du falsch von mir denken könntest. Ich hoffe, dieser Brief landet nicht ungeöffnet in einem Lagerfeuer. Mist, jetzt denke ich, ich hätte dir das alles lieber persönlich sagen sollen. Das, was ich dir jetzt erzählen werde, wird dich vielleicht verändern, und ich befürchte, dass du Lake Starlight keine Chance ge-

geben hättest, hättest du es früher gewusst. Ich wollte nicht, dass du meine Beerdigung und die Verlesung des Testaments in dem Wissen durchmachen musst.
In dem Umschlag befindet sich deine Geburtsurkunde. Du wirst feststellen, dass der Name des Vaters nicht eingetragen wurde.

Ich lege den Brief beiseite und öffne den Umschlag. Auf meiner Geburtsurkunde steht zwar der Name meiner Mutter, aber seiner nicht. Ich habe diese Geburtsurkunde noch nie gesehen. Die, die ich habe, ist mit beider Namen versehen. Ich lasse sie auf den Kaffeetisch fallen und greife wieder nach dem Brief.

Die Zeile ist leer, weil deine Mutter nie den Namen deines Vaters eingetragen hat. Es gibt noch einen weiteren Cleo-Ordner. Er ist bei Lifetime Adventures in Nancys Schreibtischschublade. Darin befinden sich deine Adoptionspapiere. Ich habe deine Mutter kurz nachdem sie mit dir schwanger wurde kennengelernt. Ich habe dich sofort nach deiner Geburt adoptiert.

Der Brief rutscht aus meiner Hand und landet in meinem Schoß. Ich bin völlig vor den Kopf gestoßen. Ewig sitze ich einfach da, unfähig, die Worte zu verarbeiten. Aber ich muss wissen, was er noch geschrieben hat.

Ich bin dein Vater, Cleo. Glaub nie etwas anderes. Deine Mutter hat mir nie erzählt, wer dein biologischer Vater ist.

Und ich habe sie nie gefragt, denn ich wollte, dass du mir gehörst. Als sich deine Mom und ich haben scheiden lassen und du in dieses Flugzeug gestiegen bist, ist ein Teil von mir gestorben, denn die Richter haben nicht verstanden, dass Biologie nichts zu bedeuten hat, wenn man jemanden liebt. Ich habe hart um dich gekämpft, aber deine Mom auch. Durch ihre neue Ehe hatte sie Mittel, mit denen ich nicht mithalten konnte. Ich wollte nicht, dass du den Kampf zwischen uns mitbekommst, deshalb habe ich nachgegeben. Seither frage ich mich jeden Tag, ob das die richtige Entscheidung war.

Für mich bist du immer meine Tochter gewesen. Das habe ich nie infrage gestellt. Wenn du etwas aus diesem Brief lernen sollst, dann Folgendes: Du bist meine Tochter. In jeglicher Hinsicht.

Ich liebe dich.

Dad

Scheinwerferlicht fällt durch das Fenster, und ich erwache aus meiner Schockstarre. Ich springe vom Sofa auf. Ich brauche dringend frische Luft. Ich muss hier raus. Ich will sonst wo sein, nur nicht hier.

Ich stecke seinen Brief und die Geburtsurkunde in meine Handtasche, bereit, von hier zu verschwinden. Doch als die Tür aufgeht und Nancy mich sieht, weiß sie es sofort. Sie muss es wissen. Der Ordner befindet sich in ihrer Schublade.

»Du wusstest es«, presse ich schluchzend hervor. »Und du hast es mir nicht gesagt.«

Als mich Denver erblickt, verwandelt sich sein Gesichtsausdruck in Panik. »Was? Was weiß sie? Babe?« Denver stellt das Eis auf die Küchentheke und eilt zu mir.

Nancy steht schweigend da.

Sie hat zugelassen, dass ich mich wie jemand aufführe, der ich nicht bin. Dass ich das Gefühl hatte, nach Lake Starlight zu gehören. Aber ich gehöre nicht hierher. Ich habe hier keine Wurzeln. Wut erfüllt mich. Ich bin beinahe erleichtert, sie zu spüren. Zum Glück habe ich davon erfahren, bevor ich mich voll und ganz darauf eingelassen habe.

Denver legt die Hand auf meinen Rücken, und ich blicke zu ihm auf. »Die Firma gehört dir«, krächze ich.

»Cleo, triff jetzt keine voreiligen Entscheidungen.« Nancy will nach mir greifen, als ich an ihr vorbeistürme, doch ich weiche aus.

Inzwischen schluchze ich unkontrolliert.

»Bitte, sag mir, was zum Teufel hier los ist«, fleht Denver mit erhobener Stimme.

»Sie soll es dir sagen. Oh, fast vergessen. Sie behält Geheimnisse gern für sich.« Ich drehe Nancy den Rücken zu und wende mich an Denver. »Chip Dawson war nicht mein Vater.«

Denver schüttelt den Kopf. »Doch, war er.«

Ich sehe Nancy an.

»Dein Dad wollte, dass du die Sachen durchgehst, damit du *weißt*, dass du seine Tochter warst. Er wollte, dass du es so erfährst, weil er befürchtete, deine Mom würde es dir aus Boshaftigkeit sagen. Er wollte, dass du weißt, wie er zu dir stand«, erklärt Nancy.

»Ich muss jetzt gehen.«

»Dann los«, erwidert Denver und schiebt mich nach draußen. »Ich rufe dich an, Nancy.«

Ich weiß nicht, was sie antwortet, denn ich bin schon halb beim Truck.

Denver fährt zu Savannahs Haus. Nur eine weitere Zwischenstation in meinem Leben. Ich dachte, ich würde hierhergehören, aber das lag allein an Denver. Weil mir mein angeblicher Vater eine Firma vermacht hat, die nicht mir gehört. Denvers Familie hat mich mit offenen Armen empfangen, aber Lake Starlight ist nicht die Stadt, in der mein Dad gelebt hat und gestorben ist. Hier hat ein Fremder gelebt, der meine Rechnungen bezahlt hat.

»Können wir reden?«, fragt Denver.

»Es gibt nichts zu reden. Ich will die Firma nicht. Sie gehört dir.«

Ich steige aus dem Truck und renne zum Haus. Die Tür ist nicht abgeschlossen. Ich stürme die Treppe hinauf, doch Denver ist mir direkt auf den Fersen.

»Cleo?«

Ich schnappe mir meinen Koffer und beginne, meine Sachen hineinzustopfen.

»Was hast du vor?«, fragt er.

»Ich packe.«

»Warum?«

Ich blicke über die Schulter und sehe ihn an. Die Geschichten, die mir Dori erzählt hat. Von dem Hund, der Katze, dem Fisch … Ich hasse es, ihn so aufgelöst zu sehen, aber ich kann nicht länger bleiben. Ich kann einfach nicht.

Ich falle aufs Bett. »Ich muss gehen. Ich muss den Kopf frei kriegen.«

Er sinkt vor mir auf die Knie und legt die Hände auf meine Schenkel. »Wir finden gemeinsam eine Lösung. Das ändert überhaupt nichts. Du gehörst nach Lake Starlight.«

»Ich muss diese Stadt verlassen.« Schon wieder kommen mir die Tränen.

Er setzt sich auf die Fersen und nimmt die Hände von mir. »Wo willst du hin?«

»Dallas? Ich weiß es nicht. Hauptsache, weg von hier.«

»Okay. Ich bringe dich. Wir fliegen morgen ab und bleiben so lange, wie du willst.«

Ich schüttle den Kopf. »Denver, du *bist* Lake Starlight.«

Er wird kreidebleich und steht auf. »Dann willst du damit sagen, dass du in Wahrheit *mich* verlassen willst?«

»Du weißt, was ich meine.«

Ich packe weiter, denn ich weiß genau, dass er mich sonst davon überzeugt, zu bleiben. Er ist der Mensch, der mich an diese Stadt binden könnte. Aber warum? Damit ich ständig an den Mann erinnert werde, der so *getan* hat, als wäre er mein Vater? Nein, er hat gelogen. Und meine Mutter auch. Von ihr hätte ich so etwas erwartet. Solange er die Rechnungen bezahlt hat, war es ihr wahrscheinlich egal. Aber er? Ja, wir standen uns nicht sonderlich nahe, doch ich dachte, er wäre aufrichtig.

»Ich bin nicht sicher, ob ich es weiß.« Denver lehnt sich gegen den Türrahmen und verschränkt die Arme vor der Brust. »Dann heißt das, du willst Lake Starlight *und* mich verlassen?«

»Nein. Ich meinte, für eine Woche oder so.« Ich nehme den gesamten Inhalt meiner Unterwäscheschublade und stopfe ihn in den Koffer. »Ich kann dieses Gespräch jetzt nicht führen.«

»Kannst du nicht?«

»Verstehst du nicht, was gerade passiert ist? Chip ist nicht mein Vater! Mir gehören weder Lifetime Adventures noch seine Bankkonten noch mein Nachname.«

»Du läufst davon«, presst er hervor.

»Ich laufe nicht davon.«

Er tritt wieder ins Zimmer und ergreift meine Hände. »Wenn du ohne mich gehst, ist es vorbei.«

Er ist so ruhig, dass es mir beinahe Angst macht.

Eine neue Welle der Wut erfasst mich. Denkt er, er könnte mir sagen, wie ich mit der Info, dass mein Dad nicht mein Dad ist, umzugehen habe? »Dann ist es wohl vorbei, schätze ich.«

Er weicht zurück, als hätte ich ihm eine Ohrfeige verpasst.

Ich greife nach meinem Koffer, lasse alles andere liegen und stürme an ihm vorbei.

»Es gibt gerade keine Flüge. Das ist doch lächerlich«, bemerkt er hinter mir.

Ich schleppe den Koffer die Treppe hinunter. Bei jeder Stufe ertönt ein dumpfer Laut. Unten angekommen, fällt mir auf, dass ich kein Auto habe, mit dem ich zum Flughafen fahren könnte.

Denver scheint es auch zu begreifen, doch er hebt nur

die Hände. »Hey, es ist aus. Ich bin nicht länger dein Chauffeur.«

»Ich fahre dich.« Phoenix kommt im Schlafanzug auf mich zu, schlüpft in ihre UGGs und nimmt ihre Jacke vom Haken.

»Phoenix«, sagt Denver in warnendem Ton.

Sie öffnet mir die Haustür, scheint jedoch zu merken, dass ich noch ein wenig Zeit brauche. Also drückt sie meine Schulter und wartet draußen auf mich. Ich drehe mich um. Denver steht auf halber Treppe, die Hände in die Hosentaschen geschoben. Wie ist das so schnell passiert? Gerade war ich noch so glücklich, dass ich das Gefühl hatte, alles zu schaffen, und jetzt stecke ich knietief in der Scheiße.

»Tut mir leid, dass es so endet«, sage ich.

Er joggt die Stufen herunter. Ich will, dass er mich versteht. Dass er meine Hände in seine nimmt und mir sagt, dass ich mir die Zeit nehmen soll, die ich brauche. Dass er auf mich warten wird. Doch als er den unteren Treppenabsatz erreicht, sieht er mich nur kurz an und geht in die Küche.

Mein Herz ist plötzlich leer. Ich drehe mich um, ziehe leise die Tür hinter mir zu und gehe zu Phoenix' Auto.

Kapitel 32

DENVER

Mit einem Zwölferpack Bier in der Hand trommle ich gegen Kingstons und Junos Tür. Ich konnte unmöglich zu Hause bleiben. Zu Rome kann ich auch nicht gehen wegen der Kinder. Jetzt, da Harley wieder schwanger ist, kann sie es noch weniger gebrauchen, dass ich mich auf ihrem Sofa breitmache. Liam vögelt meine Schwester. Und Austin und Holly? Auf keinen Fall. Bleiben nur noch die beiden. Kingston öffnet in Boxershorts die Tür und fährt sich durch das unordentliche Haar. »Was zum Teufel?«

Juno kommt aus ihrem Schlafzimmer. Ihr Haar ist total zerzaust – und zwar nicht, als wäre sie gerade aufgewacht. Leise schließt sie die Tür. »Denver?«

Im Moment will ich gar nicht wissen, was los ist. »Bleibt lieber Single.« Ich steuere direkt auf das Sofa zu. »Geht ruhig wieder ins Bett. Ich saufe jetzt, bis ich einschlafe.« Dann öffne ich eine Bierflasche und lege die Beine auf den Couchtisch.

»Bin gleich wieder da.« Kurz verschwindet Kingston in

seinem Zimmer, bevor er in Schlafanzughose und einem abgewetzten Feuerspringer-Shirt zurückkommt.

»Was ist los? Ist irgendwas mit Cleo passiert?«, fragt Juno.

Kurz zögere ich. »Warum fragst du das? Cleo ist mir scheißegal.«

Juno sieht Kingston an. Beide atmen genervt aus.

»Ihr habt bestimmt schon damit gerechnet, dass es zwischen uns nicht funktionieren würde. Ich meine, ich in einer ernsten Beziehung? Ich bitte euch.« Ich leere das halbe Bier. »Das ist nichts für mich. Sie hat mir einen Gefallen getan, indem sie gegangen ist.«

»Vielleicht sollten wir besser Rome anrufen«, schlägt Kingston vor.

Ich leere das Bier und öffne das nächste. »Wofür brauchen wir Rome? Ich muss nur auf eurer Couch pennen, weil ich nicht bei mir schlafen kann.«

»Warum nicht?«, will Kingston wissen.

»Weil ich zuerst die Bettwäsche waschen und alle Erinnerungen an sie loswerden muss.«

Juno setzt sich zu mir und legt die Hand auf mein Knie. »Lass uns darüber reden.«

»Ist nicht weiter schlimm. Nur ein wenig unpraktisch.« Ich schalte den Fernseher ein und trinke weiter mein Bier.

»Ihr habt so glücklich gewirkt«, bemerkt Juno.

Kingston schweigt. Das ist nicht sein Ding. Gefühle. Die hat er schon vor langer Zeit aufgegeben.

»Im Bett war sie großartig, aber es ist vorbei. Ich muss überlegen, was jetzt mit der Firma passiert. Ihre Ideen waren sowieso viel zu mädchenhaft. Jetzt kann ich Lifetime Adventures führen, wie Chip es getan hat.« Ich blicke Juno direkt in die Augen, damit sie weiß, dass ich nicht nur der angetrunkene, wütende Denver bin. »Es ist ein Segen.«

Sie holt genervt Luft, aber dafür ist jetzt nicht der richtige Zeitpunkt. »Ich finde, da liegst du falsch. Ihr zwei wart toll zusammen. Und indem du jetzt solche Sachen sagst, benimmst du dich wie ein Arschloch.« Sie steht auf. »Steh deinen Mann und geh ihr nach, wenn es dich so mitnimmt. Aber dein *Ist-mir-scheißegal*-Getue ist völliger Blödsinn. Das wissen wir alle.«

Dann stürmt sie aus dem Zimmer, knallt ihre Tür zu und schließt sie ab.

»Die ist aber gereizt«, sage ich zu Kingston. »Hat sie etwa ihre Tage?«

Er starrt mich an.

»Schon in Ordnung, Bruderherz. Wir müssen nicht darüber reden.« Ich greife nach dem nächsten Bier. »Willst du auch eins?«

Er nimmt die Flasche entgegen, öffnet sie und legt die Füße auf den Tisch, um sich mit mir eine Sportsendung anzusehen. Kingston ist die perfekte Gesellschaft, wenn man niedergeschlagen ist. Er beleidigt mich nicht und sagt mir auch nicht, wie dumm ich bin. Ich liebe meinen Bruder.

Ich stelle die zweite leere Flasche zurück in den Kasten und nehme mir ein weiteres Bier. Das habe ich vermisst, seit Cleo in mein Leben getreten ist.

Kapitel 33

CLEO

Dank Bridget, die den Last-Minute-Flug nach Dallas mit ihrer Kreditkarte bezahlt hat, lande ich am nächsten Tag um neun Uhr morgens. Auf dem Weg zum Flughafen habe ich Luther Lloyd angerufen und eine Nachricht hinterlassen, dass er die Papiere vorbereiten soll, damit ich meine Hälfte der Firma an Denver überschreiben kann. Mir ist klar, dass es zu Hause erst sechs Uhr ist. *Uff.* Nicht zu Hause. In Lake Starlight. Ich frage mich, was Denver jetzt wohl macht.

Nachdem ich mein Gepäck eingesammelt habe, erwartet mich Bridget bereits mit offenen Armen. Ich hätte erwartet, dass sie im Schlafanzug kommt, aber sie ist komplett angezogen, geschminkt und frisiert.

»Hübsch siehst du aus«, sage ich und fühle mich ein wenig unsicher, denn meine Augen sind rot und geschwollen.

»Das liegt am Fernsehen. Langsam erkennen mich die Leute. Deshalb will ich in der Öffentlichkeit gut aussehen.«

Sie hakt sich bei mir unter. Es ist, als wären wir nie voneinander getrennt gewesen. Sie stellt mir keine Fragen, während wir zum Auto gehen. Stattdessen erzählt sie mir von ihrem neuen Job als Wetterfee und dass sie aus Phils Haus ausgezogen und in ihr eigenes Apartment in der Innenstadt gezogen ist. Im Aufzug betrachte ich sie genauer. Sie strahlt. Sie ist glücklich. Ich dachte, ich wäre auch glücklich.

Wir verstauen meinen Koffer in ihrem Kofferraum und verlassen das Flughafengelände. Sie fährt ein paar Minuten lang, bevor sie den Elefanten anspricht, der mit uns im Auto sitzt.

»Ich weiß, dass du nicht darüber reden willst. Aber du musst.« Sie fährt auf den Highway auf.

»Chip ist nicht mein Vater«, erwidere ich.

Sie schweigt.

»Hast du gehört? Chip ist nicht mein Dad. Nicht im biologischen Sinn.«

Sie wirft mir einen Blick zu. »Ich weiß.«

»Du wusstest es?«, kreische ich. »Woher?«

»Hast du Hunger? Lass uns zuerst frühstücken.«

Ich seufze. »Ich habe keinen Hunger, Bridge.«

»Frühstücksburritos und ein Spaziergang um White Rock Lake?«

»Sag mir einfach, wie lange du es schon gewusst hast.«

»Fast seit Anfang an.«

Ich fühle mich verraten. Am liebsten würde ich die Tür aufreißen und mich aus dem Auto stürzen. Mir egal, ob mich jemand überfährt, denn ich habe bereits das Gefühl, vom Leben überrollt worden zu sein. Ich komme einfach niemals zur Ruhe. Ich dachte, ich hätte endlich meinen Platz gefunden – und dann muss ich das von Chip erfahren. Wenn ich an Chip denke, muss ich automatisch an Lifetime Adventures denken, was wiederum zu Denver führt. Ich krame in meiner Handtasche nach meinem Smartphone. Keine verpassten Anrufe.

»Was ist mit Denver passiert?«, fragt Bridget.

»Wir haben uns getrennt.«

Entsetzt sieht sie mich an. »Habt ihr nicht!«

Ich nicke. Ich wusste, dass Denver nicht für eine feste Beziehung gemacht ist. Dass er kein Prinz ist, der sich als Junggeselle ausgibt. Ich hatte von Anfang an recht. Die Tussi in der Bar ist wahrscheinlich immer noch seine heimliche Affäre.

»Tu dir das nicht an«, sagt sie und wechselt die Spur.

»Ich tue überhaupt nichts.«

»Du versuchst, dich selbst davon zu überzeugen, dass Denver nicht der Richtige ist. Dass du dich nicht in ihn verliebt hast.«

»Habe ich auch nicht.«

»Wirklich nicht?«

Ich schüttle den Kopf und verschränke die Arme. »Aber ich weiß jetzt wieder, dass ich auf mein Bauchgefühl hören sollte.«

»Wir haben telefoniert. Du warst glücklich. Ich habe die Fotos bei Instagram gesehen. Ihr habt so verliebt gewirkt.«

»Da liegst du leider falsch. Wärst du da gewesen, wüsstest du, dass ich ihn in einer Bar mit einer anderen erwischt habe.« Selbst ich klopfe mir gerade imaginär gegen den Schädel und frage, ob jemand zu Hause ist. Ich glaube, ich bin vollkommen übergeschnappt. Schnell wechsle ich das

Thema, denn ich weiß genau, dass er mit ihr nichts hatte. Ich suche nur nach etwas, damit ich mich nicht mehr so schlecht fühle. »Es geht überhaupt nicht um ihn.«

»Du hast ihn verlassen, weil du von Chip erfahren hast«, stellt Bridget fest und fährt in den Drive-Thru. Sie bestellt unsere Frühstücksburritos, einen Cold Brew und einen Latte für sich.

Wieder werfe ich einen Blick aufs Handy, denn ich dachte, es hätte vibriert. Nope.

Wir gehen den Weg am See entlang, essen unser Frühstück und trinken unseren Kaffee.

»Das habe ich vermisst«, sage ich.

»Ich auch.« Sie stößt mich mit der Schulter an. »Aber du weißt, dass du nicht hierher gehörst, oder?«

Ich seufze. »Ich weiß nicht, wohin ich gehöre.«

Sie stößt mich erneut an.

Gleich lande ich noch im See. »Könntest du bitte damit aufhören?«

»Vielleicht würde dir ein kaltes Bad ganz guttun, damit du wieder zu Vernunft kommst.«

»Warum hast du mir das mit meinem Dad nie gesagt?«, frage ich.

Sie knüllt das Papier ihres Burrito zusammen und greift in die Tüte, um sich den zweiten zu nehmen. Das hatten wir schon immer gemeinsam. Wir sind Stressesser. »Am Anfang dachte ich, du wüsstest es. Ich habe ein Gespräch zwischen meinem Dad und deiner Mom belauscht. Als ich ihn darauf angesprochen habe, musste ich versprechen, dir nichts zu erzählen. Er meinte, es würde dich zu sehr verletzen, wenn du es von mir erfahren würdest. Und das wollte ich nicht. Danach habe ich nicht weiter darüber nachgedacht. In meiner Welt gibt es ganz verschiedene Familien. Selbst jetzt finde ich, dass es keine große Sache ist.«

»Keine große Sache?«, jammere ich. »Ich habe eine Mutter, die von Mann zu Mann gehüpft ist, und einen Vater, der gar nicht mein Vater ist. Ich habe keine Wurzeln. Du gehörst hierher. Zu Phil. Ihr seid blutsverwandt.«

Sie nimmt einen Schluck von ihrem Kaffee und wirft mir einen schiefen Blick zu. »Ich weiß nicht, ob Blut so viel bedeutet.«

»Weil es bei dir so ist«, widerspreche ich, und sie erwidert nichts mehr.

Schweigend gehen wir weiter und essen unsere Burritos auf.

»Dann wirst du also wieder auf die Ranch ziehen?«

Ich seufze. »Ich weiß es nicht. Nach der Sache will ich nicht mehr mit meiner Mom zusammenleben. Vielleicht suche ich mir irgendwo einen Job.«

»Oder du gehst zurück nach Lake Starlight und leitest die Firma, die dir dein Vater vererbt hat.«

»Hast du mir eben nicht zugehört?«

Sie nimmt einen letzten Schluck von ihrem Latte, bevor sie ihn wegwirft, obwohl sie erst die Hälfte getrunken hat. »Ich höre dir zu. Ich liebe dich, Cleo. Du bist meine Schwester. Aber weißt du was?«

»Was?« Seufzend warte ich auf ihre nächste Weisheit.

»Wir sind nicht blutsverwandt.«

Abrupt bleibe ich stehen, während sie weitergeht. Als sie

merkt, wie einfach sie ihren Standpunkt deutlich gemacht hat, dreht sie sich langsam um.

»Das ist was anderes. Wir wussten es von Anfang an.« Ich schließe zu ihr auf, doch ich muss zugeben, dass mein »Argument« nicht wirklich zieht.

»Wenn du meinst.« Wieder hakt sie sich bei mir unter.

Nachdem wir den ganzen See umrundet haben, fährt sie mich zur Ranch, damit ich meine Mutter zur Rede stellen kann.

Kapitel 34

DENVER

Irgendjemand hat mir einen Streich gespielt. Das ist die einzige Erklärung, warum ich das Gefühl habe, Wattebällchen im Mund zu haben. Kurz darauf höre ich entfernte Stimmen.

»Du kippst ihm kein Wasser über den Kopf. Das wird mein Sofa ruinieren.«

Juno.

»Er wird jetzt seinen Hintern hochkriegen und aufhören, sich wie ein Kind zu benehmen.«

Austin.

»Wir sollten ihm mit Edding ›Vollidiot‹ auf die Stirn schreiben.«

Phoenix.

»Kommt schon, Leute. Wir waren alle schon mal in der gleichen Situation.«

Holly.

»Ich nicht. Ich habe um meine Verlobte gekämpft.«

Rome.

»Wir hatten auch unsere Probleme. Das ist nur ein Schlagloch auf ihrem gemeinsamen Weg.«

Harley.

»Wyatt ist auch davongerannt.«

Brooklyn.

»Bin ich nicht.«

Wyatt.

»Du bist nach New York abgehauen.«

Brooklyn.

»Einen Tag später war ich wieder hier.«

Wyatt.

»Mommy und Daddy, hört auf zu streiten.«

Kingston.

»Er wird mit keinem von euch reden.«

Liam.

»Wir müssen es versuchen. Sollen wir Dori anrufen?«

Savannah.

»Was ist mit Onkel Denver?«

Calista.

Ich schlage die Augen auf. Calistas Gesicht ist direkt über mir. Sie starrt mich an. Ich hebe sie hoch und setze mich auf. Mein Gehirn fühlt sich an, als würde es in meinem Schädel hin und her schwappen. Als meine Nichte anfängt zu quietschen, spüre ich eine Freude, die ich seit dem Mist, der gestern Abend passiert ist, nicht mehr empfunden habe – bis ich meine ganzen Geschwister und ihre besseren Hälften sehe. Alle starren mich an.

»Zeit zu reden«, sagt Austin.

Ich werfe einen Blick auf die Wanduhr. Scheiße. Es ist

erst sieben Uhr morgens. Ich lasse Calista los und lege mich wieder hin. »Nicht jetzt.«

Austin zieht das Kissen unter meinem Kopf hervor, der unsanft auf der Armlehne landet.

»Verdammt«, jammere ich.

»Vielleicht hilft es dir, endlich wieder klar zu denken. Wir müssen alle zur Arbeit. Wir können dich nicht den ganzen Tag babysitten.«

Ich setze mich wieder auf.

»Calista, geh in Tante Junos Zimmer und sieh fern.« Harley schiebt sie in Richtung Junos Schlafzimmer.

Doch Juno blockiert die Tür, bevor Calista es betreten kann. »Geh lieber in Onkel Kingstons Zimmer. Meins ist viel zu unordentlich.«

Alle starren sie an. Calista schert sich nicht um Unordnung. Doch gelassen, wie sie nun mal ist, schlendert sie in Kingstons Zimmer. Keine Sekunde später erklingt »Baby Shark«.

»Verdammt. Ich habe mein Handy im Zimmer liegen lassen.« Kingston tastet seine Schlafanzughose ab.

»Denver …« Rome schiebt die Bierflaschen beiseite und setzt sich auf den Couchtisch. »Was ist passiert?«

Ich will nicht derjenige sein, der die Neuigkeiten verbreitet. Keine Ahnung, ob Phoenix etwas ausgeplaudert hat, aber ich werde nichts über Cleo und die Situation mit ihrem Dad erzählen, bevor ich nicht mit ihr gesprochen habe.

»Ist egal. Wir haben uns getrennt, und meine kleine Schwester da drüben hat sie zum Flughafen gefahren.« Ich sehe Phoenix an und verdrehe die Augen.

»Ja, weil sie verletzt war. Und du hast sie nur unter Druck gesetzt. Sie hatte Panik. Und ich dachte, sie bräuchte ein wenig Freiraum. Ich habe versucht, sie zum Bleiben zu überreden, aber verdammt, dieses Mädchen ist echt stur.«

Alle anwesenden Frauen funkeln mich böse an. Ich hebe die Hand, denn ich kann jetzt keine Reden gebrauchen.

»Du benimmst dich wie einer unserer Schüler«, schimpft Holly. »Manchmal brauchen Menschen ein wenig Freiraum, um wieder einen klaren Kopf zu bekommen. Das heißt aber nicht, dass du ihr nichts mehr bedeutest.«

Ich stehe vom Sofa auf. »Ich muss jetzt zur Arbeit. Meine Geschäftspartnerin hat mich gerade sitzen lassen. Hey, hat einer von euch Lust, mit mir eine Realityshow zu machen?« Ich lasse den Zeigefinger von einem zum anderen wandern. »Nein? Dachte ich mir.«

»Denver, können wir bitte vernünftig miteinander reden?«, fragt Austin.

Ich reiße die Haustür auf. »Nein.« Dann knalle ich sie zu, damit sie wissen, dass die Diskussion jetzt beendet ist.

Ich bin schon fast bei meinem Truck, als eines der Fenster geöffnet wird.

»Vielleicht solltest du mal Buzz Wheel checken!« Dann wird das Fenster wieder zugeknallt.

Ich beiße in den Köder, den mir Phoenix zugeworfen hat, und öffne Buzz Wheel auf meinem Handy. Das Foto von dem »Willkommen in Dallas«-Schild verrät mir schon jetzt, dass es um Cleo geht.

• • •

Ich habe traurige Nachrichten für die Bürger Lake Starlights. Nach dem Tod von Chip Dawson hatten wir gehofft, wir müssten die Einwohnerzahl nicht ändern, weil wir dachten, seine Tochter Cleo würde seinen Platz einnehmen. Aber Gerüchte besagen, dass sie gestern Nacht zurück nach Texas geflogen ist. Anscheinend sind sie und Denver schlecht aufeinander zu sprechen, und sie will ihm ihre Hälfte von Lifetime Adventures geben. Ich hoffe, die Gerüchte stimmen nicht, aber es wurde beobachtet, wie sich die Baileys heute Morgen bei Kingston und Juno getroffen haben. Denvers Truck stand die ganze Nacht vor ihrem Haus, und Phoenix kam um ein Uhr nachts nach Hause, was zeitlich passen würde. Es macht mich traurig, dass wir sie und mit ihr den neuen und besseren Denver Bailey verloren haben. Aber ich bin sicher, die beiden finden einen gemeinsamen Weg. Falls du in Texas bist, Cleo, dann komm bitte zurück nach Lake Starlight.

• • •

Ich werfe mein Handy auf den Beifahrersitz. Ich sehe Cleo förmlich vor mir. Wie sie mit übereinandergeschlagenen Beinen dasitzt und mich flirtend angrinst.

Verdammt, wie mein Herz schmerzt. Ich reibe mir die Brust. Wie oft kann ein Herz leiden, bevor es sich komplett verschließt? Ich habe es satt, diese Scheiße immer wieder durchzumachen.

• • •

Eine halbe Stunde später betrete ich Lifetime Adventures. Lächelnd steht Nancy vor der Kaffeemaschine. »Ich habe dir einen Cold Brew gemacht.«

»Danke.« Ich sehe sie an. Dann wandert mein Blick zur Tür, auf der in hübscher Schrift »Manager« geschrieben steht. »Ich werde heute im Hangar arbeiten.«

Ich verlasse das Büro und ziehe die Tür hinter mir zu. Heute werde ich alles umorganisieren und mich im Lagerraum vergraben.

»Denver Bailey.«

Fuck. G'ma D. Bekomme ich denn heute nicht mal eine kleine Verschnaufpause? Sie denkt wohl, wir Geschwister würden uns nicht darüber unterhalten, dass sie es sich anscheinend in den Kopf gesetzt hat, uns alle in Ordnung zu bringen.

»Geh weg. Ich brauche jetzt keine Geschichten«, erwidere ich.

»Oh, ich erzähle dir keine Geschichten.« Sie folgt mir in den Lagerraum. »Ich sage das nur einmal. Und du wirst jetzt von der Leiter steigen und mir zuhören.«

Ich klettere herunter, denn wenn ich es nicht tue, wird sie mich wahrscheinlich am Gürtel packen und herunterzerren. »Was ist?«

»Weißt du eigentlich, wie schwer es war, dich und Cleo zu verkuppeln und es so aussehen zu lassen, als hätte ich nicht die Finger im Spiel gehabt?«

»Tut mir leid, dass du deine Zeit verschwendet hast.« Ich drehe mich um, doch sie packt mich am Arm und reißt mich herum. Ich glaube, so wütend habe ich sie noch nie erlebt.

»Oh, bei mir musst du dich nicht entschuldigen. Denn du wirst jetzt ins Flugzeug steigen, nach Dallas fliegen und um Gnade winseln.«

Ich lache. »Ähm. Nein.«

»Hör auf, deine Zukunft zu zerstören. Ja, du wurdest verletzt. Wir sind alle schon mal verletzt worden. Ich habe deinen Großvater verloren. Ich habe meinen Sohn und meine Schwiegertochter verloren. Deine acht Geschwister haben auch ihre Eltern verloren.« Sie legt die Hand auf mein Herz. »Ich weiß, dass es wehtut und du so etwas nicht noch einmal durchmachen willst. Aber so ist das Leben, Schätzchen. Leben und Tod gehen Hand in Hand. Cleo hat ihren Vater verloren, nur um ihn gleich darauf ein zweites Mal zu verlieren, als sie erfahren hat, dass er nicht ihr leiblicher Vater war. Versetz dich mal in ihre Lage.«

»Sie hat mich verlassen.« Ich setze mich auf eine Kiste. »Ihre erste Reaktion war, davonzulaufen.« Ich blicke zu ihr hoch. »Vor mir wegzulaufen.«

G'ma D setzt sich auf eine Leitersprosse. »Ich weiß. Und sie wird sich dafür entschuldigen müssen. Aber willst du wirklich hier sitzen und ihr nicht nachgehen? Wo ist der Denver Bailey, der kämpft, bis er nicht mehr kann? Willst du deine Niederlage einfach akzeptieren?«

»Wer weiß, was aus uns beiden geworden wäre?«

Sie schlägt mir auf den Hinterkopf. »Diesen Mist kannst du sonst wem erzählen, aber nicht mir. Du liebst dieses Mädchen.«

Ich widerspreche nicht, denn sie hat recht. Irgendwann in dieser verrückten Situation habe ich mich in sie verliebt.

So sehr, dass mich der Gedanke, sie könnte mich nicht so lieben wie ich sie, unheimlich schmerzt. Ansonsten wäre sie nicht davongelaufen. »Aber ich glaube, sie liebt mich nicht.«

»Doch, ich glaube, das tut sie. Aber es gibt nur einen Weg, es herauszufinden.« Als ich sie ansehe, wirkt sie verärgert. »Geh und schnapp sie dir.«

»Sie will mich bestimmt nicht zurück.«

G'ma D nimmt mein Smartphone vom Regal und drückt es mir in die Hand. »Dann finde es heraus.«

Phoenix taucht aus dem Nichts auf. »Nein. Er muss zu ihr gehen.« Dann wendet sie sich an mich. »Du *musst* zu ihr gehen.«

G'ma D nickt.

»Scheiße.« Ich blicke an mir herab. »Ich rieche wie eine Brauerei. So kann ich nicht gehen.«

G'ma D schiebt mich aus dem Lagerraum. »Dass du nicht länger warten konntest, bedeutet noch viel mehr.«

Ich nicke. »Ich brauche ein Flugticket.«

Grinsend beißt sich Phoenix auf die Unterlippe.

»Was?«, frage ich.

»Ich habe auf Instagram gesehen, dass Griffin Thorne gestern mit seinem Privatjet eingeflogen ist.«

Keine Ahnung, warum er hier ist, aber es ist auch egal. Ich bin nicht zu stolz, um zu betteln. Ich kann Cleo nicht einfach gehen lassen. Ich muss wenigstens versuchen, sie zurückzubekommen. Ich wähle seine Nummer, und er geht sofort ran. Nachdem ich ihm die Situation erklärt habe, erwidert er, ich solle mich mit ihm auf dem Flugplatz treffen. Er würde alles in die Wege leiten.

»Ich komme mit«, verkündet Phoenix.

»Nein, tust du nicht.«

»Ich habe dir die Info gegeben! Komm schon. Ich will doch nur, dass du mich ihm vorstellst.« Sie folgt mir aus dem Hangar. Ich springe in meinen Truck und verriegle die Türen, bevor sie einsteigen kann. »*Denver!*«

Darum kümmere ich mich später. Jetzt zählt nur eins: Ich muss mich bei Cleo entschuldigen und sie zurückerobern.

• • •

Fünfundvierzig Minuten später bin ich am Flughafen. In der kleinen Abflughalle rennt Maverick im Kreis um Griffin herum. Ich stelle den Truck in den Parkmodus und steige aus.

Griffin kommt mir entgegen. »Das Flugzeug ist bereit. Über Nacht kann es dort am Flughafen bleiben, aber morgen muss es wieder hier sein. Maggie bekommt einen Herzinfarkt, wenn ich ihn nicht rechtzeitig zurück nach L.A. bringe.«

Ich schüttle seine Hand. »Ich bin dir echt was schuldig.«

»Ich verdanke dir mein Leben. Das hier ist nichts.« Er streicht sich das Haar hinters Ohr.

»Hey, Maverick.« Ich halte dem Jungen meine Faust entgegen.

Er begrüßt mich mit einer Gettofaust und fängt an, von Stuhl zu Stuhl zu springen.

»Diese *Du-hast-mir-das-Leben-gerettet*-Sache hat ein Verfallsdatum«, rufe ich und renne zur Tür hinaus.

Ich steige ins Flugzeug. Als Griffin sagte, es sei bereit, meinte er es auch so. Die Treppe wird sofort eingefahren, der Pilot startet den Motor, und noch bevor ich mich richtig angeschnallt habe, brettern wir schon die Startbahn hinab.

Kapitel 35

CLEO

Bridget fährt mich zu Phils Haus. Komischerweise habe ich es schon immer als »sein Haus« bezeichnet. Drei Jahre lang bin ich nach der Schule immer in dieses Haus zurückgekehrt, aber es war nie mein Zuhause. Dabei hätte es mein Zuhause sein sollen, schließlich lebt meine Mutter auch hier. Doch Phil hat mir eher das Gefühl gegeben, hier zu Hause zu sein, als meine eigene Mutter. Ich habe eine Mutter, die mich wie eine Stieftochter behandelt, während mich mein Stiefvater immer wie seine Tochter behandelt hat.

»Bist du sicher?«, fragt Bridget.

Wir lassen die Blicke über die Ranch schweifen. Die Gärtner sind gerade dabei, ihre wöchentliche Arbeit zu verrichten.

»Solange du an meiner Seite bist.«

Sie ergreift meine Hand. »Ich bin immer für dich da.«

»Und danach wirst du mich zum Flughafen fahren.« Sie zieht die perfekten Augenbrauen zusammen. »Ich fliege nach Hause.«

»Willst du damit sagen, dass meine Worte in deinem Kopf angekommen sind?«

Lachend umarme ich sie. »Ja. Ich liebe dich. Danke.«

»Ich fasse nicht, dass meine weisen Worte zu dir durchgedrungen sind.«

Wir lösen unsere Umarmung. »Wir wollen mal nicht übertreiben.«

Dann steigen wir aus.

»Darüber reden wir noch mal«, sagt sie. Doch ich erwidere nichts, denn mein Herz schlägt wie die Drum einer Rockband. »Du schaffst das.« Bridget schließt die Haustür auf. »Dad! Violet!«

»Wahrscheinlich sind sie hinterm Haus«, bemerke ich.

Sie nickt. Wir durchqueren das Foyer, die Küche und das Esszimmer und steuern auf die hintere Veranda zu. Wie ich erwartet habe, sitzen Phil und meine Mom da, trinken Bloody Marys und essen zu Mittag. Als wir die Tür öffnen, drehen sie sich nicht mal um. Phil ist in eine Zeitschrift vertieft, und meine Mom hängt am Telefon.

»Mädchen?«

Wir zucken zusammen und wirbeln herum.

»Audrina!« Bridget berührt ihren Arm. »Du hast uns aber erschreckt.«

»Cleo, du bist zurück?« Sie drückt mich an ihre üppige Brust.

»Ich war zu voreilig.«

»Sie hatte einen Aussetzer, aber heute Abend fliegt sie zurück«, erklärt Bridget.

Mit Audrina, Phils Hausmädchen, sind wir nicht blutsverwandt, aber sie wusste immer, was mit Bridget und mir los war.

»Der Junge?«, fragt Audrina.

Seht ihr, was ich meine? Aber ich glaube, in dem Fall hatte Bridget die Finger im Spiel.

Bridget hakt sich bei Audrina unter, wie sie es immer bei mir tut. »Sie liebt ihn.«

»Liebe? Dafür ist sie viel zu jung.« Audrina winkt ab.

Ich habe nicht gesagt, dass ich ihn liebe. Bridget vermutet es zwar, aber es gibt da eine Person, die es zuerst hören muss.

»Los, los. Eure Eltern brechen in einer Stunde auf.« Sie scheucht uns zur Tür hinaus. Bridget tritt zuerst hinaus auf die Veranda. Bevor ich ihr folgen kann, hält mich Audrina am Arm fest. »Geht's dir gut? Da oben?«

Ich nicke. »Ja.«

Lächelnd legt sie die runzeligen Hände an meine Wangen. »Ich bin stolz auf dich. Das, was du getan hast, erfordert eine Menge Mut. Siehst du? Ich habe es dir schon immer gesagt. Chancen zu ergreifen, zahlt sich aus.«

Ich drücke sie fest, denn nach dem, was ich gleich tun werde, werde ich hier vielleicht nicht mehr willkommen sein. »Ich vermisse dich wie verrückt.«

»Ich vermisse dich auch. Und Bridget ist auch kaum noch hier. Das Haus ist still geworden.«

»Cleo«, flüstert Bridget. »Ihr umarmt euch ohne mich?«

Audrina und ich öffnen die Arme, und Bridget wird Teil der Gruppenumarmung. Als wir einander loslassen, haben wir alle Tränen in den Augen.

»Und jetzt geht. Ich muss arbeiten.« Audrina scheucht uns hinaus. Bevor wir noch irgendwas sagen können, hat sie die Tür hinter uns geschlossen.

Ich sehe Bridget an, und sie ergreift meine Hand.

Anscheinend hat uns meine Mom endlich bemerkt, denn sie dreht sich um. Dann tippt sie Phil an, der sich ebenfalls umdreht. Aber keiner steht auf. Phil widmet sich ein letztes Mal seiner Zeitung, bevor er sie zuschlägt und beiseitelegt.

»Cleo?«, fragt meine Mom.

»Hey«, erwidere ich.

»Dad, willst du eine Runde spazieren gehen?«, fragt Bridget.

Er wirft einen Blick auf seine Armbanduhr. »Ich habe nicht mehr viel Zeit, Süße.«

»Was machst du hier? Warum hast du nicht angerufen?« Meine Mom ist immer noch nicht aufgestanden, um mich zu umarmen. Aber sie hat mir noch nie sonderlich viel Zuneigung entgegengebracht.

»Dad«, sagt Bridget mit einer Stimme, die Phil so gut wie immer dazu bringt, das zu tun, was sein kleines Mädchen will.

Er steht vom Tisch auf und legt die Hand auf meine Schulter. »Schön, dich zu sehen, Cleo. Ich werde bestimmt später erfahren, worum es hier geht.«

»Danke, Phil.«

Er senkt den Kopf. Bestimmt ist ihm bewusst, dass dieses Mutter-Tochter-Gespräch längst überfällig ist. Phil und

Bridget gehen in Richtung der Ställe. Ich setze mich meiner Mutter gegenüber auf den freien Stuhl.

»Cleo, warum blickst du so drein?« Sie fuchtelt in der Luft herum.

»Warum hast du es mir nie gesagt?«

Sie hebt eine Augenbraue. »Was gesagt? Sei bitte ein wenig spezifischer.«

»Ich habe die Dokumente gefunden. Er hat mir einen Brief hinterlassen.«

Sie presst die Kiefer aufeinander und holt tief Luft. »Welche Dokumente?«

»Ernsthaft?«

»Ich weiß nicht, wonach du suchst.«

»Nach Antworten, Mom. Wie konntest du mich die ganze Zeit glauben lassen, er wäre mein Dad? Wenn du dich nicht von ihm getrennt hättest, hätte ich es vielleicht verstanden. Oder wenn du mir erlaubt hättest, ihn mehr als zwei Wochen im Jahr zu sehen. Du hast zugelassen, dass er mich adoptiert. Du hast sein Geld genommen und ihm den Kontakt zu mir untersagt.«

Sie lehnt sich zurück und schlägt die Beine übereinander. »Wir waren verheiratet, als er dich adoptiert hat. Er wollte für alles bezahlen, weil er dein Dad war. Und wenn ich mich recht entsinne, hat er nie darum gebeten, dich öfter sehen zu dürfen.«

Wie konnte ich nur glauben, ich würde von ihr Antworten bekommen? »Er hat versucht, das alleinige Sorgerecht zu bekommen, als ich vierzehn war.«

»Daran kann ich mich nicht erinnern.« Sie wedelt mit der Hand, als würde sie ein lästiges Insekt verscheuchen.

»Ist auch egal.« Ich gehe zurück zum Haus. Ich werde draußen auf Bridget warten.

Ihr Stuhl rückt über den Betonboden. »Was willst du von mir?«

Ich drehe mich um. »Ich will jetzt nicht wie Jack Nicholson in *Eine Frage der Ehre* klingen, aber ich will die Wahrheit. Ich will wissen, warum du einen Mann dazu gebracht hast, mich zu adoptieren, um eine wahrscheinlich ungewollte Schwangerschaft zu vertuschen. Warum du sein Geld gestohlen und ihm eine Beziehung zu mir versprochen hast. Warum du mich in dem Glauben gelassen hast, Phil würde für alles bezahlen, obwohl es in Wirklichkeit Chip war. Sag mir, warum du nicht wolltest, dass ich es weiß.« Meine Stimme wird immer lauter.

Sie ballt die Hände zu Fäusten – die erste emotionale Regung, die sie zeigt. »Ich bin schwanger geworden und habe kurz darauf Chip kennengelernt. Er hat mich geliebt und wollte dich adoptieren. Es war besser so. Ist es dir lieber, zu wissen, dass dich dein richtiger Vater weder emotional noch finanziell hätte unterstützen können? Ich habe getan, was für dich am besten war. Für uns.« Sie verengt die Augen zu Schlitzen.

»Du hast getan, was für *dich* am besten war.« Ich richte den Zeigefinger auf sie. »Hättest du in meinem Sinne gehandelt, hättest du Lake Starlight nicht verlassen. Dann hättest du mir erlaubt, Chip zu sehen, ganz egal, ob er mein leiblicher Vater war oder nicht. Und du hättest mir die Wahrheit gesagt, als ich alt genug war. Aber du hast dich schon immer nur für dich selbst interessiert!«

Sie schnaubt. »Wie bitte? Ist dir die Luft da oben nicht gut bekommen? Er hat vielleicht für ein paar Sachen bezahlt, aber Phil hat dir ein Dach überm Kopf gegeben und für Essen auf dem Tisch gesorgt. Er hat dir Designerklamotten gekauft. Für teure Urlaube bezahlt. Chip hat Sachen bezahlt. Und Phil auch.« Sie verschränkt die Arme vor der Brust.

»Weil du Chip nicht erlaubt hast, mehr zu tun. Du warst so egoistisch.«

Ich entdecke Phil und Bridget, die wieder auf dem Weg hierher sind. Bridget hat die Hand auf seinen Rücken gelegt. Sein Blick ist auf uns gerichtet, und er wirkt besorgt.

»Was willst du erreichen, Cleo? Willst du, dass ich mich wie eine schlechte Mutter fühle?«

»Du *warst* eine schlechte Mutter. Sieh mich an, Mom. Ich bin total verkorkst. Ich bin gerade davongerannt und habe den Ort verlassen, an dem ich mich endlich zu Hause gefühlt habe. Ich habe den ersten Mann verlassen, den ich wirklich ...« Ich beende den Satz nicht, denn es ist ihr sowieso egal. Außerdem hat sie es nicht verdient, zu erfahren, wie sehr mich Denver verändert hat.

Mein Smartphone piept in meiner Handtasche.

»Du bist immer so dramatisch. Du denkst, du hättest ein schweres Leben.« Sie öffnet die Arme und deutet auf das Haus und die Ranch.

Ich hatte hier kein schlechtes Leben. Das will ich damit gar nicht sagen. Ich hatte immer genug Kleidung und Nahrung, aber Gefühle haben mir schon immer Angst gemacht. Sie hat mir Angst gemacht.

»Du hast keine Ahnung von einem schweren Leben«, giftet sie.

»Interessiert es dich überhaupt, was ich herausgefunden habe? Kümmert es dich denn auch nur ein bisschen, dass ich jetzt hier stehe und du mir eine Entschuldigung schuldig bist und mir erklären musst, wer mein biologischer Vater ist?«

Sie wirft die Arme in die Luft. »Er war ein Drogenabhängiger, der gestorben ist, als du zwei Jahre alt warst. Hier. Fühlst du dich jetzt besser?«

Ich stehe da und versuche, die Information zu verarbeiten, denn sobald ich dieses Haus verlasse, habe ich keine Eltern mehr. Zumindest keine, mit denen ich noch sprechen werde. »Danke. Das war das Mindeste, was du tun konntest.« Ich wende mich zum Gehen.

»Cleo!«, schreit sie, und ich drehe mich wieder um.

Phil und Bridget betreten die Veranda. Bridget sieht mich an. Wieder piept mein Handy. Mom schüttelt den Kopf. Aber keine Träne. Keine Entschuldigung. Die Frau, die dasselbe Blut hat wie ich, kümmert sich nicht einmal halb so viel um mich wie die zwei Menschen, mit denen ich mir keinen einzigen Tropfen Blut teile.

»Ein schönes Leben noch, Mom.«

»Warte, Cleo!« Bridget rennt mir nach. Ich habe bereits die Küche durchquert, als sie mich einholt. »Ist nicht gut gelaufen, was?« Sie schließt mich in die Arme, als mein Handy ein drittes Mal piept.

»Nein.« Ich zücke mein Smartphone.

PHOENIX: Privatflugzeug. Dallas Love Field.
Ankunft 21:00 Uhr.

»Er kommt hierher«, flüstere ich.

»Wer?« Sie blickt über meine Schulter und küsst dann meine Schläfe. »Ach, *er*.«

Ich muss lachen.

»Dann müssen wir den restlichen Tag damit verbringen, dich hübsch zu machen.«

»Nein«, erwidere ich. »Du hast schon genug getan.«

»Ich will meiner Schwester noch einmal was spendieren, bevor sie für immer wegzieht«, entgegnet sie und öffnet die Haustür.

Ich werfe einen letzten Blick auf das Haus. »Ich werde es vermissen.«

Bridget geht zum Auto. »Nein, wirst du nicht.«

Wir steigen ein, und sie fährt los. Ich blicke nicht zurück. Es ist Zeit, ein neues Kapitel aufzuschlagen.

Kapitel 36

DENVER

Als das Flugzeug landet, löse ich sofort den Sicherheitsgurt. Während des Flugs habe ich auf dem Handy Phils Haus gefunden. Dort muss sie sein.

»Autovermietung?«, frage ich die Stewardess.

»Es sollte bereits ein Uber auf Sie warten.«

»Okay, danke.«

Während das Flugzeug auf seine Endposition rollt, gehe ich nervös auf und ab. Nachdem es endlich zum Stillstand gekommen ist und die Treppe ausgefahren wurde, renne ich die Stufen hinab und ins Terminal. Jetzt kann mich nichts und niemand mehr aufhalten. Ich folge der Beschilderung zum Abholbereich. Es ist ein kleiner Privatflughafen, daher ist kaum jemand hier.

»Denver?«, höre ich hinter mir eine Stimme. Ich muss verrückt geworden sein, denn sie klang wie Cleo.

Ich jogge weiter und will die Tür aufdrücken.

»*Denver!*«

Ich drehe mich um. Bestimmt habe ich was im Flugzeug

vergessen. Doch da ist sie. Als hätte ich sie heraufbeschworen.

»Cleo?«, frage ich, als könnte sie sich in Luft auflösen, wenn ich die Hand nach ihr ausstrecke.

Man sieht ihr an, dass sie geweint hat. Sie sieht ein wenig mitgenommen aus, aber dennoch wird mir bei ihrem Anblick ganz warm ums Herz. Jetzt geht es mir besser, obwohl ich keinen blassen Schimmer habe, wie die Geschichte ausgehen wird.

Ich jogge zu ihr hinüber. »Was machst du hier?« Ihr warmherziger Gesichtsausdruck gibt mir Hoffnung.

Sie lächelt. »Ich lebe hier. Bisher zumindest.«

Es ist egal, warum sie hier ist. Ich muss ihr endlich etwas sagen. »Es tut mir leid. Ich bin so ein Idiot. Wie viel Zeit brauchst du? Ich kann bleiben oder zurück nach Lake Starlight fliegen und auf dich warten. Wie du willst. Aber ich bitte dich. Ich will nicht, dass wir uns trennen.«

Sie tritt näher an mich heran und legt den Finger auf meine Lippen.

»Hey, das ist meine Geste«, flüstere ich, und sie lacht erneut. Das sind doch gute Zeichen, oder?

»Es tut mir leid. Ich brauche keine Zeit zum Nachdenken. Ich hätte nicht so explodieren sollen. Kannst du mir verzeihen?« Sie nimmt den Finger von meinem Mund.

»Nein, es war mein Fehler. Das war ein harter Schlag für dich, und ich ...« Die kleine Stimme in mir sagt, dass es jetzt Zeit ist. »Ich liebe dich, Cleo. Verdammt. Ich liebe dich so sehr. Als du gegangen bist, dachte ich, du würdest mich zurückweisen. Uns. Es hat mir das Herz gebrochen, als du deinen Koffer gepackt hast. Ich habe blöd reagiert. Ich hätte dich gehen lassen und auf dich warten sollen, bis du zurückkommst.«

»Nein.« Sie ergreift meine Hände und verschränkt unsere Finger ineinander. »Wir sind Partner. Wir stecken da zusammen drin. Ich hätte niemals weglaufen sollen.«

Ich drücke ihre Hände fester. »Dann meinst du also, wir haben beide falsch gehandelt?«

Kichernd nickt sie. »Ich liebe dich, Denver.«

Ich schließe die Augen und sauge ihre Worte in mich auf. Ich stelle mir mein Herz vor wie eine dieser Glühwürmchenpuppen aus den Achtzigern.

»Hey.« Cleo macht einen Schritt auf mich zu, und ich nehme ihr Gesicht zwischen die Hände.

»Ja?«

»Kannst du mir einen Gefallen tun?«, flüstert sie.

»Alles, was du willst.«

»Bring mich nach Hause.«

Ich beuge mich hinab und drücke meinen Mund auf ihren.

»Sorry, Leute, aber vor morgen früh geht ihr nirgendwohin«, unterbricht uns Bridget.

Ich winke ab und erobere Cleos Mund mit meiner Zunge. Bisher habe ich Bridget nicht mal bemerkt.

Doch Bridget hat recht. Cleo und ich nehmen uns für die Nacht ein Hotelzimmer. Unser Versöhnungssex hebt uns auf ein völlig neues Level. Vielleicht sollte ich ab und zu einen Streit vom Zaun brechen.

Am nächsten Morgen steigen wir in Griffins Flugzeug.

Endlich bringe ich Cleo Dawson dahin, wo sie hingehört – nach Hause.

Epilog

Etwa ein Jahr später ...

DENVER

»Das war ein toller Flug. Ich glaube, nächstes Mal kannst du allein fliegen.«

Cleo sieht mich vom Pilotensitz in Chips Flugzeug an. »Ich glaube nicht, dass ich jemals allein fliegen will.«

Ich weiß, was sie meint. Früher habe ich es geliebt, allein zu fliegen, aber inzwischen habe ich sie lieber dabei.

Unsere Show ist vor vier Monaten auf Sendung gegangen. Bisher sind die Kritiken gut, und Selma hat bereits angerufen, dass sie eine weitere Staffel mit uns drehen wollen. Mit Lifetime Adventures läuft es jeden Tag besser. Dieses Jahr beginnen wir mit Familienexkursionen. Jep, Cleo hat sich durchgesetzt.

Wir wohnen immer noch in Savannahs Haus, aber inzwischen zahle ich sogar Miete. Phoenix ist auch noch da. Ich habe es nicht übers Herz gebracht, sie rauszuwerfen.

Und zum Glück ging es Cleo genauso. Aber wir haben ihr zu Weihnachten AirPods geschenkt, die sie jetzt jede Nacht benutzt. Okay, vielleicht nicht jede Nacht.

Im Hangar ist es stockdunkel.

»Hat Nancy denn nicht das Licht angemacht?«, fragt sie.

»Mach den Motor aus. Vielleicht ein Stromausfall oder so.«

Sie schaltet ihn aus, und ich klettere auf den Flügel und springe herunter. Sie macht das Gleiche auf ihrer Seite. »Ich wollte es aber unbedingt in den Hangar ziehen.«

»Kannst du, sobald wir herausgefunden haben, was los ist.«

In dem Moment, als wir den Hangar betreten, geht das Licht an, und alle rufen: »Happy Birthday!«

Cleo sieht mich an. Fast meine ganze Familie ist hier und mit ihnen auch Bridget, Nancy, Luther Lloyd und die Jungs von Smokin' Guns. Fast alle Bewohner Lake Starlights, die Cleo kennen, denn alle lieben sie. Sedona ist immer noch in New York. Das jüngste Familienmitglied, Phoebe, hängt vor Romes Brust, während Dion umherwatschelt und Calista um ihn herumrennt. Savannah zeigt jedem ihren Verlobungsring. Liam steht neben ihr und bekommt von den Frauen Komplimente, was für einen hübschen Ring er doch ausgesucht hat.

Cleo macht die Runde und umarmt alle. Mit jeder Umarmung vertiefen sich die Grübchen in ihren Wangen. Mit jedem »Happy Birthday« strahlen ihre Augen noch mehr.

»Manchmal ist der Weg lang. Manchmal ist er kurz«, sagt G'ma D neben mir und reicht mir ein Bier.

»Ist das eine von deinen Weisheiten?«

»Sie leuchtet förmlich. Es hat lange gedauert, bis sie sich so gefühlt hat. Bei manchen geht es schneller. Aber irgendwas sagt mir, dass Cleo es nicht als gegeben hinnimmt.«

»Für mich ist es auch nicht selbstverständlich.«

G'ma D schlingt den Arm um meinen Rücken und drückt mich an sich. »Du musstest viel verlieren, um dorthin zu kommen, wo du jetzt bist. Unglaublich, oder?«

»Ja.« Ich gebe ihr einen Kuss auf das blaue Haar. »Danke für den Arschtritt.«

»Irgendwann hättest du es schon gemerkt. Aber so musstest du nicht allzu lange leiden.«

Ich fasse nicht, dass ich schon ein Jahr mit Cleo zusammen bin. Waren wir nicht gerade noch in Dallas und haben uns in einem Hotelzimmer versöhnt? Seit einem Jahr darf ich neben ihr schlafen. Ein Jahr voller Lachen. Ihrem Lächeln. Ihre Küsse. Ich bin gespannt, was die Zukunft für uns bereithält.

Als G'ma D Cleo auf uns zukommen sieht, geht sie.

»Hey, du«, sagt Cleo und schlingt die Arme um mich. »Worüber denkst du nach, so ganz allein?«

Ich gebe ihr einen Kuss auf den Kopf. »Ich habe an dich gedacht.«

»Lass mich raten. Ich heute Abend nackt in deinem Bett.«

»Nein. In unserem Bett.« Sie lacht. »Aber ich musste auch daran denken, wie sehr ich dich liebe.«

Sie drückt mich fester. »Ich liebe dich auch. Wir könnten uns ins Büro schleichen.« Sie klimpert mit den Wimpern.

»Noch ein Grund, warum ich dich liebe.« Ich ergreife ihre Hand, und wir machen uns in Richtung Büro davon.

Doch dann kommt uns Phoenix in die Quere. »Wo ist er?«

»Wer?«

Cleo lacht, weil ich überhaupt frage.

»Du weißt genau, wer«, schimpft Phoenix.

Besänftigend tätschle ich ihre Schulter. »Keine Sorge. Er wird im Sommer hierherziehen. Aber sag es keinem. Er will nicht, dass es jemand erfährt.«

Sie verdreht die Augen. »Das würde ich niemals tun. Ich will doch keine Konkurrenz. Dann wirst du mich ihm also endlich vorstellen?«

»Natürlich. Sobald er sich eingelebt hat. Im Moment sucht er nach einer Nanny. Versprochen, Phoenix. Wenn er eingezogen ist, lade ich ihn zum Dinner ein.«

»Eine Nanny? Er hat ein Kind?«, fragt sie.

»Ja. Und jetzt entschuldige uns bitte. Cleo will sich bei mir für die Überraschungsparty bedanken.« Ich ziehe Cleo hinter mir her.

»Hey, das meiste habe ich organisiert«, ruft uns Phoenix hinterher.

»Keiner mag Angeber«, rufe ich zurück.

Ich öffne die Tür, lasse Cleo vorangehen und verriegle sie von innen.

»Zeit für dein richtiges Geburtstagsgeschenk.«

Lachend hüpft sie auf ihren Schreibtisch. »Dann lass mal sehen, was du für mich hast, großer Junge.«

»Oh, ich werde deine Welt zum Beben bringen.«

»Daran habe ich keinerlei Zweifel.«

Ich senke mich auf sie. Während die anderen im Hangar feiern, entdecke ich etwas Neues, das Cleo in Fahrt bringt. Zwischen uns wird es einfach nie langweilig. Was für ein Leben.

Und zum Schluss noch ein wenig Einhorngeschwafel …

Kommt schon. Gebt es zu. Denver hat auch eure Herzen erobert.

Der Titel des Buchs passt einfach zu ihm. Er musste einen langen, steinigen Weg gehen, um dahin zu kommen, wo er hingehört.

Um ehrlich zu sein, hat sich Denvers und Cleos Geschichte im Laufe der Zeit verändert. Ursprünglich war Cleo Anwältin (oder so), die Denver darum bittet, sie in die Berge zu fliegen, um dort die Asche ihres verstorbenen Ehemanns zu verstreuen. Ihre Liebe hätte inmitten eines Schneesturms entfachen sollen. Dann hätte Cleo Chips jüngere Ehefrau sein sollen, die die Firma gemeinsam mit Denver erbt und sich in ihn verliebt.

Doch dann sind uns einige Dinge klar geworden. Wären sie die ganze Zeit in den Bergen gewesen, hätte es kein Lake Starlight gegeben, kein Buzz Wheel, keine anderen Baileys und vor allem keine Grandma Dori (obwohl wir keine Zweifel daran haben, dass sie in ein Paar Schneestiefel geschlüpft wäre, nur um sich einzumischen). Und wäre Cleo tatsächlich Chips Frau gewesen, hätten wir es Denver vielleicht zu schwer gemacht, sich in sie zu verlieben. Außerdem mochten wir die Idee, dass Cleo in eine Welt eintaucht, die ihr fremd ist.

Während wir *Falling For My Brother's Best Friend* geschrieben haben, haben wir beschlossen, Denvers komplette Geschichte zu ändern und Chip und Lifetime Adventures einzuweben. Sagen wir mal so: Es gibt einen Grund, warum Chip nie einen Auftritt hatte. Uns gefällt es nicht, unsere Charaktere umzubringen. Deshalb haben wir uns dazu entschieden, dass es für alle Beteiligten das Beste ist, ihn abseits der Buchseiten sterben zu lassen, damit er uns nicht zu sehr ans Herz wächst. Gern geschehen ;)

Dieses Buch ist eins von Raynes Lieblingsbüchern aus der Serie. Sie hat eine Schwäche für geläuterte Playboys. Diese Geschichten liebt sie am meisten.

Ein riesiges Dankeschön an unser Team, ohne das wir unsere Bücher niemals fertig kriegen würden!

Danielle Sanchez und das gesamte Team von Wildfire Marketing Solutions!

Cassie von Joy Editing für das Lektorat.

Ellie von My Brother's Editor für das Lektorat.

Shawna von Behind the Writer für das Korrektorat.

Sarah von Okay Creations für das Cover und das Branding der gesamten Serie.

Sara von Sara Eirew Photography für das heiße Foto von Denver und Cleo.

Die Blogger, die sich immer Zeit nehmen, unsere Bücher zu lesen, zu rezensieren und/oder Werbung für uns zu machen.

Unsere Einhörner, die unsere Neuveröffentlichungen von den Dächern schreien und unsere Charaktere genauso lieben wie wir.

Die Leser*innen, die sich bei der großen Auswahl da draußen für unsere Bücher entscheiden.

Als Nächstes ... Ihr habt sie kennengelernt, da war sie gerade mal siebzehn und kurz vor ihrem Highschool-Abschluss. Austin hatte mit ihr alle Hände voll zu tun. Inzwischen ist sie erwachsen geworden, aber ihren Ungehorsam hat sie dennoch nicht verloren, wie ihr sehen werdet, wenn sie so tut, als wäre sie eine Nanny! Phoenix Bailey ist als Nächste dran. Und wie ihr euch vielleicht denken könnt – Griffin Thorne wird sie nicht nur in einer Hinsicht überraschen.

xo

Piper & Rayne

Band 1 der Baileys-Serie: Große Gefühle in der Kleinstadt

Holly Radcliffe hätte nie gedacht, dass ihr One-Night-Stand am ersten Tag in der neuen Stadt solche Wellen schlagen würde. Doch ihr kleines Abenteuer mit dem Highschool-Coach Austin Bailey ist nach kürzester Zeit Stadtgespräch in Lake Starlight, Alaska. Holly hatte gehofft, dass sie Austin nie wiedersehen würde, aber als Schulleiterin ist sie seine neue Chefin. Und dummerweise schlägt ihr verräterisches Herz schneller, wenn sie ihm begegnet.

Piper Rayne
Lessons from a One-Night-Stand
Roman

Aus dem Amerikanischen von Cherokee Moon Agnew
Klappenbroschur
Auch als E-Book erhältlich
www.ullstein.de

ullstein

Band 3 der Baileys-Serie: Ein One-Night-Stand mit Folgen

Harley Sullivan weiß nicht mehr weiter. Ihre kleine Tochter Calista ist krank und der einzige, der ihr helfen kann, ist Calistas leiblicher Vater. Auf der Suche nach Denver Bailey kommt Harley nach Lake Starlight, Alaska. Sie hat nur ein Ziel: Seine Krankenakte einsehen und verschwinden.

Rome Bailey liebt das Singleleben. Als Harley in sein Restaurant marschiert und nach seinem Zwillingsbruder fragt, denkt er sich nichts dabei. Bis sich herausstellt, dass es eine Verwechslung gab ...

Piper Rayne
Twist of a Love Affair
Roman

Aus dem Amerikanischen von Cherokee Moon Agnew
Klappenbroschur
Auch als E-Book erhältlich
www.ullstein.de